जयंत विष्णु नार्लीकर

जयंत विष्णु नार्लीकर का जन्म 19 जुलाई, 1938 को कोल्हापुर, महाराष्ट्र में हुआ।

बनारस हिन्दू विश्वविद्यालय और कैम्ब्रिज विश्वविद्यालय से शिक्षा प्राप्त की।

कैम्ब्रिज में वे 'रैंगलर' रहे। पी-एच.डी. करते समय उन्हें सुविख्यात वैज्ञानिक फ्रेड हॉयल का मार्गदर्शन मिला, जिन्होंने अपने इंस्टिट्यूट ऑफ़ थिअरैटिक एस्ट्रॉनॉमी में नार्लीकर को संस्थापक-सदस्यता का सम्मान दिया। मुम्बई लौटकर टाटा इंस्टिट्यूट ऑफ फंडामेंटल रिसर्च में प्राध्यापक हुए। 1988 में स्थापित इंटर यूनिवर्सिटी सेंटर फॉर एस्ट्रॉनॉमी एंड एस्ट्रोफ़िज़िक्स, पुणे के संस्थापक-संचालक बने। 1994-97 में इंटरनेशनल एस्ट्रॉनॉमिकल यूनियन के कॉस्मोलॉजी कमीशन के अध्यक्ष रहे।

सैद्धान्तिकी, भौतिकशास्त्र, खगोल-भौतिकी तथा विश्वरचनाशास्त्र पर कई ग्रन्थ और शोध-निबन्ध प्रकाशित हैं। अपने वरिष्ठ मार्गदर्शक के साथ आविष्कृत किया गया उनका 'हॉयल नार्लीकर सिद्धान्त' खगोल-भौतिकी के हर ग्रन्थ में उद्धृत हैं। इनके अलावा विज्ञान-केन्द्रित कई पुस्तकों की रचना की।

उन्हें 'टाइसन पदक', 'एस-सी.डी. उपाधि' (कैम्ब्रिज विश्वविद्यालय), 'शान्तिस्वरूप भटनागर पुरस्कार', 'एम.पी. बिड़ला पुरस्कार', भारतीय साहित्य विज्ञान अकादमी का 'इन्दिरा पुरस्कार', फ्रेंच एस्ट्रोनोमिकल सोसायटी का 'प्रिक्स जॉनसन', यूनेस्को का 'कलिंग पुरस्कार', 'वाइरस' उपन्यास पर 'महाराष्ट्र सरकार का पुरस्कार' से पुरस्कृत तथा 1965 में 'पद्मभूषण' से विभूषित किया गया। 2014 में उनकी आत्मकथा को मराठी भाषा में 'साहित्य अकादमी' पुरस्कार मिला।

वाइरस

जयंत विष्णु नार्लीकर

राजकमल पेपरबैक्स

पहला पुस्तकालय संस्करण
राजकमल प्रकाशन प्राइवेट लिमिटेड द्वारा
2000 में प्रकाशित

राजकमल पेपरबैक्स में
पहला संस्करण : 2010
This book is printed on **Print on Demand** Technology : 2024

राजकमल पेपरबैक्स : उत्कृष्ट साहित्य के जनसुलभ संस्करण

राजकमल प्रकाशन प्रा.लि.
1-बी, नेताजी सुभाष मार्ग, दरियागंज
नई दिल्ली-110 002
द्वारा प्रकाशित

शाखाएँ : अशोक राजपथ, साइंस कॉलेज के सामने, पटना-800 006
पहली मंजिल, दरबारी बिल्डिंग, महात्मा गांधी मार्ग, प्रयागराज-211 001
1, अनमोल सोराबजी संतुक लेन, धोबी तलाव, मरीन लाइंस, मुम्बई-400 002
वेबसाइट : www.rajkamalprakashan.com
ई-मेल : info@rajkamalprakashan.com

मूल्य : ₹250

VIRUS
Science-Fiction by Jayant Vishnu Narlikar

ISBN : 978-81-267-1928-0

भूमिका

प्रस्तुत उपन्यास 'वाइरस' मेरे मराठी उपन्यास 'व्हायरस' का हिन्दी अनुवाद है जो मैंने स्वयं किया है। विज्ञान-गल्प में मेरे कुछ कथा-संग्रह और उपन्यास पहले भी प्रकाशित हो चुके हैं जिनका हिन्दी-भाषी पाठकों ने स्वागत किया था। इसीलिए इस नए उपन्यास को प्रस्तुत करने का साहस बटोर रहा हूँ।

विज्ञान-गल्प में वर्तमान स्थिति को ध्यान में रखते हुए भविष्य की कल्पना की जाती है। यदि वह कल्पना सही निकले तो वह गल्प की सफलता मानी जाती है। आजकल के कम्प्यूटर-युग में पाठकों को इस कथानक में भविष्यकाल की चेतावनी शायद महसूस हो।

खैर ! वास्तविकता कुछ भी निकले, मैं पाठकों को इस उपन्यास का रसास्वादन करने को आमन्त्रित करता हूँ।

पुणे —**जयंत विष्णु नार्लीकर**
मई 1999

उद्घाटन

"...मैं गर्व और प्रसन्नता के साथ इस महाकाय दूरबीन का उद्घाटन करता हूँ और इसे राष्ट्र को समर्पित करता हूँ। मैं आशा करता हूँ..."

मंच पर से राष्ट्रपतिजी की आवाज गूँज रही थी।...यह दूरबीन राष्ट्र की उन्नत तकनीक की प्रतीक है...समय आने पर हमारे वैज्ञानिक कठिन से कठिन चुनौतियों का मुकाबला करने में कामयाब होते हैं...मानव संसाधन के पैमाने पर भारतीय विज्ञान एवं तकनीक का संसार में तीसरा स्थान है...आदि, आदि !

भाषण अपेक्षित मुद्दों को लेकर अपेक्षित मार्ग से आगे बढ़ रहा था। जगताप ने आँखें मूँदीं। देश में रोज न जाने कितने समारोह हुआ करते हैं ! उद्घाटन के, षष्ठी-पूर्ति के, डायमंड जुबली के ...या शोक संवेदना के। हरेक का अपना-अपना पैटर्न ! वक्ताओं के भाषण भी साँचे में ढले हुए। शायद ही कोई ऐसा भाषण हो जो खास दिलचस्पी से सुना जाए। ऐसे समारोहों में जगताप की आदत थी आँखें मूँदकर अन्तर्मुख होने की। अपने विचारों में खोकर बाहरी विश्व से नाता तोड़ना उसके लिए अब बाएँ हाथ का खेल हो गया था।

आज उसकी विचार-शृंखला उसे भूतकाल में ले चली। दस साल पहले इस दूरबीन की परियोजना प्रस्तुत करने वाले गोपालस्वामी की कल्पनाशीलता और उस कल्पना को साकार करने के लिए जरूरी उसकी जिद पर। क्योंकि यह परियोजना थी ही असाधारण ! और भारतीय वैज्ञानिक परियोजनाओं की पार्श्वभूमि पर इसे खर्चीली कहना अनुचित न होता। इसके विरोधियों ने तो पहले ही 'महाकाय दूरबीन' को 'महाखर्चीली दूरबीन' की उपाधि दे रखी थी।

जगताप जानता था कि पचास मीटर व्यास की पचास रेडियो तश्तरियों का एक दूसरे से जुड़ा यह संकुल निर्माण करने के लिए गोपालस्वामी को कितनी दौड़-धूप करनी पड़ी थी। क्योंकि गोपालस्वामी था तो बड़ा बातूनी। जब उसकी वाक्गाड़ी शुरू हो जाती तो दिशा और समय की मर्यादाओं की परवाह न कर सुपरफास्ट ट्रेन की तरह नॉन-स्टॉप चलती रहती। लालफीताशाही का प्रकोप, मुद्रास्फीति और रुपए के अवमूल्यन के कारण बजट की कठिनाइयाँ, दूरबीन बनाने वाले कॉन्ट्रैक्टर की अकर्मण्यता आदि स्टेशनों से गुजरने वाली यह ट्रेन बीच ही में ट्रैक बदलकर दूरबीन पूरी होने पर उसका इस्तेमाल कैसे हो, प्रतिस्पर्धी वैज्ञानिकों की शिकायत आदि विषयों पर दौड़ लगाने लगती।

कलकत्ता से बम्बई जाने वाली मेल दिल्ली होकर त्रिवेन्द्रम जा पहुँचे, ऐसी स्थिति आ जाती।

अब परियोजना पूरी हुई और इस दूरबीन-संकुल के इस्तेमाल का पर्व आरम्भ होगा। अभी से इसके लिए देसी-परदेसी निरीक्षक वैज्ञानिकों ने कतार लगा दी थी। कुछ अन्य वेधशालाओं ने सौदों की भी सिफारिशें की थी—आपकी दूरबीन के इतने दिनों के बदले हमारी दूरबीन के इतने दिन (या रातें !); जिस वजह से गोपालस्वामी की ऐंठ में वृद्धि हो चुकी थी।

जगताप का संस्थान और गोपालस्वामी का संस्थान अगल-बगल थे। पड़ोसियों में जो धनात्मक-ऋणात्मक सम्बन्ध हुआ करते हैं वैसे ही रिश्ते इन दो विज्ञान संस्थानों में भी थे। पड़ोसी परिवारों के रिश्ते परिवारों के मालिक-मालकिनों के स्वभावों पर निर्भर करते हैं। विज्ञान संस्थानों के रिश्ते भी उनके प्रमुख वैज्ञानिकों पर निर्भर होते हैं। जगताप के सहयोगी गोपालस्वामी के चंचल स्वभाव के कारण हैरत में आ जाते थे और उसके संस्थान से नाता तोड़ने की पहल करते। ऐसी हालत में उन्हें समझाने की जिम्मेदारी जगताप को निभानी पड़ती। इसलिए अभी तक तो दोनों संस्थानों के सम्बन्ध सौहार्दपूर्ण थे। और अब उन्हें वैसे बने रहने देने के प्रयास जगताप और उसके सहयोगियों को करने थे क्योंकि तभी तो वे इस विशाल दूरबीन का प्रयोग कर पाएँगे।

अपना भाषण पूरा कर राष्ट्रपतिजी फिर स्थानापन्न हुए। श्रोताओं में उत्कंठा बढ़ने लगी कि अब इस महाकाय परियोजना का उद्‌घाटन किस कृति द्वारा सम्पन्न होगा। मानो इसी अनुत्तरित प्रश्न का उत्तर देने के लिए गोपालस्वामी ने माइक हाथ में लिया।

"अब ये जनाब कितना वक्त बरबाद करेंगे ?" जगताप ने कुछ चिन्ता से, कुछ विनोद से अपनी बगल में बैठे सहयोगी से कहा। क्योंकि मितभाषी होना गोपालस्वामी सुब्रह्मण्यम के अनेक सद्‌गुणों में नहीं था। लेकिन आज बात कुछ अलग थी। माननीय राष्ट्रपतिजी का 'टाइट शेड्यूल' उन्हें कई दफे बताया गया था। इसलिए गोपालस्वामी ने स्वयं को नियन्त्रण में रख केवल इतना ही कहा :

"देवियो और सज्जनो ! ब्रह्मांड के आदिकाल की स्थिति के वेधों के लिए इस दूरबीन का निर्माण किया गया यह तो आप जानते हैं। इसके लिए उसे अरबों प्रकाश वर्ष दूर तक से आनेवाली रेडियो लहरों को नापना होगा। लेकिन आज हम माननीय राष्ट्रपतिजी के कर-कमलों द्वारा इस संकुल को अपने एक पड़ोसी तारे की ओर घुमाएँगे। लगभग छह प्रकाश वर्ष मात्र दूर इस तारे के चारों ओर एक ग्रह के घूमने के कुछ संकेत मिले हैं। तारे को बर्नार्ड का तारा कहते हैं। क्या उसके निकटवर्ती ग्रह पर हमारे पड़ोसी जीव मौजूद हैं ? क्या यह दूरबीन उनसे सम्पर्क बनाएगी ?

"मैं माननीय राष्ट्रपतिजी से आग्रह करूँगा कि वे अपने सामने के पैनल पर का हरा बटन दबाएँ। आप देखेंगे कि आपके निकट की डी-14 नम्बरवाली दूरबीन बर्नार्ड के तारे की ओर अपना मुँह घुमाएगी।"

फोटोग्राफरों ने पैनल को घेरा। हरा बटन दबाते हुए राष्ट्रपतिजी का चित्र तो

अखबारों, टी.वी. पर आएगा लेकिन (जैसा ऐसे अवसरों पर हुआ करता है) फोटोग्राफरों के घेरने की वजह से उपस्थित देवियों और सज्जनों को उस दृश्य से वंचित रहना पड़ा। पर अब सबकी निगाहें घूमीं डी-14 की महाकाय तश्तरी की ओर।

कुछ क्षण वातावरण स्तब्ध रहा।

अनिश्चितता...क्या तश्तरी घूमेगी ?

फिर तालियों के गूँजने के साथ तश्तरी ने घूमना शुरू किया। दृश्य वाकई प्रभावशाली था। एक सेंटीमीटर के बटन द्वारा पचास मीटर की तश्तरी को दिए आदेश का पालन हो रहा था। जगताप ने गोपालस्वामी की ओर नजर घुमाई। गोपालस्वामी स्तब्ध था।

उसके चेहरे पर कृतज्ञता का भाव था।

साउथ ब्लॉक

दिल्ली के घने कुहरे के आवरण में से रास्ता टटोलती गाड़ी पार्लियामेंट स्ट्रीट से आती हुई जब राष्ट्रपति भवन की परिक्रमा करने घूमी तो तिराहे पर के ट्रैफिक गार्ड ने जाने की इजाजत देते सलाम ठोंका। जवाब में जगताप ने हाथ उटाकर अभिवादन तो किया पर फिर उसे लगा कि सन्तरी का सलाम उसके लिए नहीं था, उसकी गाड़ी के लिए था। रक्षा विभाग की ऑलिव ग्रीन अम्बैस्डर गाड़ी में जाने वाला व्यक्ति महत्त्वपूर्ण तो होगा ही, सन्तरी का यह अनुमान उसके अनुभव, ट्रेनिंग एवं दिल्ली की अधिकारी वाली परम्परा के अनुरूप ही था।

जगताप को मानो फिर से याद दिलाई इस साधारण घटना ने...उसकी स्वयं की और दिल्ली की अधिकारी वाली मानसिकता के बीच की दरार की। वह स्वयं एक संस्थान का निदेशक था। जब संस्थान के वाचमैन उसे सलाम करते तो वह भी मुस्कुराकर हाथ हिलाता। कभी-कभी रुककर उनसे गपशप करता। दिल्ली का अधिकारी ऐसा कतई नहीं कर सकता। वाचमैन के सलाम को ही नहीं वाचमैन को भी बगैर देखे उसके आगे से गुजरना ऐसे अधिकारी के लिए एक स्वाभाविक गुण बन जाता है। लेकिन इसका मतलब यह नहीं कि वाचमैन सलाम करे या न करे, उसे इसकी परवाह नहीं। यदि उसकी वरिष्ठता के अनुरूप सलाम नहीं किया गया तो जनाब तुरन्त वाचमैन को मेमो पेश कर देंगे।

वरिष्ठता यानी सीनियरिटी ! राजधानी दिल्ली की यह खासियत सदा से रही है। मुगलों के जमाने में दरबारी सिंहासन से कितनी दूर बैठता था उससे उसका मूल्यांकन स्पष्ट हो जाता था। आज की दिल्ली में भी वरिष्ठता की सीढ़ी पर कौन कहाँ बैठा है, यह जानना जरूरी है। दफ्तर में कौन किससे बात कर सकता है, चिट्ठी पर कमेंट कौन किस रंग की स्याही से करता है, इन सबके लिखित-अलिखित संकेत हुआ करते हैं। उनसे अनभिज्ञ बाहरी अनाड़ी अक्सर गड़बड़ कर बैठते हैं। इसीलिए सीधे सरल मार्ग से गन्तव्य की ओर शीघ्रातिशीघ्र बढ़नेवाले जगताप को अक्सर दिल्ली में दम घुटने की अनुभूति होती थी। अपने दिल्लीवासी मित्रों से वह अक्सर कहा करता था, "दिल्ली ऐतिहासिक शहर है...इसकी गली-गली में, छोटी-बड़ी इमारतों में इतिहास भरा है। रास्तों के नाम हैं बादशाहों के, राजा-महाराजाओं के और कल के राजनीतिज्ञों के। पर साहित्य-संगीत-कला, इन क्षेत्रों के मशहूर नाम यहाँ नहीं हैं, फिर विज्ञान की तो बात

ही अलग ! यहाँ का वातावरण ही अफसरशाही का द्योतक है...'' इसीलिए आवश्यक काम पूरे होते ही वह एयरपोर्ट की ओर भाग निकलता है।

पर आज यह कहाँ सम्भव है ? कुहरे से तो यही लगता है कि अभी कोई भी हवाई जहाज न तो यहाँ उतरेगा, न यहाँ से उड़ेगा। घंटे-दो घंटे बाद कुहरा उठने पर प्रातःकालीन विमानों का आवागमन होगा। फिर सायंकालीन विमानों की गारंटी कौन दे ? पर फिर भी जगताप को आशा थी कि शाम तक बम्बई की उड़ानें–देरी से क्यों न हों–निकल पड़ेंगी। और उनके बारे में अभी चिन्ता करने से तो कुछ बनने वाला नहीं।

राष्ट्रपति भवन के भव्य स्थापत्य की आधी परिक्रमा कर गाड़ी राजपथ पर आई और शीघ्र ही दाहिने घूमकर कार पार्क में रुकी। कुहरे के पीछे से इमारत फीकी-फीकी नजर आ रही थी।

सत्ता का सर्वोच्च स्थल, साउथ ब्लॉक ! व्हाइट हाउस, 10 डाउनिंग स्ट्रीट, क्रेमलिन, एलिसी पैलेस की मालिका में बैठनेवाला स्थान। पास में स्थित राष्ट्रपति भवन भले ही अधिक शानदार और भव्य हो...वास्तविक सत्ता यहीं केन्द्रित है, प्रधानमन्त्री के कार्यालय में।

जगताप पहली बार इस जगह आ रहा था। प्रधानमन्त्री की सलाहकार समिति के सदस्य की हैसियत से शायद उसे यहाँ आगे भी कई बार आना पड़ेगा। किसी अत्यावश्यक मामले के सन्दर्भ में प्रधानमन्त्री ने सदस्यों को बुलावा भेजा गया था। समिति के सचिव डॉ. गौतम बाहर ही इन्तजार कर रहे थे।

''स्वागत है, प्रोफेसर जगताप ! तो आखिर आप आ ही गए,'' उन्होंने हाथ बढ़ाकर जगताप की अगवानी की।

उनसे हाथ मिलाकर जगताप ने मुस्कुराते हुए कहा, ''न आने के लिए आपने कोई गुंजाइश ही कहाँ रखी, गौतमजी ? मैं वेटलिस्ट पर तेईसवें स्थान पर था...लेकिन आपके टेलीफोन ने न जाने क्या करामात की, एयरलाइन वाले कन्फर्म टिकट लेकर भागते हुए मेरे पास आए !''

''जी, करामात मेरी नहीं, पी. एम. ओ.–इन तीन अक्षरों की है,'' डॉ. गौतम नकली नम्रता से बोले। वे और जगताप दोनों जानते थे कि सरकारी बाधाओं को दूर कर आगे बढ़ने के लिए ये तीन अक्षर 'खुल जा सिमसिम' के समान थे।

डॉ. गौतम के वहाँ होने से आगे की औपचारिकताएँ भी शीघ्र पूरी हो गईं। एक रजिस्टर पर हस्ताक्षर कर वहाँ अपना नाम, पता, आने का कारण, आदि दर्ज कर जगताप ने अपना 'पास' हासिल किया। रजिस्टर पर लिखते समय जगताप ने देखा कि समिति के अन्य सभी सदस्य पहुँच चुके थे। इसके अलावा और भी परिचित-अपरिचित नाम जगताप ने वहाँ देखे। यानी आज की परिषद में काफी लोग होंगे...सलाहकार समिति के नौ सदस्य, ये अन्य सज्जन...और फिर पी.एम.ओ. के भी कुछ लोग तो होंगे ही।

'एक्स-रे' की आँख से गुजरकर, अपने ब्रीफकेस की जाँच करवाकर जगताप डॉ. गौतम के पीछे-पीछे पहले माले पर गया। अभी निर्धारित समय में कुछ मिनट बाक़ी थे। अतः डॉ. गौतम उसे वेटिंग रूम में ले गए।

बाकी सभी आमन्त्रित सज्जन वहाँ बैठे थे। सलाहकार समिति के सदस्य भी...

सलाहकार समिति की स्थापना प्रधानमन्त्रीजी ने कुछ ही महीने पहले की थी। इसके नौ सदस्यों में छह वैज्ञानिक, दो औद्योगिक संगठनों के प्रमुख तथा एक समाजशास्त्री थे। मन्त्री या ब्यूरोक्रेटों की यहाँ कोई गुंजाइश नहीं थी। क्योंकि प्रधानमन्त्री यही चाहते थे कि समिति उन्हें किसी भी दबाव से मुक्त खुले मन से सलाह दे। इसी के फलस्वरूप समिति आवश्यकता पड़ने पर सरकार पर भी—चाहे वह राजनीति या लालफीताशाही का मुद्दा हो—टीका-टिप्पणी कर सकती थी। समिति से प्रधानमन्त्री की यही अपेक्षा थी।

समिति के अध्यक्ष डॉ. रामचन्द्रन अपने शोधकार्यों के लिए विश्व-भर में मशहूर थे। विज्ञान-तकनीक आदि की योजनाओं से भी वे काफी अभ्यस्त थे। इसीलिए प्रधानमन्त्री ने उन्हें समिति का अध्यक्ष नियुक्त किया था। स्वाभाविक ही था कि उनका दिल्ली दरबार में दबदबा था और उनसे जलनेवाले भी कम नहीं थे।

''आओ, नारायण ! तुम्हारा ही इन्तजार था,'' उससे हाथ मिलाते हुए रामचन्द्रन ने उसे बगल की कुर्सी पर बिठाया, ''अभी मैं अन्य सदस्यों को बता रहा था कि आज की बैठक असाधारण है क्योंकि खुद प्रधानमन्त्रीजी ने बुलवाई है।''

''पर किसलिए ? क्या आपको मालूम है ?'' जगताप ने पूछा।

''नारायण ! यही सवाल मैंने अभी-अभी तुम्हारे आने से पहले राम से पूछा था,'' मल्टीनेशनल कम्पनी के सी.ई.ओ. चड्ढा साहब बोले।

रामचन्द्रन ने कन्धे हिलाकर अपना अज्ञान प्रकट करते हुए कहा, ''विवेक और नारायण...जो सवाल आप दोनों पूछ रहे हैं, वही मैं भी पूछ रहा हूँ...जब पी.एम.ओ. से इस मीटिंग के बारे में फोन आया तो मुझे खाली यही बताया गया कि मामला अर्जेंट और टॉप सीक्रेट है। खैर...कुछ ही मिनटों में हमें जवाब मिल ही जाएगा,'' घड़ी की ओर देखकर रामचन्द्रन ने अपना ब्रीफकेस खोला। प्रधानमन्त्री अपने सब कार्य घड़ी के मुताबिक करने के लिए मशहूर थे।

उनका अन्दाजा सही निकला। दस बजते-बजते एक अफसर वहाँ आया और सभी आगन्तुकों से बोला, ''चलिए...पी.एम. इधर आने के लिए निकल चुके हैं।''

कमरा नम्बर 153...यही मन्त्रणा-कक्ष था। गणित पढ़ा होने की वजह से जगताप इस संख्या के एक अनोखे गुण से परिचित था। यह ऐसी सबसे छोटी संख्या जो उसके अंकों के घन के योग के बराबर थी...

$$153 = 1^3 + 5^3 + 3^3$$

मन ही मन इस गुण की याद कर वह अन्य व्यक्तियों के साथ अन्दर चला गया।

लम्बी अंडाकार मेज के दोनों ओर दस-दस कुर्सियाँ थीं। एक ओर बीच में सभापति के लिए जरा अधिक लम्बी-चौड़ी कुर्सी। यह प्रधानमन्त्री का खास मन्त्रणा-कक्ष था, जो विशेष अवसरों पर ऐसी छोटी बैठकों-चर्चाओं के लिए इस्तेमाल होता था। सभापति की कुर्सी खाली थी लेकिन बगल में कैबिनेट सेक्रेटरी केशव चिटणीस बैठे थे...और दूसरी ओर प्रधानमन्त्री के विज्ञान सलाहकार विनोद शर्मा भी मौजूद थे। चिटणीस साहब एक कुशल प्रशासक और वैज्ञानिकों के प्रति आस्था रखने वाले शख्स थे। और शर्माजी ? गंजी खोपड़ी परन्तु अन्दर ज्ञान और बुद्धिमत्ता से भरी...यह जनाब किसी भी मीटिंग में अपने वाक्-चातुर्य के लिए मशहूर थे। पर एक समय दिल्ली के दरबार में चमकने वाला यह सूरज अब अस्त होने के मार्ग पर था। उधर रामचन्द्रन रूपी दूसरा सूरज ऊपर चढ़ रहा था। इन दोनों में बिल्कुल नहीं बनती थी...सारा वैज्ञानिक जगत इस माहौल से परिचित था। कुछ लोग मजाक में ऐसा भी कहते थे कि एक दूसरे को शह देने के लिए ही प्रधानमन्त्री ने शर्माजी को विज्ञान सलाहकार और रामचन्द्रन को वैज्ञानिक सलाहकार समिति का अध्यक्ष नियुक्त किया था।

कमरे में कुछ और व्यक्ति भी थे, जिन्हें जगताप नहीं जानता था। पर उनके यूनिफार्म से वे मिलिटरी के प्रमुख लगते थे। चिटणीसजी ने उन सबसे पहचान कराई, तो जगताप का अनुमान सही निकला—वे तीनों थल सेना, नौसेना और वायुसेना के प्रमुख थे। और निमन्त्रितों में जगताप पहचानता था सब्यसाची मुखोपाध्याय को। 'सब्योदा' नाम से जाना जाने वाला यह अनुभवी वैज्ञानिक कम्प्यूटर रचना की तकनीक में अग्रणी था। जगताप ने देखा कि 'अधिकारीगण' मेज के उस किनारे पर बैठे थे जहाँ प्रधानमन्त्री का आसन था। सामने के किनारे पर विज्ञान सलाहकार समिति के सदस्य और अन्य 'अन-ऑफिशियल' लोग बैठाए गए थे। यही है दिल्ली की संस्कृति ! प्रत्येक व्यक्ति का अपना स्थान दिखाने वाली।* प्रधानमन्त्री की बगल में बैठनेवाले शर्माजी ने सामने बैठे रामचन्द्रन से बाजी मार ली ! जगताप सब्योदा के साथ बैठा। लेकिन उनसे बातचीत शुरू होने के पहले ही मन्त्रणा-कक्ष का दरवाजा खोल एक सिक्योरिटी अफसर ने प्रवेश किया।

सभी लोगों ने खड़े होकर उस अफसर के पीछे आनेवाले प्रधानमन्त्रीजी का अभिवादन किया।

"गुडमॉर्निंग जेंटलमैन ! प्लीज टेक योर सीट्स," मुस्कुराते हुए प्रधानमन्त्री ने आसन

---

* कमरे की दीवालों से सटी कुर्सियों पर बैठे सचिव, क्लर्क सदृश व्यक्तियों को जगताप ने पहले भी देखा था। इनका काम था केवल 'मिनट' लिखने का या फाइलें पहुँचाने का...इन्हें मेज के पास बैठने का 'स्टेटस' हासिल नहीं था।

ग्रहण किया। जगताप ने उन्हें अब तक केवल टी.वी. या अखबार में देखा था...साठ वर्ष की आयु वाला यह व्यक्ति देखने में दस साल कम उम्र का लगता था, क्योंकि चेहरे पर ताजगी और प्रसन्नता थी।

"सभी मेहमानों का स्वागत है, और मैं आपको धन्यवाद देता हूँ कि इतनी कम नोटिस पर आप देश के कोने-कोने से यहाँ पधारे हैं," प्रधानमन्त्री के स्वर में औपचारिकता नहीं बल्कि स्वाभाविकता थी जिसके लिए वे मशहूर थे। रामचन्द्रन और सलाहकार समिति के अन्य सदस्यों की ओर देखकर वे बोले, "विज्ञान सलाहकार समिति से मैं माफी चाहता हूँ कि स्थापना के बाद चार महीने बीत जाने के बावजूद मैं उन्हें समय नहीं दे सका। खैर...प्रोफेसर रामचन्द्रनजी बीच-बीच में मिलकर समिति की चर्चा का सारांश मुझे समझाते हैं और आपकी कुछ सूचनाओं पर अमल करने के लिए मैं उन्हें इन सरकारी बहादुरों के पास भेजता हूँ ताकि वे इस पर कुछ करने की कृपा करें।"

यहाँ प्रधानमन्त्री ने नाटकीय रूप से कैबिनेट सेक्रेटरी की ओर ताका। ऐसे तानों को सुनने की अब चिटणीस की आदत हो चुकी थी; इसलिए उन्होंने मुस्कुराकर सिर झुकाया। प्रधानमन्त्री ने आगे कहा :

"टेबल के इस पार हम सब शासकीय नियमों से बँधे कुछ कर नहीं पाते...उस पार आप लोग हैं मुक्त पंछी। इसलिए आपकी सलाह सर्वदा विचारणीय रहती है। हाँ...आज का मामला अधिक गम्भीर होने की वजह से आप सबसे गोपनीयता की शपथ लेना जरूरी है।"

उन्होंने मुख्य सचिव की ओर देखा। इशारा समझकर सचिव ने प्रोफेसर रामचन्द्रन की ओर एक कागज खिसकाया, "इस कागज पर गोपनीयता की शपथ लिखी है। आप और आपके सब सहयोगी और अन्य निमन्त्रित सज्जन इसे पढ़ें, तो शपथ का काम हो जाएगा।"

शपथ का काम पूरा होते ही प्रधानमन्त्री ने गम्भीर स्वर में बोलना शुरू किया, "यह औपचारिकता आवश्यक थी क्योंकि अब मैं जो कुछ कहने जा रहा हूँ और उस पर आज जो चर्चा होगी उसे पूरी तरह गोपनीय रखना निहायत जरूरी है।...

"सज्जनो...आज देश पर एक ऐसा संकट आया है कि उसका सामना कैसे किया जाए इस बारे में हमें कुछ भी सूझ नहीं रहा है..."

आस्ट्रेलिया-फ्रांस-दक्षिण अफ्रीका

आस्ट्रेलिया का सबसे महत्त्वपूर्ण शहर सिडनी। दूर तक फैले इस महानगर के एक कोने में सी.एस.आई.आर.ओ. संस्थान की प्रयोगशालाएँ हैं। इनके विशाल संकुल में सिमटकर बैठी, लेकिन अपना स्वतन्त्र अस्तित्व दर्शानेवाली, एक इमारत है—एंग्लो-आस्ट्रेलियन आब्जर्वेटरी की। वास्तव में ए.ए.ओ. की दूरबीन सिडनी से कोई 400 किलोमीटर दूर साइडिंग स्प्रिंग पर्वत पर है जहाँ पहुँचने के लिए सिडनी से कूनाबर्ब्रान गाँव तक विमान सेवा है।

लक्ष्मण पांडे पहली दफा उस विमान में बैठा तो, लेकिन घबराते-घबराते। पिछले दिन वह जम्बो जेट से भारत से सिडनी पहुँचा था। जम्बो में हर कतार में दस सीटें थीं। जबकि इस छोटे विमान में कुल मिलाकर आठ सीटें थीं। यात्रियों को विमान में बैठाकर पाइलट खुद पिछला दरवाजा बन्द करके प्लेन में चढ़ता था। लेकिन यदि वातावरण शान्त हो, वर्षा-आँधी का माहौल न हो तो यात्रा बड़ी सुखद साबित होती...खासकर विहंगम दृष्टि से बदलते निचले भूभाग के दर्शन से जो जम्बो जेट से सम्भव नहीं। लक्ष्मण ऐसी कई यात्राएँ कर चुका था और अब उसे इस विमान यात्रा से कोई डर महसूस नहीं होता था।

आज वातावरण सुहावना था। रात के नीरभ्र आकाश में चार मीटर दूरबीन से वह अच्छे वेध ले चुका था। और अब स्थिर वातावरण एवं नीले आकाश में वेधशाला का शान्त परिसर मनोहारी लग रहा था।

लेकिन लक्ष्मण पांडे के चेहरे पर चिन्ता के बादल मँडरा रहे थे। रात के वेधों ने उसे जबर्दस्त धक्का पहुँचाया था। उन निरीक्षणों का ठीक अर्थ निकल नहीं रहा था। उसने वहाँ के दो और निरीक्षकों से भी सलाह-मशविरा किया...लेकिन इन बेतुके निरीक्षणों के आगे तीनों ने हार मान ली। आखिर उसी दिन सिडनी लौटने का निर्णय लक्ष्मण ने लिया, भले ही अगली रात के वेध वह न ले पाए। सिडनी जाकर बी.बी. को कल रात के निरीक्षणों से अवगत कराना अधिक आवश्यक था।

बी.बी. यानी वेधशाला के निदेशक बर्ट्रेंड बिशप। वेधशाला की नोटिसों पर केवल बी.बी.—ऐसे हस्ताक्षर करने की उसकी प्रथा ने उसका नाम ही बी.बी. बना दिया। और 'निदेशक' शब्द से किसी के मानस-पटल पर जैसे गम्भीर विद्यावाचस्पति की प्रतिमा अंकित हो, बी.बी. का व्यक्तित्व इससे ठीक उलटा था। 'नौकरशाही' से दो हाथ दूर

रहने वाला, छात्रों से लेकर स्थापित वैज्ञानिकों से समान रूप से घुल-मिलकर चर्चा करनेवाला एक अनुभवी निरीक्षक वैज्ञानिक जो बिना डामडौल के निदेशक का दायित्व निभाता था। दूरबीनों के अंग-प्रत्यंग से वह अच्छी तरह परिचित था। और किसी दोष के उत्पन्न होने पर मरम्मत कहाँ और कैसी हो यह उससे बेहतर कोई नहीं बता सकता था। कभी-कभी उपकरण के दोष के कारण निरीक्षण में अनपेक्षित 'अजीबोगरीब' दृश्य दिखाई दे सकते हैं—ऐसे दृश्य जो मृगजल के समान वास्तविकता से दूर हुआ करते हैं—इस तथ्य को जितना बी.बी. ने समझा था उतना अन्य किसी निरीक्षक ने नहीं। ऐसे ही 'गलत' निष्कर्ष के कारण जॉड्रल बैंक वेधशाला ने 1991 में एक स्पन्दक (पल्सार) तारे के पास ग्रह पाने की घोषणा की थी...जो आगे चलकर उसे वापस लेनी पड़ी थी। उस समाचार को बी.बी. ने चेतावनी के रूप में अपने निरीक्षकों के सूचना पटल पर लगा रखा था।

इसीलिए यह स्वाभाविक था कि अपने रात के अजीब निरीक्षण की चर्चा लक्ष्मण पांडे बी.बी. से करे। और इसलिए भी कि उस निरीक्षण की परियोजना लक्ष्मण पांडे और बी.बी. दोनों ने साथ बनाई थी। सिडनी पहुँचते-पहुँचते लक्ष्मण ने एयरपोर्ट से ही बी. बी. को फोन लगाया।

"लक्ष्मण ! आ गए ? ठीक ! तुम्हारा ही इन्तजार कर रहा हूँ," बी.बी. की आवाज में सर्वदा की तरह ताजगी थी। वे आगे बोले, "अमांडा की नाराजगी मोल लेकर मैंने आज शाम की पार्टी का प्रोग्राम कैन्सल किया...क्योंकि तुमने इलेक्ट्रॉनिक मेल पर जो कुछ लिख भेजा वह वास्तव में विस्मयकारी है...हाँ, अभी तुमने कम्प्यूटर फाइल से जो बिम्ब भेजा था, उसे अच्छी तरह देखा है मैंने... बिल्कुल जैसा तुमने नतीजा निकाला वैसा मैंने भी कि आकाश-गंगा के केन्द्र से जेट निकल रहा है। पर मैं तो चकरा गया...अचानक इतना लम्बा जेट कैसे आ सकता है ?...कहीं कोई हमारे साथ मजाक तो नहीं कर रहा ?"

लक्ष्मण ने गहरी साँस ली। तो ये विशेषज्ञ भी चकरा गए ? वह बोला, "मैं भी यही अनुमान कर रहा हूँ, इसीलिए डेटा डिस्क और सी.सी.डी. भी साथ लाया हूँ।"

"वेरी गुड ! आओ...सिडनी ट्रैफिक जाम को छलांग से पार कर आओ...देखते हैं यह मजाक है या खगोल का नया नजारा," बी.बी. ने फोन बन्द किया।

सिडनी ट्रैफिक जाम पर छलांग मारना लक्ष्मण से सम्भव नहीं हो सकता। कोई डेढ़ घंटे बाद वह बी.बी. के दफ्तर में दाखिल हुआ।

दफ्तर किसी निदेशक के दफ्तर जैसा फाइलों से लदा नहीं था। पर कागज, पुस्तकें, कम्प्यूटर प्रिंट-आउट, डिस्क आदि इस तरह बिखरे थे मानो एक आँधी वहाँ से गुजरी हो। स्वयं बी.बी. अपने वर्क स्टेशन पर बैठ पर्दे पर के बिम्ब की छानबीन में लगा था। बिना कुछ बोले उसने लक्ष्मण की डिस्क अपने कम्प्यूटर में डाली, कुछ बटन दबाए और एक छोटे से प्रोग्राम को टंकित किया।

"तुमने सुपर मांगो ही इस्तेमाल किया है न ?" पर्दे की ओर देखते हुए उसने पूछा।

लक्ष्मण ने अनुमोदन किया। पैट्रिशिया मांगो नामक महिला ने खगोल निरीक्षकों के उपयोग के लिए यह साफ्टवेयर बनाया था जो अधिकांश खगोल वैज्ञानिक इस्तेमाल करते थे। यह सॉफ्टवेयर 'सर्वथा निर्दोष' स्थिति में पहुँच चुका था।

पर बी.बी. अपनी स्वाभाविक सावधानी बरतते हुए प्रोग्राम की पूरी जाँच करते हुए धीरे-धीरे आगे बढ़ रहा था। जब सॉफ्टवेयर पूरी तरह ठीक निकला तभी उसने लक्ष्मण की डिस्क पर के बिम्ब पर उसे लगाया। आकाश-गंगा के केन्द्रीय भाग का स्पष्ट बिम्ब पर्दे पर अंकित हुआ।

"हाय राम !" लक्ष्मण पांडे के मुख से हल्की चीख निकली।

"क्या कहा ?" बी.बी. ने बिना मुड़े ही पूछा।

"ये हिन्दी के—मेरी भाषा के—हैरानी के शब्द हैं, बी.बी....वास्तव में मैं हैरान हूँ...मेरा जेट कहाँ गया ?" लक्ष्मण बोला, "...जब मैंने ए.ए.टी. पर यही सॉफ्टवेयर लगाया तो जेट साफ-साफ दिखाई दे रहा था। मैं कसम खाता हूँ...चाहे तो आप माइक स्मिथ और मासा साटो से पूछें। वे भी वहाँ मौजूद थे। कल दो घंटे हम भी यही सब जाँच रहे थे।"

"पट्ठे, शान्त हो जा ! मैं अविश्वास का प्रस्ताव थोड़े ही रख रहा हूँ, तुम्हारे जेट पर। तुम्हारा ई-मेल से भेजा प्रतिबिम्ब तो मैंने देखा था। यह रहा वह..."

कुछ बटन दबाते ही एक दूसरा बिम्ब वहाँ आ गया...लेकिन इस बिम्ब में आकाश-गंगा के केन्द्र से जेट निकलता दिखाई दे रहा था साफ-साफ। लक्ष्मण की जान में जान आई। फिर भी उसने पूछा :

"तो वास्तव में हो क्या रहा है ?"

"तुम तो डॉ. वॉटसन बन गए भाई ! देखो मैं शरलक होम्स भले ही न हूँ तो भी होम्स के एक वचन को कभी नहीं भुलाता। होम्स ने कहा था कि जो हो नहीं सकता उसे अलग निकालकर जो भी कुछ बचे वह कितना ही असम्भव क्यों न प्रतीत हो, पर वह सच होता है। तो अब जो बचा वह यह है कि तुमने जिस सुपर मांगो का इस्तेमाल किया है, उसमें कुछ दोष आ गए हैं।"

"दोष !" लक्ष्मण के दिमाग की ट्यूबलाइट अभी नहीं जली।

"हाँ बेटे, दोष यानी वाइरस ! हम जानते हैं कि हमारे सभी सॉफ्टवेयर अच्छी निगरानी में काम करते हैं। फिर भी विशेषज्ञों द्वारा ए.ए.टी. के सॉफ्टवेयर को जाँचना जरूरी है। मैं बाजी लगाने को तैयार हूँ कि तुम्हारे सॉफ्टवेयर में कहीं से वाइरस घुसा है।"

बी.बी. ने सी.एस.आई.आर.ओ.के कम्प्यूटर सेंटर को फोन लगाया। वहाँ के विशेषज्ञों की वह कद्र करता था। उसे विश्वास था कि वे इस वाइरस का पता लगाएँगे। लेकिन कोई अज्ञात चिन्ता उसे सताने लगी।

वाइरस घुसा भी तो क्यों और कैसे ? क्या सॉफ्टवेयर के सुरक्षा कवच अभेद्य नहीं रहे ?

फ्रांस्वा पेकेअर पेरिस में यूनेस्को की प्लास द फान्तेनॉय स्थित इमारत से बाहर निकला तो दोपहर के तीन बज रहे थे। उसका हवाई जहाज चार्ल्स द गाल हवाई अड्डे से शाम को सात बजे निकलने वाला था। यूनेस्को के पास ही उसका होटल–होटल सेगूर था। वैसे अपना कमरा तो वह खाली कर चुका था, पर सामान रिसेप्शन की निगरानी में छोड़ आया था। सवा तीन बजे वह होटल पहुँचा ताकि सामान लेकर कुछ शॉपिंग कर एयरपोर्ट चल दे। लेकिन...

"मस्यू पेकेअर ! एयर फ्रांस का आपके लिए अर्जेंट सन्देश है," रिसेप्शन के व्यक्ति ने एक कागज उसके हाथ में थमाया। पूर्वानुभव से उसने अन्दाज लगाया कि विमान देरी से निकलनेवाला होगा। पर सन्देश पढ़कर उसने मन ही मन विमान कम्पनी को एक गाली दी। आजकल तो सभी एयरलाइनें अकार्यक्षम हो गई हैं।

सन्देश फिर पढ़ा, "हमारे कम्प्यूटर नाकामयाब होने की वजह से सभी विमान सेवाओं की चेक-इन मैन्युअली हो रही हैं। सभी कर्मचारी यथाशक्ति सहयोग दे रहे हैं, फिर भी इस कार्य में देर लगती है। इसलिए सभी यात्रियों से अनुरोध है कि पहले बताए चेक-इन टाइम से एक घंटा पहले हाजिर हों। इस असुविधा के लिए खेद है," उसके मुँह से खीझ का एक अपशब्द निकला।

"गुस्ताखी माफ हो। पर मेरे सभी प्लान अपसेट हो गये। क्या आप टैक्सी बुलाएँगे ?" काउंटर पर के व्यक्ति ने अखबार का नया स्कैंडल पढ़ना छोड़कर टेलीफोन उठाया, "जनाब, टैक्सी पाँच मिनट में आ जाएगी...आप आराम से यहाँ वेट करें," एक सोफे की ओर उँगली दिखाकर उसने फिर अखबार उठाया।

वहाँ बैठे-बैठे पेकेअर ने अपना कार्यक्रम बदला। समय की कमी के कारण अब केवल एक जरूरी बात ही वह कार्यान्वित कर सकता था। 'लूव्हर' के नीचे स्थित शॉपिंग सेंटर में एक चित्र-प्रदर्शनी में उसने एक चित्र चुन रखा था। उसे खरीदकर फिर एयरपोर्ट जाना मुनासिब था।

"ले पिरामिद सिलू व्हू प्ले," उसने टैक्सी ड्राइवर को कहा। 'दॅकर' कहते ड्राइवर ने एक्सिलरेटर दबाया। 'जरा तेज गाड़ी चलाओ' ऐसा ड्राइवर को कहने की आवश्यकता नहीं थी...क्योंकि पेरिस का कोई भी टैक्सी ड्राइवर इस तरह गाड़ी चलाता है, मानो ले मॉन् की कार-रेस में भाग ले रहा हो।

फ्रांस के प्रेसिडेंट अपनी गद्दी छोड़ने के पहले अपनी सत्ता की कुछ यादगार पीछे रखना चाहते हैं, ऐसी यादगार जो पेरिसवासी और पेरिस आनेवाले लाखों पर्यटक भूल न सकें। पाम्पेदू साहब ने पाम्पेदू सेंटर बनाया तो जनाब मितराँ ने लूव्हर के पास पिरामिड बनाकर रास्ते के नीचे विशाल शॉपिंग सेंटर बना डाला। पिरामिड पहुँचकर पेकेअर चलती सीढ़ी से नीचे उतरा। चित्रों की दुकान पहुँचकर उसका मूड यह देखकर सुधरा कि उसका चित्र अभी मौजूद था, बिका नहीं था। दाम के बारे में चर्चा की न तो गुंजाइश थी, न समय। अपने क्रेडिट कार्ड पर पैसा चुकाकर उसने चित्र पैक करवाया।

निकट के शैटले स्टेशन पर उसे विमानपत्तन जानेवाली तेज एक्सप्रेस ट्रेन लेनी थी।

जाते-जाते उसने 'पारी स्वार' अखबार खरीदा। ट्रेन पर सवार होने पर उसने अखबार खोला। हेडलाइन पढ़ते ही उसका एयर फ्रांस पर का गुस्सा हवा हो गया।

"कम्प्यूटर के बिगड़ने के कारण चार्ल्स द गाल विमानपत्तन का कारोबार ठप्प।"

समाचार ताजा होने की वजह से संक्षेप में था। एयरपोर्ट से जानेवाली सभी विमान सेवाएँ लड़खड़ा गई थीं...गलती उसकी एयर लाइन की ही नहीं थी।

ट्रेन जैसे-जैसे एयरपोर्ट के पास पहुँचने लगी, उसमें भीड़ बढ़ती गई। पेकेअर की तरह अन्य सैकड़ों यात्री अपने विमान पकड़ने के लिए जल्दी-जल्दी भाग रहे थे। टर्मिनल में कितनी भीड़, कितना शोर-शराबा होगा, इसका कुछ अनुमान इससे हो सकता था।

पर वहाँ पहुँचते ही पेकेअर ने देखा कि वास्तव उसकी कल्पनाशक्ति से परे है! चार्ल्स द गाल विमानपत्तन अपने सुसंयमित वातावरण को खो बैठा था। उसके सभी टर्मिनल भीड़ से खचाखच भरे थे। चेक-इन काउंटरों के आगे लम्बी कतारें थीं और पीछे हैरान विमान-कर्मचारी, जो कच्छप गति से कतार को आगे सरका रहे थे। जो विमानपत्तन अपने यान्त्रिक रूप के कारण और शीशे की लम्बी नलियों में से सरकते जीनों पर जाने वाले यात्रियों के कारण तथा उतनी ही लंबी बेल्टों पर सरकने वाले सामान के कारण किसी अन्तरिक्ष यात्रा का माहौल सामान्य दर्शक के सामने लाता था, वह आज किसी सामान्य बस टर्मिनल की याद दिला रहा था।

क्योंकि सारा यान्त्रिक कारोबार ठप्प था। चेक-इन का काम करने वाले कम्प्यूटर मानो हड़ताल पर थे। इसलिए हर यात्री का टिकट रेकॉर्ड चेक करना, उसकी सीट नियत करना, उस नम्बर का बोर्डिंग पास उसे देना, सामान पर उसी नम्बर की स्लिप लगाना आदि जो क्रिया कम्प्यूटर आधे मिनट में करता था, उसे आज मनुष्य चार-पाँच मिनट में पूरा नहीं कर पा रहा था। उनकी—विमान-कर्मचारियों की—हैरानी देखकर उस हालत में भी पेकेअर के चेहरे पर मुस्कान आई। तीस साल पहले के जमाने में चेक-इन मनुष्य के ही हाथों होता था। लेकिन कम्प्यूटर पर निर्भर रहते-रहते आज वही काम करने की उसे आदत नहीं रही, जो वह पहले आसानी से किया करता था। ...तीस साल पहले भी जाने की जरूरत नहीं थी। पेकेअर को याद आया, केवल दो साल पहले वह अफ्रीका के एक विमानपत्तन पर से गुजरा था जहाँ कम्प्यूटर महाशय अभी नहीं पहुँच पाए थे। वहाँ के कर्मचारी झटपट चेक-इन करते थे।

'यह सब यन्त्र-निर्भरता का नतीजा है,' वह स्वयं से बोला, 'पर इस अनुभव से हम कुछ नहीं सीखेंगे। अभी कम्प्यूटर ठीक हो जाता है तो फिर सभी फिर 'जैसे थे' की स्थिति में चले जाएँगे। वास्तव में यह एक चेतावनी है मानव को ...'

मानो उसके मन के विचारों को जानकर पब्लिक एड्रेस सिस्टम एकाएक पुनर्जीवित हो उठा। पहले फ्रांसीसी, फिर अंग्रेजी और फिर अन्य यूरोपीय भाषाओं में घोषणा हुई :

"प्रिय यात्रियो ! कृपया ध्यान दें। आपको हुई परेशानी के लिए पूरे व्यवस्थापन को खेद है, पर बात हमारे वश में नहीं थी। किसी विचित्र अजनबी वाइरस के प्रवेश के कारण पूरे विमानपत्तन की संगणकीय प्रणाली खतरे में आ गई थी। उसे बचाने एवं

वाइरस को खोजकर निकालने के लिए सभी कम्प्यूटरों को बन्द करना पड़ा। अब हमारे विशेषज्ञों ने वाइरस का पता लगाकर उसे नाकाम कर दिया। अब सभी कम्प्यूटर अगले पाँच मिनटों में धीरे-धीरे फिर से कार्यरत हो जाएँगे। 'चार्ल्स द गाल' के इतिहास में ऐसा पहली बार हुआ है और यह आखिरी बार हो, ऐसी स्थिति लाने में हमारे विशेषज्ञ प्रयास कर रहे हैं और उन्हें विश्वास है कि वे कामयाब होंगे। आपकी सुखद यात्रा की हम कामना करते हैं।''

''इसी आत्मसन्तुष्टि से हमें सावधान रहना है,'' पेकेअर कतार में अपने से पिछले व्यक्ति की ओर मुड़कर बोला, ''अगर वाइरस अजनबी था, अकस्मात् घुसा तो ये कैसे सावधानी बरतेंगे कि वह फिर से न आए ?''

''आए न आए, इनके विशेषज्ञ जानें। अपन को तो चिन्ता है कि कतार में मेरा नम्बर आने तक तो ये कम्प्यूटर सही दिमाग से काम करें,'' वह यात्री मुस्कुराकर बोला।

पेकेअर भी इससे सहमत था। अब कतार भी तेज रफ्तार से आगे बढ़ रही थी।

अजय महाराणा पहली दफा दक्षिण अफ्रीका की भूमि पर पदार्पण कर रहा था। उसे लाने वाली विमान कम्पनी—एयर इंडिया—किसी समय भारत और दक्षिण अफ्रीका के बीच अपनी उड़ानें शुरू करेगी, ऐसी भविष्यवाणी 1980-90 के दशक में शायद ही किसी ने की हो। पर 1993 में जब दक्षिण अफ्रीका में रंगभेद की नीति का खात्मा होकर सच्ची जन-सत्ता की हवा बहने लगी तब दोनों देशों के बीच कला-क्रीड़ा, वाणिज्य, विज्ञान-तकनीक आदि मार्गों से आवागमन, आदान-प्रदान बढ़ने लगा। सांस्कृतिक शिष्टमंडल आने-जाने लगे।

अजय यूँ ही डरबन नहीं आया था। उसका इरादा तीन पीढ़ियों से टूटा रिश्ता फिर जोड़ने का था। सन् 1900 के आसपास उसके दादा के दादा भारत छोड़ डरबन गए, वहाँ व्यापार की शुरुआत करने। तब उनका बड़ा बेटा (यानी अजय के परदादा) भारत में ही व्यापार सँभालता रहा। परिवार के बाकी सब सदस्य नाटाल प्रान्त में व्यापार बढ़ाते गए और रंगभेद के बावजूद समृद्धि की ओर बढ़ते गए। उधर भारत में अजय के परदादा और दादा के बाद उसके पिताजी ने अपना व्यापार, दुकानें बेच डालीं—क्योंकि वे थे एक साहित्यकार। उनके जैसे विचारशील प्रज्ञावान लेखक को हिसाब-किताब की चौपड़ियों से कोई ताल्लुक नहीं था। उनकी पुस्तिकाएँ मुक्त छन्दों से भरी रहतीं। पहले कटक के आसपास एक ओड़िया कवि के रूप में उनका नाम सब जानते थे। ज्ञानपीठ पुरस्कार ने उस नाम को देश के कोने-कोने तक फैला दिया। लेकिन उनका पुत्र अजय न तो साहित्यकार बना, न व्यापारी। उसे विज्ञान ने आकर्षित किया। और आज वह, एक जाना-माना युवा जीवशास्त्री, बंगलूर के एक विज्ञान संस्थान में वैज्ञानिक पद पर था। प्रिटोरिया में आयोजित एक वैज्ञानिक गोष्ठी उसे दक्षिण अफ्रीका ले आई थी।

लेकिन उसका असली मकसद कुछ और ही था। इस शताब्दी के आरम्भ से डरबन

में बसे अपने रिश्तेदारों से वह पुनः सम्बन्ध स्थापित करने के लिए उत्सुक था। दीवाली और नए वर्ष के अवसरों पर शुभकामना-कार्ड भेजनेवाले राजीव महाराणा से मिलने को उसका जी चाह रहा था। प्रिटोरिया की गोष्ठी के बहाने दक्षिण अफ्रीका आकर अब वह राजीव से मिलने वाला था।

राजीव के साथ इलेक्ट्रॉनिक मेल के जरिए उसका पत्राचार जारी था। दोनों एक दूसरे को अपने फोटोग्राफ भी भेज चुके थे। इसलिए अजय को विश्वास था कि इस भीड़-भरे डरबन विमानपत्तन में वह राजीव को पहचान जाएगा। अपने सामान की ट्रॉली ढकेलते, इधर-उधर ताकते वह आगे बढ़ रहा था कि पीछे से उसके कन्धे पर एक थप्पी पड़ी और साथ ही ये शब्द सुनाई पड़े, ''हाय अजय ! वेलकम टु डरबन !''

अजय ने घूमकर देखा। नीली डेनिम की पतलून पहने चेकशर्ट में एक लम्बे कद का युवक मुस्कुरा रहा था। हुलिया राजीव का ही था।

''हैपी टु मीट यू राजीव !...एट लास्ट।''

दोनों गले मिले। दोनों के परदादा सगे भाई थे पर उस महाराणा परिवार की दो शाखाएँ लगभग एक शताब्दी के बाद पास आ सकी थीं। अजय के पिताजी की तमन्ना—दोनों शाखाओं को फिर जोड़ने की—वह पूरी कर रहा था। उसके पास खड़ा युवक पहली बार मिल रहा था, पर अजनबी नहीं था। 'भावस्थिराणि जननान्तर सौहृदानि' इस कथन का उसे साक्षात् अनुभव हो रहा था। महाकवि कालिदास ने सब कुछ पहले ही सोच रखा था।

कार पार्क में एक जापानी टोयोटा के पास दोनों आए। ''वाह ! स्वाधीनता मिलते ही आप जापानियों के कब्जे में चले गए ?'' उसने पूछा।

''हाँ भाई, और क्षेत्रों में भी यहाँ जापानी घुस गए हैं। आशा है, मेरे देशवासी उनसे मेहनत करना सीखेंगे,'' ऐसा कहते हुए राजीव ने गाड़ी स्टार्ट की।

नीले आकाश, सुहावने मौसम में डरबन का प्रथम दर्शन अजय को बहुत ही जँचा। खासकर, गाड़ी समुद्र के पास से गुजर रही थी तो उसने शहर के सौष्ठव पर राजीव को बधाई दी। ''यह रहा सिक्के का एक पहलू अजय भाई ! बाहर से आनेवालों को लुभाने वाला। पर दूसरा पहलू भी तुम जल्दी ही देखोगे...झुग्गियों का, अपराध का, गरीबी का !'' राजीव ने चेतावनी दी।

रंगभेद के जमाने में शहर के अलग-अलग भागों का रंग के अनुसार विभाजन किया गया था। गोरे लोगों के भागों में काले या भारतीय नहीं रह सकते थे। भारतीयों के लिए निर्धारित भाग में, ऐसे रास्ते पर जहाँ समृद्ध, धनवानों के घर थे, राजीव एक घर में अजय को ले आया। बँगला काफी विशाल था और उसकी सजावट रहनेवालों की गुणग्राहकता की द्योतक थी। पोर्च में गाड़ी खड़ी होते ही दरबान ने दरवाजा खोल अगवानी की और अजय का सामान उठाया।

''ये रहा संडे वांपा,'' एक काले नौकर से राजीव ने अजय का परिचय करवाया। ''ये तुम्हें चाय, कॉफी, नाश्ता—जब चाहो, लाकर देगा। अभी कुछ घंटे आराम

करो...जेट लैग से परेशान होगे। शाम को साढ़े छह बजे खाना खाने बाहर चल देंगे। मेरी श्रीमतीजी जो बर्ग से कल लौटेंगी तब मिलेंगी। मैं अभी दुकान चला...शाम को गप्पें लड़ाएँगे।'' 'दुकान' यानी 'महाराणा मार्केट' नाम से विख्यात डरबन का बड़ा डिपार्टमेंटल स्टोर।

''ज़ो-बर्ग ?'' अजय ने पूछा।

''जोहान्नेस बर्ग को हम सब इस छोटे नाम से पुकारते हैं,'' जाते-जाते राजीव ने बताया।

संडे चाय और बिस्कुट ले आया। चाय पीकर, शॉवर लेकर अजय बिस्तरे पर जा लेटा। और कुछ ही देर में कमरे से खर्राटों की आवाज आने लगी।

नींद से उसे कब छुटकारा मिला, बताना असम्भव है। ठीक साढ़े छह बजे राजीव ने उसे हिलाकर जगाया तो उसके चेहरे पर वही फिल्मी हीरो का भाव उभरा, ''मैं कहाँ हूँ ?''

''चलो...अब नींद का बजट आगे पूरा करना। अब तुम्हें एक बढ़िया रेस्त्राँ ले चलता हूँ,'' राजीव बोला और उसे दस मिनट की अवधि देकर कमरे से बाहर निकला।

जब निद्रा का असर कम हुआ तो अजय को तेज भूख महसूस हुई। वह जल्दी तैयार होकर बाहर आया।

राजीव उसे समुद्र किनारे ले गया। समुद्र शान्त था और तट पर भीड़ घट रही थी। लेकिन वहाँ के साफ-सुथरे वातावरण को देखकर अजय से रहा नहीं गया। वह बोला, ''इसी हिन्द महासागर के अरब सागर के किनारे हमारी बम्बई है। वहाँ भी समुद्र तट और रास्ते हैं। पर वहाँ की चौपाटी पर का कूड़ा-कचरा और यहाँ का साफ-सुथरा माहौल देखकर सोचता हूँ...कि यहाँ भी तुम्हारे जैसे इतने हिन्दुस्तानी हैं...जो आप लोगों से सम्भव हो सका वह हमसे क्यों नहीं हुआ ? बम्बई ही नहीं, हमारे सभी शहरों में गन्दगी, प्रदूषण का वातावरण क्यों बढ़ता जा रहा है ? क्या ये बढ़ती जनसंख्या का ही परिणाम है ?''

कुछ सोचकर राजीव बोला, ''जहाँ जनसंख्या बहुत होगी वहाँ अनुशासन कम होगा, यह तो सच है। पर आप लोगों की मुख्य कठिनाई है—तगड़े नेतृत्व का अभाव। अगर समाज या शासन के सिरमौर लोग ही इस बारे में मार्गदर्शन न करें तो जनसाधारण इसकी चिन्ता क्यों करें ?''

''लेकिन क्या यहाँ ऐसा सवाल नहीं उठता ?'' अजय ने पूछा।

''क्यों नहीं ? अवश्य उठा। पर सत्ता के हस्तान्तरण के समय हमें जो नेतृत्व उपलब्ध हुआ वह जिम्मेदार था। इसलिए गोरों से कालों के हाथ सत्ता आने पर भी माहौल में उथल-पुथल नहीं हुई।...पर सच कहूँ, मैं कभी-कभी सोचता हूँ कि यह सन्तुलन कहाँ तक स्थिर है ? क्या थोड़े से दंगा-फसाद से यह सारी व्यवस्था डाँवाडोल हो जाएगी ? डरबन की बात अलग है अजय भाई...पर जो-बर्ग या केप्टाउन जाकर देखो। वहाँ कुछ उपनगरों में जाने से मैं कतराता हूँ...पुलिस भी सतर्क रहती है। झुग्गियाँ,

सदियों से चली आई गरीबी, अपराध का माहौल...ये सब इस साफ-सुथरी समाज-व्यवस्था पर हावी तो नहीं हो जाएँगे ? कभी-कभी तो मुझे ही अचरज लगता है कि इतने दिन गरीबी की रेखा के नीचे गुजारने के बाद गुलामी के खत्म होने पर भी यहाँ का अश्वेत समुदाय शान्त कैसे है ? हो सकता है यह सब यहाँ के नेतृत्व का प्रभाव हो।''

''मुझे याद आई 'गाँधी' फिल्म की। गाँधीजी ने यहाँ बहुत कुछ सीखा और फिर भारत का नेतृत्व किया। दुर्भाग्य से आज उनके अनुयायी—किसी भी राजनीतिक दल के क्यों न हों...समाज का रचनात्मक नेतृत्व करने के बजाय राजनीति खेलकर उसके घटकों को एक दूसरे के विरोध में उकसाते रहते हैं !'' अजय बोला।

''दक्षिण अफ्रीका के भविष्य के बारे में मैं आशावादी हूँ,'' राजीव बोला, ''केवल कुछ साल इस शान्तिपूर्ण माहौल के बने रहने से आर्थिक विकास हो सकेगा और लोग शान्तिपूर्ण माहौल के महत्त्व को समझेंगे। पर कुछ शक्तियाँ ऐसी हैं जो सदैव प्रयास में हैं कि यह देश अराजकता की ओर बढ़े...चलो, अब पेट-पूजा करें ! इस होटल की सर्वोच्च मंजिल पर एक बेहतर रेस्त्राँ है।'' एक ऊँची इमारत के कार-पार्क में गाड़ी को ठहराते हुए राजीव बाहर निकला। अजय भी दूसरे दरवाजे से बाहर आया।

होटल के काउंटर पर एक भारतीय युवती अभ्यागतों के स्वागत के लिए मौजूद थी। पास ही में एक भारतीय युवक कम्प्यूटर से निपट रहा था। ये भारतवंशी हैं...भारतीय नहीं, दक्षिण अफ्रीकी हैं...अजय ने स्वयं को समझाया ! अन्दर आते ही राजीव ने आवाज दी :

''हाय करुणा ! हाय दिनेश !''

''हैलो राजीव...वेलकम टू द बेस्ट फूड इन डरबन,'' सस्मित अभिवादन करते हुए करुणा बोली। दिनेश—जो कम्प्यूटर पर जुटा था, केवल हाथ हिलाकर अपने काम में लगा रहा। तभी फोन की घंटी बजी। कुछ त्रस्त भाव से रिसीवर उठाकर करुणा बोली, ''...सॉरी, गलत नम्बर है। यह महाराणा होटल है...कृपया आप टेलीफोन कम्पनी से पूछताछ करें।'' रिसीवर रखते हुए करुणा राजीव से बोली, ''क्या बताऊँ राजीव, आज सुबह से गलत फोनों का ताँता लगा है। वैसे तो कम्प्यूटर निर्धारित टेलीफोन केन्द्रों के लिए हमारे देश में डरबन मशहूर रहा है...पर लगता है आज कम्प्यूटर महाशय का मिज़ाज बिगड़ गया है।''

''केवल फोन कम्पनी नहीं, हमारे यहाँ का सर्वर भी सनकी बन गया है। मैंने कम्प्यूटर सलाहकार डोलारभाई को बुलावा भेजा है,'' दिनेश सिर घुमाकर बोला।

''शायद कम्प्यूटरों की महामारी आई है...मेरी दुकान का सर्वर भी आज ठीक काम नहीं कर रहा !'' राजीव कुछ मज़ाक में तो कुछ गम्भीरता से बोला। उसने अजय का परिचय कराया।

पर अजय का चेहरा गम्भीर था। वह बोला, ''कोई वाइरस तो नहीं घुस गया ?''

दिनेश ने अनुमोदन करते हुए कहा, ''प्रोफेसर महाराणा, आपका अन्दाज सही होगा। क्योंकि हमारे पड़ोसी 'हॉलिडे-इन' की शिकायत है कि उनकी लिफ्ट बिगड़ गई

हैं...उन्हें गर्व था कि शहर में उन्हीं की लिफ्ट पूरी कम्प्यूटर-नियन्त्रित हैं और सामने 'नेटाल प्लाजा' वालों की शिकायत है कि उनका बिलिंग सिस्टम ठप्प हो गया।"

"आपकी तो लिफ्ट चल रही है ना ?" चिन्ता से राजीव ने पूछा।

"हाँ, क्यों नहीं ? अभी वो कम्प्यूटराइज़्ड नहीं है ना ?" हम अगले महीने नए कम्प्यूटराइज़्ड लिफ्ट लगानेवाले हैं, पर अगर यह माहौल रहा तो शायद इस निर्णय पर पुनर्विचार करना होगा," करुणा बोली।

"चलो अजय ! इनकी लिफ्ट के सनक जाने के पहले बीसवीं मंजिल तय कर लें," दोनों लिफ्ट की ओर बढ़े।

लिफ्ट चढ़ते-चढ़ते दोनों स्तब्ध थे। बीसवीं मंजिल पर बाहर निकलने पर राजीव बोला, "अब इधर-उधर देखे बिना सीधे सात कदम चलो और फिर देखो।"

अजय ने वैसा ही किया और दाँतों तले उँगली दबाकर खड़ा रहा। वह एक वीथिका में था जहाँ से प्रकाशमान डरबन शहर के दर्शन हो रहे थे। वह विहंगम दृश्य वास्तव में मनोहारी था।

वीथिका से अन्दर जाकर रेस्त्राँ में दोनों एक खिड़की के पास वाले टेबल पर गए। वास्तव में वह रेस्त्राँ धीरे-धीरे घूम रहा था जिससे मेहमानों को घंटे-भर में पूरे शहर के दर्शन हों। दृश्य की सराहना करते हुए राजीव से अजय ने कहा, "इस शान्त गम्भीर दृश्य के पीछे कहीं कोई गड़बड़ी मचाने की योजना तो नहीं बना रहा ?"

"मतलब ?" राजीव ने पूछा।

अजय का चेहरा गम्भीर था। वह बोला, "वाइरस की घटना से मैं चिन्तित हूँ। वाइरस अपने आप नहीं बनते। कोई उन्हें जान-बूझकर कम्प्यूटर यन्त्रणा में घुसाता है। कभी केवल मजाक के लिए, तो कभी अनिष्ट भावना से !"

"अब देखें डोलार भाई क्या कहते हैं !...पर यह बात सही है। हमारा यह राष्ट्रीय सन्तुलन किसी ऐसी कम्प्यूटर महामारी से बिगड़ सकता है," राजीव बोला।

अजय ने देखा। सभी मेहमान आराम से खाना खा रहे थे या बातचीत में मग्न थे। बाहर डरबन भी शान्त वातावरण में मानो तैर रहा था। शायद उसकी चिन्ताएँ बेबुनियाद थीं...

वाइरस ही वाइरस

कमरा नम्बर 153 से जगताप बाहर निकला तो उसके मन में चारों दिशाओं में दौड़ने वाले विचारों का मानो ट्रैफिक जाम हो गया था। एक विचार-शृंखला के आगे बढ़ते-बढ़ते दूसरी आड़े आ जाती थी। और इसकी वजह थी प्रधानमन्त्री के साथ हुई मन्त्रणा !

साउथ ब्लॉक से बाहर निकलते ही ठंडी हवा ने उसका स्वागत किया और उसके दिमाग को ठंडा कर दिया। उसने घड़ी देखी तो एक बज रहा था। उसे बम्बई की चार-पचास की फ्लाइट पकड़नी थी...बशर्ते वह सुबह के कुहरे की वजह से कैंसिल न हो गई हो ! कार-पार्क में उसकी हरी गाड़ी खड़ी थी। उसके ड्राइवर सरदारजी अन्य ड्राइवरों से गपशप लड़ाकर समय बिता रहे थे लेकिन जगताप के बाहर निकलते ही तत्परता से हाजिर हो गए।

"चलो पालम !" इन्दिरा गाँधी अन्तर्राष्ट्रीय हवाई अड्डा—इतना लम्बा नाम लेने की बजाय दिल्लीवासी अभी पुराना नाम ही पसन्द करते थे।

"हाँ जी...डोमेस्टिक पर ?" सरदारजी ने पूछा।

"हाँ, इंडियन एयरलाइन वाले टर्मिनल पर," गाड़ी स्टार्ट होते-होते जगताप ने देखा कि अब मौसम सुधर रहा है। इंडिया गेट साफ-साफ दिखाई दे रहा था। पालम तो अब ख़ुल गया होगा। लेकिन विमान सेवाएँ कुछ तो रद्द हो गई होंगी और कुछ घंटे-दो घंटे की देरी से चल रही होंगी। पर ट्रंक रूट होने के नाते बम्बई-दिल्ली विमान सेवाएँ बन्द तो नहीं होंगी।

कॉलेज के नोटिस बोर्ड पर परीक्षा के परिणाम घोषित होते हैं तो उन्हें देखते समय परीक्षार्थी का दिल धड़धड़ाता है। नारायण विनायक जगताप एक होशियार छात्र रहा था जिसे अपनी कर्मठता पर सदा पूरा विश्वास रहा। इसलिए घोषित परिणामों में अपने नाम को खोजने में न तो उसे कठिनाई होती, न चिन्ता। पर वही जगताप एयरपोर्ट पहुँचने पर सामने लगे विमान सेवाओं के निर्धारित कार्यक्रम को पढ़ने से कतराता था। पता नहीं कितने घंटे इन्तजार करना पड़े।

आज भी उसी धड़धड़ाते दिल से उसने काले बोर्ड पर चॉक से लिखे अक्षरों को पढ़ा और उसकी जान में जान आई। बम्बई जानेवाली फ्लाइट अभी तक तो समय पर थी।

"क्यों जी, आपने बम्बई की उड़ान समय पर कैसे लगा दी ? और सब उड़ानें तो

देरी से चल रही हैं ?'' उसने कुछ मजाकिया स्वर में चेक-इन काउंटर पर पूछा।

काउंटरवाला सूखी मुस्कान से बोला, ''भाई साहब, एयरक्राफ्ट तो देरी से आने वाला है। पर हमने बनारस जाने वाला विमान हथियाकर बम्बई को डाइवर्ट कर दिया। उस पर हमारे मिनिस्टर जा रहे हैं न ?''

बहुत खूब ! तो मिनिस्टर साहब ने बनारस की उड़ान ही हाइजैक कर ली। मन्त्रियों के साथ यात्रा करने के कुछ फायदे भी होते हैं। पर बेचारे बनारस जानेवालों का क्या होगा ? चलो ! ऑल इज फेयर इन लव एंड एयर ट्रेवेल। ऐसा सोचते हुए जगताप सिक्योरिटी से गुजरकर डिपार्चर लाउंज की ओर निकला। वहाँ उसे उसके सवाल का जवाब मिला।

''हाय नाज्या ! इधर कहाँ ?'' एक पुकार आई। उसे 'नाज्या' कहने वाले बहुत थोड़े मित्र थे, लम्बे अरसे के। उसने घूमकर देखा।

''अजय ! तुम इधर कैसे...क्या बंगलूर उड़ान की बाट जोह रहे हो ?'' अजय महाराणा से हाथ मिलाकर उसने पूछा।

''नहीं जी, अभी दक्षिण अफ्रीका से लौट रहा हूँ...वहाँ सेमिनार था। पर मुझे अपने पुराने भाई-बन्धुओं से मिलना था जो वहीं बस गए हैं। और उसकी रिपोर्ट माँ को देने के लिए कटक जा रहा हूँ। दिवंगत पिताजी के यही अरमान थे जो मैंने पूरे किए। पर यह साली विमान सेवा चले तो !'' उसने खीजकर कहा।

''कब है तुम्हारी फ्लाइट ?''

''कब थी यह पूछो भाई। पाँच बजे निकलने वाली थी। सिक्योरिटी चेक भी हो चुका। बनारस होते हुए यह फ्लाइट भुवनेश्वर जाएगी। अब बता रहे हैं कि फ्लाइट रीशेड्यूल हो गई। क्यों ? कारण भगवान जाने !'' अजय बोला।

कारण मैं जानता हूँ, जगताप ने मन ही मन सोचा, पर प्रकट में कुछ नहीं कहा। अगर कारण जाहिर हो तो तहलका मच जाएगा। उसने कहा, ''रीशेड्यूल्ड; यह एक नया शब्द इन बहादुरों ने खोज निकाला। पहले कहा करते थे 'डिलेड'...विमान देरी से जाएगा। अब देर हुई, इस बात को भी स्वीकार नहीं करना चाहते। चलो कॉफी पिएँ। तुम मुझे दक्षिण अफ्रीका के किस्से सुनाओ।''

लाउंज में कॉफी-मशीन थी। लेकिन 'सेल्फ सर्विस' के लिए भी मानव-शक्ति इस्तेमाल करने वाला भारत अनोखा देश है। जगताप ने पाँच-पाँच रुपए के दो टोकन खरीदे जिन्हें मशीन पर नियुक्त व्यक्ति ने मशीन में डालकर कॉफी के प्याले हाजिर किए।

कॉफी चखकर महाराणा का मिजाज शान्त हुआ। वह बोला, ''नाज्या ! जब मौका मिले दक्षिण अफ्रीका अवश्य जाना। अभी संक्रमण की स्थिति से गुजरते उस देश में जो ताजगी और विविधता है वह शायद दस-बीस साल बाद न दिखाई दे...''

''तो वहाँ के कुछ अनुभव तो सुनाओ ! अभी समय है।''

''नाज्या ! डोंट रब इट इन भाई। समय तो काफी है। खैर ! बहुत लम्बी दास्तान

है...जैसा हमारे फिल्मवाले कहते हैं।''

अजय अपनी दास्तान सुनाते-सुनाते मूड में आ गया। एक घंटा कैसे बीता, पता भी न चला।

एकाएक बम्बई की फ्लाइट की घोषणा ने दोनों को चौकन्ना कर दिया। अजय से हाथ मिलाकर जगताप उठा। गेट पर यात्रियों की कतार बन रही थी। एकाएक उसे एक बात याद आई। ''अजय...तुम्हारे कई विवरणों में कम्प्यूटर बिगड़ने की बात आई। क्या इसके पीछे कोई साजिश है ?'' उसने पूछा।

''नाज्या ! मैं कहने ही वाला था पर बीच में यह डिपार्चर कॉल की घोषणा हो गई। खैर, संक्षेप में यही कि उस देश में कम्प्यूटराइजेशन तेजी से चल रहा है। पर मैं यह मानने को राजी नहीं कि कम्प्यूटर का मिजाज कभी-कभी बिगड़ जाता है और उस पर निर्भर कारोबार ठप्प हो जाते हैं, वैसी ही ये घटनाएँ भी थीं। सभी जगह वाइरस का अन्देशा था और यह वाइरस सोच-समझकर कम्प्यूटर नेटवर्क में छोड़ा गया है। मैं विशेषज्ञ नहीं हूँ पर कम्प्यूटर का काफी इस्तेमाल मैंने किया है। उसी आधार पर मैं कहूँगा कि इस नवोदित देश की व्यवस्था को बिगाड़ने के लिए जान-बूझकर चाल चली जा रही है। क्यों, चौंक क्यों गए ?''

जगताप ने अपने आपको सँभाला क्योंकि अजय उसे आश्चर्य से घूर रहा था। अपने मन में दौड़नेवाले विचारों को सँभालते हुए उसने गीयर बदला, ''नहीं, एकाएक मुझे याद आई। क्या वहाँ जाने के लिए तुम्हें पीले बुखार का इंजेक्शन लेना पड़ा ?'' उसने पूछा।

''नहीं तो,'' अजय बोला। पर अभी उसके चेहरे पर कौतूहल था।

''जब तुमने वाइरस की बात की तो मुझे पीले बुखार की याद आई। मैं सूई से हमेशा कतराता हूँ।''

''अबे तुम्हारे पूर्वज मराठे तलवार चलाते थे और तुम सूई से घबराते हो ?'' हँसते हुए अजय ने विदा ली। लेकिन जगताप ने अभी उसका हाथ पकड़ रखा था। वह बोला, ''पर उस कम्प्यूटर वाइरस के बारे में क्या नतीजा निकला ? क्या वह किसी साजिश के तहत किया गया था ? तुम्हें ऐसा क्यों लगा कि वह देश में अराजकता फैलाने के इरादे से फैलाया गया ?''

''यह एक सम्भावना मात्र है। अन्यथा इतनी अलग-अलग जगहों पर एक ही तरह के वाइरस के पाए जाने को हम क्या समझें ?'' अजय बोला।

''कम्प्यूटर एकाउंट में घुसकर छेड़खानी करनेवाले हैकर्स तो काफी हैं...तुम्हारे पास कोई सबूत है कि इसके पीछे कोई तगड़ी साजिश है ?''

''सबूत नहीं, पर जिस तरह काफी बातें वहाँ ऊँचे स्तर पर गुप्त रखी जा रही हैं उनकी बदौलत तो यही लगता है...अच्छा अब भागो तुम्हारी बस निकलने को है।''

बोर्डिंग की सूचना फ्लैश हो रही थी। विमान कर्मचारी यात्रियों को घूर रहे थे। जगताप गेट की ओर झपटा।

विमान यथासमय उड़ान भर कर दस हजार मीटर ऊँचाई पर पहुँचा। सीट की पेटी खोलने की अनुमति की घोषणा हुई। पर जगताप अजय की दास्तान पर विचार कर रहा था। ''काफी बातें वहाँ ऊँचे स्तर पर गुप्त रखी जा रही हैं...'' अजय ने कहा था। उसके भाई राजीव की एक एम.पी. से काफी दोस्ती थी—ऐसा अजय ने कहा था। संभव है, वहीं से उसे पता चला हो। वैसे आज प्रधानमन्त्री ने सभी से यही कहा था। उसने गोपनीयता की शपथ ली थी। ''...आज देश पर एक ऐसा संकट गुजरा है...'' प्रधानमन्त्री के ये आरंभिक शब्द उसे भूले नहीं थे। क्या अन्य देशों के ऐसे ही समाचार उन्हें 'थ्रू ऑफिशियल चैनल' मिले थे ? सुबह का चर्चा-सत्र एक बार फिर उसके स्मरण-पटल से गुजरा।

देश पर संकट, वह किस प्रकार का ?

पड़ोसी राष्ट्र के हमले का ?

अन्दरूनी विघटनकारी तत्त्वों का ?

आतंकवादियों का ?

.... ?

पर्याय तो कई थे। यदि अन्य देशों पर भी ऐसी ही गुजर रही है तो यह संकट केवल हमारा अपना नहीं है। पर जब तक बला हमारे सर पर है तब तक हमें उससे निपटना तो है। और तीनों सेना-प्रमुखों के अपने-अपने अनुभव, स्थिति कितनी नाजुक बन गई है इसकी याद दिलाते थे। उन्होंने जो किस्से सुनाए थे वे गहरी चिन्ता जगाने वाले थे क्योंकि आज के कम्प्यूटर युग में—जहाँ सभी क्षेत्रों में कम-अधिक तौर पर कार्यप्रणाली निश्चित करने और उस पर नियन्त्रण रखने का काम अब कम्प्यूटर करने लगे हैं—कम्प्यूटरों के माथे सनक जाने पर क्या उत्पात गुजर सकते हैं, इसका अनुमान भी बेहद चिन्ताजनक था। सेना-प्रमुखों के अनुभवों को देखते हुए लगता था कि कोई देश की सुरक्षा-प्रणाली को ही अपना लक्ष्य बना रहा था।

''कम्प्यूटर फेल हो जाने से हमारे सन्देशों का सीमावर्ती क्षेत्रों से आदान-प्रदान ठप्प हो जाता है,'' वायुसेनाधीश ने कहा था। स्थल और नौसेना प्रमुखों ने भी सहमति में सिर हिलाए थे।

''तो क्या अब हमें रात को चपातियाँ लेकर दौड़ने वाले सन्देशवाहकों पर निर्भर रहना पड़ेगा ?'' चिड़चिड़ाहट के साथ प्रधानमन्त्री बोले। उन्हें याद आ रहा था जॉन मास्टर्स का उपन्यास 'द नाइट रनर्स ऑफ बेंगाल'...1857 के स्वाधीनता संग्राम की पार्श्वभूमि पर लिखा हुआ। अंग्रेजी सत्ता के विरुद्ध रची साजिश की मन्त्रणाएँ ऐसे दौड़नेवाले सन्देशवाहक इधर से उधर पहुँचाते थे...चपातियों के माध्यम से।

जनरल बत्तरा सन्दर्भ समझ गए और बोले, "सर ! वैसी बात नहीं। हम डेढ़ सौ साल के अतीत में नहीं जाने वाले। जब नई तकनीक—यह आधुनिक कम्प्यूटरचालित सन्देश यन्त्रणा—इस्तेमाल होती है, तब कभी न कभी, कुछ न कुछ बिगड़ने की सम्भावना अवश्य रहती है। परन्तु अब स्थिति उन आरम्भिक दुर्घटनाओं से आगे बढ़ चुकी है। कम्प्यूटर सनकने के पीछे कोई साजिश है।"

"हाँ सर ! ये गलतियाँ हार्डवेयर की हैं या सॉफ्टवेयर की ये खोज निकालने की आवश्यकता है। हमारे विशेषज्ञ कहते हैं, पूरी कम्प्यूटर प्रणाली में वाइरस घुसा है।"

"वाइरस ?" प्रधानमन्त्री ने चकित होकर पूछा।

"जी, मैं इस बात को समझाता हूँ," प्रधानमन्त्री की ओर देखते हुए प्रोफेसर विनोद शर्मा बीच में ही टपक पड़े। किसी भी चर्चा-सभा में अधिक देर बिना बोले वे रह नहीं सकते थे। प्रधानमन्त्री उनकी इस आदत से अच्छी तरह परिचित थे। कुछ मुस्कुराकर उन्होंने अनुमति दी और शर्माजी ने अपनी वाक्‌गाड़ी ऊँचे गीयर में चढ़ाई।

"जैसे प्राणियों के शरीर में होने वाली प्राकृतिक जैविक क्रियाओं में अड़ंगा डालनेवाले रोग-जीवाणु यानी वाइरस हुआ करते हैं, वैसे ही कम्प्यूटर की तर्क-विशुद्ध कार्य-प्रणाली में अड़ंगा डालने वाले कम्प्यूटर प्रोग्राम होते हैं, इन्हें भी वाइरस ही कहते हैं। इन प्रोग्राम यानी कम्प्यूटर को दिए गए आज्ञापत्र के माध्यम से कम्प्यूटर की सुचारु कार्यप्रणाली बदली जा सकती है।

"वाइरस घुसाने की शुरुआत 1980-90 के दशक में हुई। इसी दशक में कम्प्यूटरों की लोकप्रियता तेजी से बढ़ी। बड़े कार्यालयों और वैज्ञानिक प्रयोगशालाओं की दीवारों को फाँदकर कम्प्यूटर जन सामान्य के घर में जा घुसा। अपने दैनिक कार्यों में भी यह बन्दा काम आ सकता है, इसकी जानकारी जनमानस में फैलने लगी और ऐसे कार्यों के लिए कम्प्यूटर को दिए जाने वाले प्रोग्राम या आज्ञापत्र लिखने का नया माहौल उठ खड़ा हुआ। जैसे इन आज्ञापत्रों ने अपनी उपयुक्तता की वजह से ऊँची कीमत हासिल करनी शुरू की वैसे ही कॉपीराइट के प्रश्न भी उठ खड़े हुए। गायक की कैसेट बाजार में आती है तो उसे कॉपी करके बेचना कॉपीराइट एक्ट का उल्लंघन माना जाता है।

"कम्प्यूटर आज्ञापत्र भी कॉपी करके बेचने वाले बहादुरों पर काबू पाने के लिए मूल आज्ञापत्र लेखकों ने वाइरस का इस्तेमाल किया। जो गैरकानूनी ढंग से आज्ञापत्र कॉपी करते थे वे एक वाइरस को भी उस आज्ञापत्र में घुसा पाते थे ! और यह वाइरस उनके कम्प्यूटर के अन्य आज्ञापत्रों में भी फैल जाता था। संक्षेप में यह गैरकानूनी इस्तेमाल की सजा होती थी। उलटे यदि रॉयल्टी की कीमत चुकाकर वह कम्प्यूटर प्रोग्राम इस्तेमाल होता था तो उसमें वाइरस अपना प्रभाव नहीं दिखा पाता।

"पर यह बात यहीं तक सीमित नहीं रही। जब एक पर्सनल कम्प्यूटर में वाइरस घुस जाता है तो वह उसमें डाली डिस्केट या फ्लॉपी डिस्क पर भी आ जाता है। फिर यदि उस डिस्केट का इस्तेमाल किसी अन्य कम्प्यूटर पर हो जाए तो वाइरस वहाँ भी घुस जाता है। यह संसर्गजन्य रोग शायद अब नेटवर्क के माध्यम से और भी दूर पहुँच

जाता है क्योंकि नेटवर्क में दूर के कम्प्यूटर भी एक शृंखला में जुड़ जाते हैं।''

''प्रोफेसर शर्मा ! आपने अपने सरल ढंग से मूल प्रश्न पर प्रकाश तो डाला किन्तु एडमिरल साहब यह जानना चाहते हैं कि उन्हें पीड़ित करने वाला वाइरस आया कहाँ से,'' प्रधानमन्त्री के सौम्य शब्दों में निहित हल्का-सा व्यंग्य डॉ. रामचन्द्रन की काकदृष्टि से नहीं छूटा ! जगताप की ओर देखकर उन्होंने हल्की मुस्कुराहट के साथ आँखें मिचकाईं।

वास्तव में जगताप शर्मा और रामचन्द्रन—दोनों की कद्र करता था। लेकिन कर्मठ होते हुए भी दोनों शासकीय माहौल में एक दूसरे को नीचा दिखाने को क्यों उत्सुक रहते हैं, यह वह अब तक नहीं समझ सका था। पहले राजदरबार में दो प्रतिभाशाली संगीतकारों, साहित्यकारों, चित्रकारों में होड़ एवं ईर्ष्या का माहौल रहा करता था...क्या वैज्ञानिक भी ऐसी मानवीय भावनाओं से परे नहीं रह सकते ? उसने स्वयं इन दोनों हस्तियों से मित्रता निभाने की नीति अपनाई थी, लेकिन उसका फल उसे, दुर्भाग्य से, शीघ्र ही मिलने वाला था।

प्रधानमन्त्री ने आगे कहा, ''...वाइरस के बारे में मैं कम्प्यूटर क्षेत्र के जाने-माने विशेषज्ञ सब्योदा से टिप्पणी सुनना चाहता हूँ।''

''सब्योदा,'' यानी सब्यसाची बाबू या सब्यसाची मुखोपाध्याय सामान्य चर्चा में, गपशप में अपनी मितभाषिता के लिए मशहूर थे। पर यदि कोई उन्हें अपना मत सुनाने का आह्वान करे तो स्पष्ट बोलने से कतराते नहीं थे। प्रधानमन्त्रीजी के पूछने पर उन्होंने कहा :

''प्रधानमन्त्रीजी, मैं पहली बार इस वाइरस के बारे में सुन रहा हूँ। सेनाध्यक्षों की बातें सुनकर यह तो सिद्ध है कि यह कोई अनूठा वाइरस है जिसकी जाँच करना निहायत जरूरी है। जैसा शर्माजी ने स्पष्ट किया, वाइरस फ्लॉपी या डिस्केट के माध्यम से फैलता है। पर यहाँ हमें नेटवर्क पर से फैलनेवाली महामारी पर काबू करना है। हमें पहले यह देखना है कि घुसे हुए वाइरस को बाहर कैसे निकालें। फिर यह जानना है कि यह पट्ठा—टॉप सिक्योरिटी के बावजूद अन्दर घुसा कैसे, ताकि ऐसा फिर न होने पाए। तीसरी बात यह खोजने की है कि किस व्यक्ति या संस्थान ने या देश ने हमारे साथ यह छेड़खानी की है।''

सब्योदा इतना कहकर चुप हुए। उन जैसे मितभाषी के लिए यह एक लम्बा भाषण था। जगताप ने कुछ कहने की अनुमति के लिए हाथ उठाया। प्रधानमन्त्रीजी का ध्यान उसकी ओर आकर्षित हुआ। और बोलने को उत्सुक शर्माजी को दबाकर उन्होंने जगताप से बोलने को कहा।

''मैं यही कहना चाहूँगा कि यदि यह वाइरस नेटवर्क पर फैला है तो इलेक्ट्रॉनिक मेल के मार्ग से उसके आने की सम्भावना है। आज ई-मेल के इतने नेटवर्क हैं जो देश को जोड़ चुके हैं। क्या आप उच्चस्तरीय और गोपनीय मार्ग से यह जानकारी हासिल कर सकते हैं कि अन्य देशों में भी ऐसी कठिनाइयाँ महसूस की जा रही हैं...शायद वे

भी हमारी तरह ही पीड़ित हैं और गोपनीयता की वजह से हमें उनकी जानकारी न हो,'' नारायण बोला।

''नारायण की सलाह विचारणीय है,'' रामचन्द्रन बोले, ''दुर्भाग्य से कई राष्ट्रों को राष्ट्र-विघातक आतंकवादियों का सामना करना पड़ रहा है। कारण अलग-अलग हो सकते हैं। पर ऐसे माहौल में कोई अनीति से पैसे कमानेवाला अन्तर्राष्ट्रीय संगठन वाइरस बनाकर यह गुस्ताखी कर रहा होगा। हम तो जानते हैं कि छिपे तौर पर गैरकानूनी ढंग से शस्त्रास्त्रों का आयात-निर्यात होता है। संभव है, उसी में अब वाइरस भी आ गया हो !''

''प्रोफेसर रामचन्द्रन लगता है जेम्स बॉण्ड या डॉ. फू मांचू की कहानियाँ पढ़कर आए होंगे,'' शर्माजी बोले। कुछ देर पहले रामचन्द्रन ने आँखें मिचकाई थीं, यह बात शर्माजी की नजर से नहीं छिपी थी। शर्माजी की टिप्पणी पर हँसी-ठहाकों के प्रवाह में जगताप की सूचना कहीं से कहीं बह गई।

अब बम्बई जाते समय उस सूचना पर पुनर्विचार करते-करते जगताप को उसमें काफी मजबूती दिखाई दी। अजय महाराणा के दक्षिण अफ्रीकी अनुभव उसकी पुष्टि करते थे। कम्प्यूटर बन्द हो गए या सनक गए...आज यहाँ, कल वहाँ...आज कम पैमाने पर तो कल अधिक व्यापक रूप से...क्या ये घटनाएँ अलग-अलग केवल इत्तेफाक से हो रही थीं या उनके पीछे किसी शक्ति की प्रेरणा थी...किसी अनिष्ट शक्ति की ? आतंकवाद भी ऐसे ही फैलता है और कभी-कभी जब उसका व्यापक रूप सामने आता है तो काफी देर हो चुकी होती है। क्या आज की ये स्फुट घटनाएँ कल विश्व को नेस्तनाबूद करने की पूर्व सूचनाएँ तो नहीं ?

विमान में जलपान देना आरम्भ हो गया था। यात्री खाने-पीने, गपशप लड़ाने या कुछ पढ़ने में लगे थे। वातावरण इतना साधारण था कि जगताप को लगा कि उसके विचार सत्य-सृष्टि को छोड़ कहीं भटक तो नहीं रहे ? खैर, अब विमान दिल्ली से बम्बई जा रहा था, तो उसे भी दिल्ली के विचार छोड़ बम्बई की बातों पर सोचना उचित था।

जिस मसले के लिए वह बम्बई जा रहा था, वह भी काफी रँगीला साबित होने वाला था। जगताप ने अपने ब्रीफकेस से सी.पी. स्नो लिखित 'मास्टर्स' उपन्यास निकाला। उन्नीसवीं सदी की समाप्ति और बीसवीं सदी के शुरू होने पर केम्ब्रिज विश्वविद्यालय के एक कॉलेज के 'मास्टर' यानी प्रिंसिपल का चुनाव कैसे हुआ, इन्हीं घटनाओं पर आधारित वह उपन्यास था। शायद वह जिस काम के लिए जा रहा था, वह भी ऐसा ही नाट्यमय हो !

क्योंकि वह एक 'सर्च कमिटी' का सदस्य था जिसे बम्बई के मशहूर विज्ञान संस्थान के निदेशक का चुनाव करना था।

निदेशक की खोज में

बम्बई हवाई अड्डे पर विमान के उतरते ही जगताप केवल हाथ में थमाए सामान वाले यात्रियों की कतार में टर्मिनल से बाहर निकला। बाहर भी एक कतार थी, यात्रियों के स्वागत में उपस्थित व्यक्तियों की। सर्चलाइट की भाँति जगताप की नजर उस कतार पर तेजी से घूमकर एक व्यक्ति पर जम गई। उस व्यक्ति ने मुस्कुराकर और हाथ हिलाकर अभिवादन किया। खाकी यूनिफार्म पहने ड्राइवर मार्कंडेय पांडे...जिसे जगताप बरसों से पहचानता था। क्योंकि उसके आज के संस्थान में निदेशक का पद सँभालने से पहले जगताप इसी केन्द्र में प्रोफेसर था।

पांडे और जगताप एक धागे से जुड़े थे...जिसका उद्गम इलाहाबाद शहर में था। जगताप के पिता इलाहाबाद विश्वविद्यालय में पढ़ाते थे और वहाँ के शिक्षक-निवास परिसर में उसका बालपन बीता था। मार्कंडेय के पिता पारसनाथ पांडे प्रयाग के कुश्तीबाजों में मशहूर रहे थे। पहलवान पारसनाथ अब सत्तर साल से कहीं अधिक उम्र के, लेकिन अच्छे स्वास्थ्य के साथ नैनी के पास निवृत्त जीवन बिता रहे थे। पर आज भी इलाहाबाद के पहलवानों के बीच उनकी प्रतिष्ठा है। नारायण के पिता खेलकूद तथा कुश्ती के माहिरों की कद्र करते थे, इसलिए पारसनाथजी को अच्छी तरह जानते थे। मार्कंडेय प्राथमिक शिक्षा के बाद 'एडवेंचर' की तलाश में बम्बई आया। फिल्मी दुनिया, भेलपूरी की दुकान, बस ड्राइवर, आदि अवतारों से गुजरते हुए आखिर इस शोध केन्द्र में ड्राइवर के पद पर जम गया। अपने उत्तर-भारतीय अदब और सुचरित्र आचरण की वजह से वह केन्द्र में लोकप्रियता हासिल कर पाया। और, अब मुशायरों में भी उसका नाम सुनाई देने लगा था।

पांडे ने जगताप के निकट आते ही झुककर प्रणाम किया और दोनों हाथ आशीर्वाद की तरह उठाकर कुशल समाचार पूछा। जगताप का छोटा-सा बैग लेकर वह कार-पार्क की ओर चला। "साहब, आप यहीं खड़े रहें, मैं अभी गाड़ी लाता हूँ," पीछे आनेवाले जगताप को रोकते हुए मार्कंडेय बोला।

पाँच मिनट में केन्द्र की नामपट्टिका वाली सफेद अम्बैस्डर गाड़ी लेकर वह हाजिर हुआ। जगताप के बैठते ही गाड़ी निकली। हाईवे पर जैसे ही गाड़ी की रफ्तार बढ़ी वैसे ही मार्कंडेय पांडे की बातों की रफ्तार भी तेज हुई।

"चित्त बहुत प्रसन्न हो जाता है आपके दर्शन से ! मैं रोज हनुमानजी को मनाता

हूँ कि आपका नाम इसी तरह चमकता रहे।''

''भगवान की कृपा है,'' पांडे के स्तुति-आख्यान पर प्रतिक्रिया व्यक्त करने में वह भी अव आदी हो चुका था। विषय बदलने के लिए (नहीं तो पांडे का आख्यान अभी और पाँच मिनट चलता रहता !) वह बोला, ''क्यों भाई, सेंटर में सब ठीक-ठाक है ?'' जगताप जानता था कि इन महाशय से केन्द्र की 'खास खबरें' मिलेंगी।

''वो तो अब आपके हाथ में है, साहब ! नया डाइरेक्टर ऐसा चुनिए कि इस संस्थान में नई जान आ जाए,'' पांडे केन्द्र के सर्वसामान्य सदस्य की राय बता रहा है, यह जगताप को मालूम था। सर्च कमिटी की सदस्यता निभाते हुए उसने केन्द्र के सभी स्तर के कर्मचारियों से राय ली थी। अपनी इन चर्चाओं की रपट उसे सर्च कमिटी की इस बैठक में पेश करनी थी।

विज्ञान शोध-केन्द्र को बने कोई चालीस साल गुजर चुके थे। चालीस साल की उम्र होने पर मनुष्य में शारीरिक एवं मानसिक परिवर्तन आने लगते हैं। जीवन में नई दिशाओं और उद्देश्यों का समीकरण उसे फिर से सुलझाना पड़ता है। विज्ञान संस्थानों में भी समय-समय पर आत्मपरीक्षण और नई परियोजनाओं की आवश्यकता पड़ती है, यह सभी अनुभवी वैज्ञानिक जानते हैं। पहले से चले आए शोधकार्यों को बन्द कर नए प्रकल्पों और उन्हें निभाने के लिए युवा वैज्ञानिकों का सहयोग तो लेना ही पड़ता है, पर साथ-साथ, राष्ट्रीय और अन्तर्राष्ट्रीय स्तर पर अपना स्थान बनाने या ऊँचा करने पर भी गौर करना पड़ता है। किसी समय देश में अग्रिम समझा जाने वाला यह विज्ञान-केन्द्र कई क्षेत्रों में अपना सर्वोच्च स्थान खो बैठा था। संस्थान का स्तर गिर रहा है, ऐसी भावना बाहर-भीतर वैज्ञानिक समुदाय में फैल रही थी। अब नए निदेशक के माध्यम से संस्थान को नए चैतन्य से गतिशील बनाने का मौका था।

इस दृष्टिकोण से कई अनुभवी वैज्ञानिकों ने—जो केन्द्र के भीतर भी थे और बाहर भी—विजय वाकणकर का नाम सुझाया था। विजय केन्द्र में प्राध्यापक और गणित विभाग का प्रमुख था। वह स्वयं तो अन्तर्राष्ट्रीय ख्याति का वैज्ञानिक था ही, उसके नेतृत्व में गणित विभाग ने भी ऐसा ही नाम कमाया था। इसके अलावा जनसामान्य में भी विज्ञान-प्रसार के लिए एवं वैज्ञानिक दृष्टिकोण की महत्ता स्थापित करने के लिए उसने काफी परिश्रम किया था जिसकी बदौलत रेडियो और टी.वी. पर उसका नाम मशहूर था। केन्द्र के कर्मचारियों में भी अपने मिलनसार व्यवहार के कारण वह लोकप्रिय था।

पांडे ने इसी भावना को अपने अगले वाक्य से व्यक्त किया, ''साहब, हम कर्मचारी लोग तो यही चाहते हैं कि वाकणकरजी डाइरेक्टर बनें। लेकिन यहाँ पालिटिक्स बहुत है...और दिनोदिन बढ़ती जा रही है। कुछ लोग ऐसे हैं जो यह नहीं चाहते कि यह लँगड़ी घोड़ी फिर से दौड़ने लगे।''

लँगड़ी घोड़ी यानी विज्ञान-केन्द्र ! पांडे तक 'पालिटिक्स' पहुँचे, यही वहाँ की असलियत थी। निदेशक की नियुक्ति अब उच्चस्तरीय वैज्ञानिकों की चर्चा का विषय

नहीं रहा था। वह अब आम गपशप तक पहुँच चुका था। वाकणकर के एक अच्छे समर्थक प्राध्यापक नरेन्द्र ओझा से जगताप को पता चला था कि केन्द्र में ऐसा भी एक गुट था जो यह नहीं चाहता था कि अब वाकणकर निदेशक बने। इस गुट के लोगों की धारणा थी कि संस्थान अच्छी स्थिति में है, इसमें दिशा-परिवर्तन की कोई जरूरत नहीं...जरूरत है ऐसे व्यक्ति की जो अभी के माहौल में कोई परिवर्तन न करे, बनी-बनाई घड़ी को न बिगाड़े। इन व्यक्तियों ने नाभिकीय भौतिक विज्ञान के प्रोफेसर गौरव सिन्हा के नाम को आगे बढ़ाया था।

गौरव सिन्हा केन्द्र के ही छात्र रहे थे। यहीं पीएच. डी. की उपाधि लेकर वे अमेरिका गए। वहाँ के एम्स रिसर्च सेंटर में शोधकार्य करके तीन साल में अच्छा नाम कमाया और फिर केन्द्र लौटे। वहाँ तरक्की करते-करते अब सीनियर प्रोफेसर बन तो गए पर उनके शोधकार्यों में पहले जैसी ताजगी नहीं रही थी। वैज्ञानिक इतिहास के पाठक होने के नाते वे सभा-व्याख्यानों में किस्से तो अच्छे सुनाते थे पर शोध के लिए नई कल्पनाओं का सृजन करने या शोधकार्यों में छात्रों का मार्गदर्शन करने आदि में अब उनका योगदान अत्यल्प ही रह गया था। यदि वे निदेशक बने तो केन्द्र अपने अब तक के रास्ते पर ही धीरे-धीरे आगे बढ़ेगा। इस बात से गौरव सिन्हा के समर्थक और विरोधी दोनों सहमत थे। सवाल यह था कि क्या केन्द्र में मूलभूत परिवर्तन की आवश्यकता थी या नहीं।

खैर, पांडे के साथ पालिटिक्स की चर्चा करना मुनासिब नहीं था। विषयान्तर हेतु उसने पूछा, "अच्छा, पांडेजी...कोई नया शे'र सुनाइए।"

पांडे अब 'मूड' में आया। वह शायरी करता था और चाहता था कि लोग उसके इस गुण की कद्र करें। उसने दो-चार नए शे'र सुनाए...लेकिन फिर एकदम से 'पालिटिक्स' पर आ टपका।

"साहब क्या बताऊँ ? मेरे शे'रों को गोरेगाँव, दादर, बडाला में लोगों ने चाव से सुना पर खुद मेरे संस्थान में मुझे पालिटिक्स का शिकार होना पड़ा।"

"कैसे ?" जगताप ने यह किस्सा सुना था लेकिन पांडे फिर-फिर सुनाता था बड़े चाव से।

"देखिए, पिछले स्थापना-दिवस समारोह में मुझे कव्वाली के लिए बुलाया। मेरा प्रोग्राम था इंटरवल से पहले। लेकिन क्या बताएँ ऐसी पालिटिक्स चली कि मुझे इंटरवल के बाद बहुत देर से बुलाया गया। तब तक तो मुख्य अतिथि चले गए थे...साहब, अब मैं स्थापना-दिवस समारोह में शायरी नहीं करने वाला..."

इसी किस्से के साथ गाड़ी गेस्ट हाउस के अहाते में घुसी...

दूसरे दिन जगताप ने केन्द्र के विविध स्तर के व्यक्तियों से मुलाकात की और उनकी नए निदेशक के चुनाव के प्रति आशा-आशंकाएँ जान लीं ! सर्च कमिटी के सदस्य की

जिम्मेदारी उसने ईमानदारी से निभाई। क्लास फोर के कर्मचारियों से लेकर सीनियर प्रोफेसरों तक सभी से जो सुझाव मिले उनको अपनी नोटबुक में दर्ज किया। यह रिपोर्ट उसे सर्च कमिटी की होने वाली बैठक में प्रस्तुत करनी थी। अधिकांश लोग वाकणकर को निदेशक के रूप में चाहते थे तो थोड़े लोग सिन्हा के पक्ष में भी थे। और कुछ दोनों के नामों पर आपत्ति नहीं रखते थे। संक्षेप में वाकणकर का पलड़ा काफी भारी नजर आ रहा था।

लेकिन प्रोफेसर ओझा से बातें करते समय जगताप को एक नया पहलू मिला। ओझा साहब इस बात से चिंतित थे कि जगताप की तरह सर्च कमिटी के अन्य सदस्य भी यहाँ क्यों नहीं आते और विचार-विमर्श करते।

ओझा साहब की यह टिप्पणी विनोद शर्मा के प्रति आशंका व्यक्त करती थी। शर्माजी मैनेजमेंट काउंसिल के सदस्य थे। वे, जगताप और काउंसिल के अध्यक्ष उद्योगपति रामजी जलोटा, इन तीनों को सर्च कमिटी का काम सौंपा गया था। जलोटा ने केन्द्र के आरम्भिक काल में आर्थिक सहायता देकर उसे मजबूत बनाया था। केन्द्र के कल्याण के लिए वे हमेशा सहायता करते थे हालाँकि अब केन्द्र का अधिकांश अनुदान भारत सरकार की ओर से आता था। औद्योगिक समुदाय की धुरी सँभालते-सँभालते रामजी जलोटा अस्सी वर्ष की आयु लाँघ चुके थे, फिर भी हर दिन सोलह घंटे काम करते थे। उनसे यह उम्मीद नहीं थी कि वे सर्च कमिटी के सलाह-मशविरे में केन्द्र आएँ। लेकिन विनोद शर्मा क्यों नहीं आए ? उनके न आने के पीछे क्या कोई राज छिपा था ?

"विनोद शर्मा को तो यहाँ के सब हालात दिल्ली बैठे ही मालूम हो जाते हैं। इसलिए उन्हें खुद आने की जरूरत ही महसूस नहीं हुई," जगताप मजाक में बोला। लेकिन ओझा गम्भीरता से बोले, "वही तो मुझे डर है। मुझे लगता है कि उन्होंने दिल्ली बैठे ही निश्चित कर दिया है कि यहाँ का निदेशक किसे होना है।"

"हो सकता है...लेकिन इसमें चिन्ता की क्या बात है ?" जगताप ने पूछा।

"यही कि वे जनाब वाकणकर को निदेशक नहीं बनने देना चाहते। अगर वे यहाँ आते और स्टाफवालों से सलाह-मशविरा करते तो उन्हें पता चल जाता कि वाकणकर के निदेशक होने पर यहाँ इतना जोर दिया जा रहा है। फिर सर्च कमिटी में उन्हें इस माहौल को ध्यान में रखना पड़ता। इसे टालने के लिए वे यहाँ आने से कतराते हैं।"

"पर ऐसा वे क्यों सोचें ? वाकणकर के साथ उनकी कोई दुश्मनी तो नहीं है। जब उससे मिलते हैं तो मजे में गप्पे लड़ाते हैं—मैंने खुद देखा है।"

जगतापजी आप जैसे खगोलशास्त्री आकाश के तारों पर नजर रखते हैं पर जमीन की अनदेखी करते हैं। मैं आपको अन्दर की बात समझाता हूँ। फैक्ट नम्बर एक : विनोद शर्मा इस केन्द्र के निदेशक रह चुके हैं।"

"फैक्ट नम्बर एक मान लिया," जगताप हँसते-हँसते बोला।

"जब वे इस पद पर थे तो उन्होंने अन्य कई पदों का कार्यभार भी सँभाला। दिल्ली, हैदराबाद, बंगलूर जैसे ठिकानों पर अपनी जिम्मेदारियाँ निभाते-निभाते उन्हें इस संस्थान

के लिए बहुत ही कम समय मिलता था। यह रहा फैक्ट नम्बर दो !''

''इसे भी माना ! मुझे याद है एक दफे उनसे जरूरी अनुमोदन के लिए मुझे सान्ताक्रूज एयरपोर्ट पर उनसे मिलने जाना पड़ा। वो बंगलूर से बम्बई आए थे और दिल्ली की फ्लाइट का इन्तजार कर रहे थे। उनका काफी कामकाज 'इन ट्रांजिट' चलता था।''

''अब देखो फैक्ट नम्बर तीन। जब उन्हें दिल्ली में बड़ा पद मिला तब वहाँ के विस्तृत अधिकार का मोह उन्हें वहाँ खींच ले गया। पर वे इस संस्थान के निदेशक पद को नहीं छोड़ना चाहते थे क्योंकि यह एक ऐसा पद था, जिसकी बदौलत वे यह कह सकते थे कि वे अब भी देश के जाने-माने वैज्ञानिक हैं। लेकिन उनकी समस्या यह थी कि दिल्ली वाला पद लेने पर उन्हें यहाँ का निदेशक बने रहना असम्भव था। तब उन्होंने मैनेजमेंट काउंसिल पर स्वयं को नियुक्त करवाया ताकि उनका नियन्त्रण यहाँ बना रहे।''

''फैक्ट नम्बर तीन मान लेता हूँ लेकिन इसकी वजह नहीं। मैनेजमेंट काउंसिल पर एक स्थान ऐसे वरिष्ठ वैज्ञानिक के लिए रहता है जो इस संस्थान की भलाई चाहता हो। शर्माजी की वरिष्ठता के बारे में विवाद नहीं...यह भी हम कह सकते हैं कि अनेक साल निदेशक रहने के बाद अब वे संस्थान के हित में ही कार्य करते हैं,'' जगताप बोला।

''खैर, तुम कुछ भी मानो ! लेकिन अब फैक्ट नम्बर चार सुनो,'' ओझा बोले, ''संस्थान छोड़ने पर अपने उत्तराधिकारी की नियुक्ति करते समय उन्होंने ऐसे व्यक्ति की नियुक्ति की जो उन्हें बहुत मानता हो ताकि दिल्ली से भी उनका नियन्त्रण बना रहे।''

ओझाजी की बात सही थी। संस्थान के वर्तमान निदेशक का व्यक्तित्व 'मुलायम' था। वे झगड़े, विवाद आदि से दूर रहते और शर्मा जैसे तगड़े व्यक्तित्व वाली हस्ती उन्हें अपने नियन्त्रण में रख सकती थी...रखती थी। ओझाजी आगे बोले :

''अब मेरा निष्कर्ष सुनो ! वाकणकर और सिन्हा दोनों में से कौन सा व्यक्ति शर्माजी के फर्मानों को सिर झुकाकर मानेगा ? वाकणकर के स्वतन्त्र विचारों का शर्माजी के परम्परावादी विचारों से टकराव होना निश्चित है। उलटे यदि सिन्हा जैसा व्यक्ति...''

''यह तो मैं मानता हूँ। लेकिन यह नहीं मान सकता कि कोई व्यक्ति इतना आत्मकेन्द्रित हो कि अपनी महत्ता को संस्थान से अधिक महत्त्वपूर्ण माने। यह तो अन्दरूनी और बाहरी, दोनों दृष्टिकोणों का निष्कर्ष है कि आज केन्द्र को नई दिशाएँ खोजनी हैं जिसके लिए स्वतन्त्र विचारोंवाला निदेशक चाहिए,'' जगताप बोला।

''खैर ! आखिर शर्माजी का दृष्टिकोण क्या है, यही महत्त्व की बात रहेगी। कल तुम्हारी मीटिंग में सावधान रहना...वह आदमी अपने दृष्टिकोण को बड़ी कुशलता से पेश करता है'' ओझा ने सतर्कता की सलाह दी !

अगले दिन फोर्ट स्थित 'जलोटा हाउस' के चौथे माले पर रामजी जलोटा के चेम्बर में सर्च कमिटी की मीटिंग दोपहर को ठीक ढाई बजे शुरू हुई। उसके पहले जगताप चाहता था कि विनोद शर्मा से अलग मुलाकात हो ताकि उनके विचारों से अवगत होने का मौका मिले। पर यह सम्भव नहीं हो सका। शर्माजी दिल्ली की सुबह साढ़े नौ की उड़ान से बम्बई आए और वहाँ से जो गायब हुए तो ठीक ढाई बजे जलोटा चेंबर में हाजिर हुए।

"गुड आफ्टरनून मिस्टर जलोटा...हलो नारायण ! सॉरी, दिल्ली के प्रशासकीय जीवन में कोई क्षण अपना नहीं होता। पता नहीं कब मिनिस्टर बुलाए या संसद के सवालों के जवाब देने हों...तो कभी परदेसी मेहमान...और कुछ नहीं तो रात के भोज या पार्टियाँ जहाँ आपकी उपस्थिति या अनुपस्थिति के अपने-अपने अर्थ हुआ करते हैं। बड़ी मुश्किल से इस मीटिंग के लिए समय निकाल सका," शर्माजी के कथन से कोई भी समझ सकता था कि अपने व्यस्त कार्यक्रम से इस मीटिंग के लिए समय निकालकर ये महाशय लोगों पर उपकार कर रहे हैं। लेकिन जगताप ने सोचा, अगर दिल्ली के कामकाज इतने महत्त्व के हैं तो बम्बई के संस्थान के लिए निदेशक चुनने जैसे अतिरिक्त कामों का बोझ इन्होंने उठाया ही क्यों ?

लेकिन रामजी जलोटा पुराने रीति-रिवाजों में पले थे और उन्होंने शर्माजी का नम्र शब्दों में स्वागत किया। बुढ़ापे का कोई असर उनकी विचारशक्ति और मानव-स्वभाव की परख पर नहीं पड़ा था। इसी वजह से अभी भी वह अपने विशाल उद्योग समूह की कमान सँभाल रहे थे। लेकिन जगताप ने सोचा, क्या इस फौलादी व्यक्ति का एक भाग कमजोर रहा है ? जलोटा अक्सर कहा करते थे, 'मैं तो एक सादा बनिया हूँ, इस विज्ञान-अनुसन्धान क्षेत्र में मेरी मति कुंठित हो जाती है।'...और शायद इसी भावना से उन्होंने केन्द्र के व्यवस्थापन में दखलन्दाजी नहीं की थी।...अगर करते तो शायद आज केन्द्र को पीड़ित करने वाले कूट प्रश्न हल हो जाते।

"गर्मी बहुत असह्य होती जा रही है !" अपने वातानुकूलित चेम्बर में भी जलोटा साहब सन्त्रस्त नजर आ रहे थे। "शर्मा साहब आपकी दिल्ली में अभी जाड़े और कुहरे का माहौल है तो यहाँ अभी से पसीने का माहौल ! खैर, मुझे अगले हफ्ते ज्यूरिख जाना है, हमारे समुदाय के कुछ प्रश्नों को सुलझाने ! वहाँ तो बरफ गिर रही होगी।...पर आज हमें सर्च कमिटी की जिम्मेदारी निभानी है।" सामने की फाइल खोलकर जलोटाजी ने विनोद शर्मा की ओर देखा। इस उद्देश्य से कि वे आरम्भिक वक्तव्य दें।

"हाँ जी ! लेकिन यह कोई कठिन काम नहीं दिखाई देता," अपनी घड़ी पर सूचक रूप से दृष्टिपात कर शर्मा बोले। उन्हें 5-20 की फ्लाइट पकड़नी थी, यानी यहाँ से साढ़े तीन तक निकलना जरूरी था। जगताप आशंकित हुआ कि कहीं ओझा की कुशंका सच तो नहीं साबित होगी। लगता था शर्माजी अपना मत निश्चित करके ही बम्बई आए हैं।

"केन्द्र का निदेशक चुनना सहज है या कठिन यह विवाद का विषय हो सकता

है, पर यह निर्णय संस्थान के लिए महत्त्व का है इसमें कोई विवाद नहीं," जगताप बोला।

"मैं भी इससे सहमत हूँ," जलोटा बोले, "यह महत्त्वपूर्ण निर्णय है और हमारी जिम्मेदारी है संस्थान के हित को ध्यान में रखते हुए मैनेजमेंट काउंसिल को योग्य सलाह देना। आप दोनों के कोई सुझाव हैं ?"

विनोद शर्मा हल्की खाँसी के बाद बोले, "चेयरमैन साहब, आप इस केन्द्र के आदिकाल से सहायक एवं शुभाकांक्षी रहे हैं। स्वर्गीय संस्थापक से आपकी काफी चर्चाएँ हुआ करती थीं। संस्थापक महोदय दुर्घटना में मारे गए, यह इस संस्थान का बड़ा दुर्भाग्य रहा है। पर उनके नेतृत्व में पले, उनकी विचारधारा को जानने वाले ऐसे इने-गिने लोग आज भी संस्थान में हैं, यह एक सकारात्मक बात है। मेरा पहला सुझाव यह रहेगा कि ऐसा व्यक्ति चुना जाए जो उस पूर्व परंपरा से परिचित है, जो संस्थापक महोदय की आकांक्षाओं को जानता हो।

"मेरा दूसरा सुझाव यह है कि आज देश एक भयानक आर्थिक संकट से गुजर रहा है। दिल्ली के बाहर इसकी कितनी जानकारी है, मुझे मालूम नहीं पर दिल्ली में आज का माहौल यही है कि सरकारी तिजोरी पर नए बोझ न लादे जाएँ। आज आप जो परियोजनाएँ चला रहे हैं उन्हीं को अधिकतम बचत के साथ चलाएँ...नए कार्यक्रमों के लिए सरकार से पूँजी न माँगें। आज सभी सरकारी दफ्तरों को यही इत्तिला दी जा रही है।...अगर हम नए निदेशक की खोज में किसी ऐसे व्यक्ति को चुनें जो नई दिशाएँ लेकर आगे बढ़ना चाहता है तो वर्तमान स्थिति में ऐसे व्यक्ति को पूँजी के अभाव में निराशा और खीझ का सामना करना पड़ेगा। इसलिए बेहतर यही होगा कि हम कोई ऐसा 'सेफ एंड सॉलिड' वैज्ञानिक चुनें जो संस्थान को उसके वर्तमान मार्ग पर ही धीरता से चलने दे...

"और तीसरा सुझाव यह है कि आज सरकार उपयुक्त, प्रायोजित शोध को बढ़ावा देना चाहती है। ऐसी स्थिति में अमूर्त या अन्तराल वाले, दूरगामी जैसे शोध परियोजन के बजाय प्रायोगिक भौतिकी को बढ़ावा देने वाला निदेशक चुना जाए।

"यदि मेरे ये सब सुझाव मान्य हों तो उनसे एक ही व्यक्ति का नाम निकलता है...गौरव सिन्हा का। मैं उन्हीं के नाम की सिफारिश करना चाहूँगा।"

'बहुत खूब !' जगताप मन ही मन बोला। ओझा ने उसे सतर्क कराया था कि विनोद शर्मा अपने वाक्चातुर्य से बाजी मार लेंगे। उसे एक किस्सा याद आया जो बचपन में माँ ने सुनाया था।

कार्तिकस्वामी और गणेश में होड़ थी कि उनमें तेज कौन ! कार्तिकेय को विश्वास था कि किसी भी दौड़ में वे महापेटधारी गणेश को हरा देंगे। दोनों माता पार्वती के पास गए। पार्वती ने कहा, पृथ्वी के चक्कर मारो, देखें कौन पहले लौटता है। कार्तिकस्वामी तेजी से भागे, चक्कर मारकर लौटे तो देखते हैं, गणेश जी उनके पहले हाजिर—और बाजी जीत गए। क्यों ? गणेशजी ने केवल माता की प्रदक्षिणा की और कहा कि जननी

और जन्मभूमि धरती एक ही तो हैं !

जगताप ने सोचा वह बेचारे कार्तिकेय की तरह केन्द्र के अनेक स्तर के लोगों की राय लेकर अपनी रिपोर्ट बनाकर लाया था और अब ये गणेशजी दिल्ली बैठे बाजी मार लेंगे। नहीं—वह ऐसा नहीं होने देगा ! उसे अपनी राय भी देनी होगी। रामजी जलोटा उसकी ओर देख रहे थे—शायद इसलिए कि वह शर्माजी का अनुमोदन करे और मामला यहीं खत्म होने दे।

"सर ! मैं आदरपूर्वक कहता हूँ कि शर्माजी के मुद्दे मुझे नहीं जँचते। उदाहरण के लिए आर्थिक अड़चन के दिनों में भी वैज्ञानिक शोध परियोजनाएँ चलती रहती हैं, नई परियोजनाएँ भी बनती हैं। यह कभी भी नहीं माना जा सकता कि जो परियोजनाएँ अब कालबाह्य हैं, वह चलती ही रहें। आपके उद्योग क्षेत्र में पुरानी तकनीक बन्द करके नई शुरू की जाती है। भारतीय विज्ञान क्षेत्र में अग्रणी रहे इस संस्थान को आत्मपरीक्षण करके पुरानी परियोजनाएँ, जिनका अन्तर्राष्ट्रीय स्तर न रहा हो, बन्द करके वही राशि नए शोधकार्यों की शुरुआत में लगानी चाहिए। गौरव सिन्हा जैसा परम्परावादी वैज्ञानिक इस बारे में मार्गदर्शन नहीं कर पाएगा।"

जगताप ने जलोटाजी की ओर देखा। उनके चेहरे पर कोई परिवर्तन नहीं था। लेकिन उसे लगा कि उनकी आँखों में एक चमक आ गई है—शायद वह उसका कहना ध्यान से सुन रहे थे। वह आगे बोला :

"विजय वाकणकर ही एक ऐसा वैज्ञानिक है जो केन्द्र में नई जान फूँक सकता है। कुछ पुरानी योजनाएँ बन्द करें नई शुरू करने के लिए निदेशक में जो नेतृत्व एवं कठोर निर्णय लेने के गुण होने चाहिए वे उनके पास हैं। हाँ, यह मैं मानता हूँ कि सिन्हा की तरह वह केन्द्र में 32 साल सदस्य नहीं रहा है और स्वर्गीय संस्थापक का सहयोगी नहीं था। फिर भी वह इस केन्द्र में 16 वर्ष से शोधकार्य करता आया है। संस्थापक ने जिस गतिमान शैली से यह संस्थान चालू किया था, उनके क्या स्वप्न थे, यह वह अच्छी तरह जानता है।

"मिसाल के तौर पर यह वार्षिक रिपोर्ट देखें। इसमें केन्द्र में होने वाले सभी कार्यों की जानकारी है। सिन्हा और वाकणकर की तुलना यहाँ लिखे तथ्यों से ही हो सकती है : प्रतिष्ठित शोध-पत्रिकाओं में वाकणकर के पाँच निबन्ध प्रकाशित हुए हैं, सिन्हा का एक भी नहीं। अन्तर्राष्ट्रीय परिषदों में आमन्त्रित वक्ता के रूप में वाकणकर दो बार, तो सिन्हा शून्य बार बुलाए गए। केन्द्र के ग्रेजुएट स्कूल में छात्रों को वाकणकर ने पढ़ाया है, सिन्हा ने नहीं। आज विज्ञान को जनसाधारण के पास लाने को प्रधानता दी जाती है। इस कार्य में वाकणकर जानी-मानी हस्ती हैं जिन्हें राष्ट्रीय पुरस्कार से सम्मानित किया गया है। सिन्हा ने इस क्षेत्र में कोई योगदान नहीं दिया। आज वाकणकर के पास दो छात्र अनुसन्धान कर रहे हैं, सिन्हा का स्कोर है शून्य।"

फिर अपनी रिपोर्ट पेश करते हुए जगताप बोला, "पिछले दो दिन मैं सर्च कमिटी के सदस्य की हैसियत से केन्द्र के स्टाफ से मिला—चपरासी से प्रोफेसर तक। विवाह

निश्चित करते समय वर के बारे में वधू की राय लेना आवश्यक होता है। उसी तरह निदेशक चुनते समय केन्द्र के लोगों की भी राय लेना जरूरी है। इस रिपोर्ट के अनुसार लगभग नब्बे प्रतिशत लोग वाकणकर को निदेशक के रूप में देखना चाहते हैं तो केवल सात प्रतिशत सिन्हा को। कोई तीन प्रतिशत दोनों ओर से तटस्थ हैं। मैं आपसे आग्रह और प्रार्थना करूँगा कि इस रिपोर्ट को देखें और फिर अपना निर्णय लें।

"और मैं आखिर में कहना चाहूँगा कि मुझे स्वर्गीय संस्थापक का सहयोगी होने का सौभाग्य नहीं मिला था। पर मैंने वह पत्र पढ़ा है जो इस संस्थान की योजना बनाते समय उन्होंने आपको लिखा था। उन्होंने नवीन कल्पनाओं और सृजनशीलता जैसे गुणों की कद्र की थी और परम्परावाद को कभी महत्त्व प्रदान नहीं किया था। आप उस पत्र को याद करें और आज के नए माहौल में नए निदेशक के नाम की सिफारिश करें।"

वह अपने जोश में कहीं अधिक तो नहीं बड़बड़ा गया ? वाकणकर का नाम सुझाते समय उसने जलोटाजी की ओर देखा था तो उसे लगा कि उसकी दलीलें लक्ष्य भेद कर गई हैं। उन्होंने रिपोर्ट को शीघ्र पढ़ा और अपने फोल्डर में रखा और शर्माजी से मुस्कुराकर बोले, "प्रोफेसर शर्मा ! इस वक्तृत्वपूर्ण दलील के बाद आप क्या कहना चाहते हैं ? क्या आपने भी केन्द्र के कर्मचारियों की राय ली थी ?"

प्रोफेसर शर्मा ऐसी मीटिंगों का अनुभव ले चुके थे। बिना हिचकिचाहट के वे बोले, "मैं अपनी सलाह नहीं बदलना चाहता। यह सच है कि मैं केन्द्र के कर्मचारियों की राय लेने नहीं गया। क्योंकि मैं उन सबको अच्छी तरह पहचानता हूँ। इसीलिए उनसे चर्चा करने की आवश्यकता मुझे महसूस ही नहीं हुई। अब वाकणकर विरुद्ध सिन्हा की तुलना में मैं मानता हूँ कि वार्षिक रिपोर्ट के आँकड़े सही हैं। पर यह भी ध्यान रखिए कि सिन्हा जैसे सतर्क वैज्ञानिक पूरी आजमाइश किए बिना शोध-निबन्ध प्रकाशित नहीं करते... शायद इसीलिए उन्होंने पिछले वर्ष कुछ प्रकाशित नहीं किया। और फिर मैं आपको इस अंकगणित की भी याद दिलाना चाहूँगा कि 32 का आँकड़ा 16 का दुगुना होता है।"

"पर किसी व्यक्ति ने कितने साल यहाँ बिताए, ये निकष अगर हम संस्थापक को लगाते तो उन्हें भी निदेशक नहीं बनाया गया होता," जलोटा मुस्कुराकर बोले, "क्योंकि संस्थापक की आयु उस समय मात्र छत्तीस वर्ष थी।"

"मानता हूँ, पर अब इस विशाल संस्थान को अनुभवी वैज्ञानिक का नेतृत्व चाहिए। अगर वाकणकर अपने शोधकार्य में लगे रहे तो क्या वे संस्थान के निदेशक के लिए समय निकाल पाएँगे ?" शर्मा बोले।

इसके पहले कि जगताप इस दलील का जवाब दे, जलोटाजी बोले, "पर मैंने भी वार्षिक रिपोर्ट देखी थी। छात्रों को पढ़ाना, शोधकार्य करना, अन्तर्राष्ट्रीय स्तर पर वैज्ञानिकों से मान्यता हासिल करना, इन सभी क्षेत्रों में वाकणकर सिन्हा पर हावी है। मैं नहीं मानता कि निदेशक की जिम्मेदारी सँभालने में वह असमर्थ साबित होगा।"

खुद जलोटा के ऐसा कहने पर शर्माजी कुछ नहीं कह सके ! वे बोले, "तो हम दोनों नाम पेश करें...वाकणकर नम्बर एक और सिन्हा नम्बर दो पर !"

जलोटा ने जगताप की ओर देखा। "मुझे इस पर कोई आपत्ति नहीं है," जगताप बोला, "यदि वाकणकर को निदेशक का पद अस्वीकार्य हो तो फिर और ऐसी हालत में ही, यह गौरव सिन्हा को दिया जा सकता है। पर मैं आशा करता हूँ कि वाकणकर इस प्रस्ताव को स्वीकार करेगा।"

"इस मीटिंग का लिखित बयान नहीं रखा जाता। पर सर्च कमिटी के आज के सुझाव मैं और डॉ. शर्मा मैनेजमेंट कमिटी के सामने रखेंगे, इस बारे में प्रो. जगताप, आप आश्वस्त रहें। इस कार्य के लिए आप दोनों ने अपना अमूल्य समय दिया। इसके लिए मैनेजमेंट कमिटी की ओर से मैं आपका आभारी हूँ," फोल्डर बन्द करके जलोटा बोले।

"तीन पैंतीस ! मुझे तो अब भागना ही पड़ेगा विमान पकड़ने के लिए !" अपनी घड़ी पर नजर डालकर शर्माजी वहाँ से चल पड़े। वे जगताप से बातचीत करना टाल रहे थे।

'हो सकता है, आज की मीटिंग का निर्णय उनके पक्ष में नहीं हुआ, इसीलिए वे अभी बातें करने के मूड में नहीं हैं,' जगताप ने सोचा। वह आश्वस्त था कि उसने अपनी जिम्मेदारी अच्छी तरह निभाई।

लेकिन शर्माजी अभी एक और दाँव खेलनेवाले हैं, यह उसे मालूम नहीं था।

परमिन्दर

शेरशाह सूरी का बनवाया ऐतिहासिक राजमार्ग, जो अंग्रेजी राजसत्ता के कार्यकाल में 'ग्रांड ट्रंक रोड' नाम से मशहूर हुआ, भारतीय प्रायद्वीप के बाएँ कोने को पूर्वांचल से जोड़ता है। रुडयार्ड किप्लिंग ने अपने उपन्यास 'किम' में इसी मार्ग का रंजक ब्यौरा दिया था। उत्तर-पश्चिम सीमा से आनेवाले ऊँट और बैलगाड़ियों के काफिले, उनसे तेज दौड़नेवाले घुड़सवार, पैदल जानेवाले मुसाफिर अब नहीं रहे—उनकी जगह ली है ट्रक, बस, टेम्पो, मोटरकार और स्कूटरों ने। पिछले सौ वर्षों में मानव जीवन अधिक तेज रफ्तार से चलने लगा और उसी तरह 'जी.टी. रोड' का ट्रैफिक भी। हाँ, बीच-बीच में घंटों का समय खा जाने वाले ट्रैफिक-जाम न आएँ तो ! लेकिन राष्ट्रीय विविधता का जो चित्र किम के जमाने में इस रास्ते पर दिखाई देता था वैसा आज भी देखने को मिलता है।

जी.टी. रोड अमृतसर से होकर निकलता है। वहाँ के गुरु नानकदेव विश्वविद्यालय से एक जवान सिख मोटरसाइकिल पर तेजी से बाहर निकला और जी.टी. रोड के घने ट्रैफिक में समा गया। पर आगे चलकर ट्रैफिक कम होने लगा, क्योंकि यह रास्ता लाहौर की ओर, भारत-पाकिस्तान सरहद से गुजरता था और उस दिशा में जानेवाले बहुत कम लोग थे। भारतीय सेना सरहद पर हर रोज प्रातःकाल झंडोत्तोलन करती है और सायंकाल झंडा उतारने का काम। दोनों समारोह सादगी से सम्पन्न होते हैं पर देश की सीमा की रक्षा के लिए उनका अपना महत्त्व होता है। जब पंजाब आतंकवाद से पीड़ित था तब इस क्षेत्र में लोग आने से घबराते थे। लेकिन अब शान्ति का माहौल है और कुछ लोग सरहद पर के इन समारोहों को देखने आते हैं।

सरदार परमिन्दर ऐसे लोगों में नहीं था। सरहद से कोई पाँच किलोमीटर पहले ही एक कच्चे रास्ते पर उसने मोटरसाइकिल घुमाई। रास्ता एक देहात की ओर जाता था जहाँ अकेला दोमंजिला मकान था। उसी के सामने उसने मोटरसाइकिल रोकी। इधर-उधर देखकर सतर्कता से वह उस घर के छोटे से गेट से अन्दर घुसा। घर चारदीवारियों से घिरा होने से अन्दर का उसका स्वरूप बाहर से नजर नहीं आता था। नवागन्तुक इसी वजह से घर के इर्दगिर्द लगाए सरसों के साग के पौधों को देखकर चकरा जाता था—क्योंकि घर को छोड़ बाकी सारी जमीन साग से व्याप्त थी, अलावा एक बीच के छोटे से रास्ते के !

लेकिन परमिन्दर नवागन्तुक नहीं था। सायंकाल की नरम धूप में चारपाई पर लेटे घर के मालिक को हाथ हिलाकर अभिवादन कर वह सीधे घर में घुसा। मालिक वहीं चारपाई पर लेटा रहा—उसके लिए परमिन्दर का आना-जाना कोई नई बात नहीं थी।

घर के आगे के कमरे में बत्ती नहीं थी, लेकिन बगल के कमरे में जल रही ट्यूब-लाइट के प्रकाश में परमिन्दर को तीन व्यक्ति वहाँ बैठे दिखाई दिए। दो दाढ़ी-पगड़ी-कृपाणधारी सिख मालूम पड़ते थे और तीसरा शॉर्ट हेयरकट और चिकनी ठुड्डीवाला युवक जो सरदार नहीं लगता था। पर परमिन्दर जानता था कि स्थिति वास्तव में उलटी थी।

"महबूब, याकूब—आप दोनों ? कहाँ से सरहद पार की ?" उन तथाकथित सिक्खों से उसने पंजाबी में पूछा।

"वो तैने न जानना मुनासिब," महबूब खान बोला।

"यार, महबूब, परमिन्दर तो अपना ही है...," तीसरा नवयुवक बोला। उसका नाम हरगोबिन्द सिंह था।

"इसीलिए इसका न जानना बेहतर है। अगर पकड़ा गया तो सिक्योरिटीवाले इसे कचूमर बना देंगे और यह है रुई जैसा नरम, सब उगल देगा," याकूब खान मूँछों पर ताव देकर बोला।

परमिन्दर को यह अपमान, यह तिरस्कार संयम के साथ झेलना पड़ा। दोनों पाकिस्तानी खान साहब यह नहीं जानते थे कि दुबला-पतला यह सरदार कराटे में ब्लैक-बेल्टधारी है। उसने विषय बदलते हुए पूछा, "तो मेरे लायक क्या काम लाए हैं ?"

"पहले तुझे बधाई ! यार बड़ी छलाँग मारी तूने कि तेरा पी.एम. भी घबरा गया," याकूब खुशी से बोला।

"मैंने कौन सी छलाँग मारी ?" परमिन्दर की आवाज में अचरज झलक रहा था।

"वाह, भाई ! बड़े पक्के हो यार !" महबूब बोला, "आज ही हमें पता चला कि पी.एम. ने साउथ ब्लॉक में खास मीटिंग बुलाई।"

परमिन्दर निर्विकार मुद्रा से सुन रहा था। महबूब आगे बोला :

"साउथ ब्लॉक की पहली मंजिल पर कमरा नम्बर 153 में पी.एम. के साथ कोई बीस लोग मौजूद थे। वो गोपाल चाय वाला है ना ? उसे चाय देते समय जो कुछ सुनाई दिया उससे लगता है तीनों फौज़ी जनरल हैरान हैं कि उनके कम्प्यूटरों में वाइरस किसने घुसेड़ा।"

परमिन्दर के चेहरे पर से मुस्कुराहट की छटा आई और गई भी, लेकिन महबूब ने उसे देखा और उसकी पीठ पर शाबाशी की थपकी देकर बोला, "अब वो साले हमें, आई.एस.आई. को कोस रहे होंगे। पर मैं समझ गया यह तो तेरा काम है...साफ्टवेयर में तुम्हारे जैसा होशियार दूसरा कौन होगा ? पर तूने ये करामात कैसे की और कब ?"

"वो तैने न जानना मुनासिब," महबूब का वाक्य उसे लौटाते हुए परमिन्दर शान्त स्वर से बोला। पर दोनों खान गुस्से से लाल हो गए। याकूब का हाथ कृपाण की ओर

बढ़ा। महबूब के मुख से एक गाली निकली।

"यारो जरा परमिन्दर की सुनो तो," हड़बड़ाकर हरगोबिन्द बोला।

परमिन्दर स्तब्ध था। फिर दोनों खिड़कियों और दरवाजे से बाहर झाँककर, कोई सुनने वाला नहीं, यह निश्चित कर वह लौटा और बोला, "यह बात अभी बॉस और मेरे तक ही रहेगी। उस साले चायवाले ने गुस्ताखी न की होती तो तुम भी न जानते। अब अगर बॉस को पता चला तो तुम दोनों की खैरियत नहीं। अभी तो यह साजिश की शुरुआत है। जब तक यह पूरी तरह कामयाब नहीं होती तब तक इस कारनामे को पूरी तरह छिपाना जरूरी है। जिन्हें बॉस बताए वही लोग इसे जानेंगे।"

बॉस का जिक्र होते ही दोनों खान डर से काँपने लगे। हरगोबिन्द तो परमिन्दर के पैर पकड़कर गिड़गिड़ाने लगा, "भाई परमिन्दर...मैंने तो सब भुला दिया। इसे मैं कभी नहीं जानता था।"

"अल्लाह की क-स-म...हमने भी बात अनसुनी कर दी," महबूब-याकूब भी नरम स्वर में बोले।

"तुम दोनों जैसे आए वैसे ही लाहौर चल पड़ो। बार्डर क्रॉस कहाँ से करोगे ?" परमिन्दर ने तपाक से पूछा।

"वाघा बार्डर पाइंट से दो किलोमीटर उत्तर से...वहीं पर आजकल घूसखोरी होती है," महबूब ने बिना हिचकिचाहट बता दिया।

"तो ठीक आधी रात हिंदोस्तानी टाइम से वहाँ से गुजरना। मैं इन्तजाम करवा दूँगा...नहीं तो हमारे सिक्योरिटी वाले पकड़ लेंगे," परमिन्दर बोला।

और सीधा कमरे से बाहर निकला और बाहर लेटे सरदारजी को सलाम कर अपनी मोटरसाइकिल स्टार्ट कर दी।

राजमार्ग पर आते ही परमिन्दर अमृतसर की ओर न जाकर सरहद की ओर मुड़ा। दो किलोमीटर जाकर उसने मोटरसाइकिल रोकी और रास्ते किनारे झाड़ी के पीछे गया। कोई और सोचता कि वह लघुशंका हेतु वहाँ गया है पर झाड़ी के पीछे लगभग पचास मीटर पर एक पुराना मकान खंडहर की अवस्था में था, वह वहीं जा पहुँचा। उस समय सूर्यास्त होकर अँधेरा छा गया था। परमिन्दर के लिए मात्र यह जगह परिचित थी, क्योंकि वह बगैर टॉर्च की रोशनी के वहाँ घूम सकता था।

"रब्ब राखा," पंजाबी में दिया आशीर्वाद सुनकर परमिन्दर वहीं रुका। दीवार के पीछे से आवाज आ रही थी।

"रब्ब राखा...बॉस दा रब्ब राखा," उसने जवाब दिया।

"क्या खबर है ?" दीवार के पीछे से प्रश्न आया।

"पड़ोस से दो आए हैं...याकूब खान और महबूब खान सरदार के लिबास में। पर नकली या असली सरदार हैं, आप अपने ढंग से चेक करें।"

"कहाँ मिलेंगे ?"

"वाघा बॉर्डर से दो किलोमीटर उत्तर पर घूसखोरी चल रही है...वहाँ ठीक आधी रात को उस पार जा रहे हैं।"

"बहुत अच्छा ! ये दोनों काफी दिन से हमें चाहिए थे।"

"एक और खबर, बॉस ! पी.एम. ने आज साउथ ब्लॉक के कमरा नं. 153 में एक गोपनीय बैठक बुलाई थी...क्या यह सच है ?" परमिन्दर ने पूछा।

"आगे बोलो !" बॉस ने न तो 'हाँ' कहा, न 'ना'।

"वहाँ सेना के कम्प्यूटरों में वाइरस घुसने की बात चली थी।"

बॉस ने हल्की सीटी बजाई। लगता था कि परमिन्दर का तीर लक्ष्यभेद कर गया।

"गोपाल चायवाले ने यह जानकारी दोनों खान भाइयों को दी।"

"बहुत अच्छा ! परमिन्दर, तूने वह कड़ी खोज निकाली जो पी.एम.ओ. को आई.एस.आई. से जोड़ती है। तभी हमारे गोपनीय निर्णय हमारे पड़ोसी जान पाते हैं। ठीक है ! इसका हम इलाज करेंगे ही...पर तुम्हारा शुक्रिया !" परमिन्दर मन में खुश ! बॉस ने शुक्रिया अदा की, जैसा अब तक बहुत कम बार हुआ था। वह आगे बोला, "एक और बात है बॉस ! मैंने आपके बारे में दोनों खान-भाइयों के दिल में काफी डर डाल दिया है। वे सोचते हैं कि बॉस यहाँ नहीं पड़ोस में है। उसी ने मेरे हाथों वाइरस डलवाया है। इसलिए वे मुझे भी बहुत मानने लगे हैं। आप उन्हें पकड़ेंगे तो यह भ्रम कायम रखें।...लेकिन एक बात पूछूँ ?"

"पूछो ! लेकिन जवाब की गारंटी नहीं दे सकता !"

"इस वाइरस के बारे में मैं पहली बार सुन रहा हूँ। कुछ अधिक जानकारी मिले तो शायद मेरा अनुभव काम आए..."

परमिन्दर को देखने से ऐसा कतई नहीं लगता था कि यह आदमी देश के दस सर्वोत्तम कम्प्यूटर भाषाविदों में गिना जाता है। बहुत कम लोग उसके इस करिश्मे से परिचित थे (उसका असली नाम परमिन्दर नहीं कुछ और ही था, इसे भी बहुत कम लोग जानते थे)। बॉस ऐसे इने-गिने व्यक्तियों में था। वह कुछ हँसकर बोला :

"समय आने पर बताऊँगा...अभी तुम्हारा इस बारे में अनजान रहना ही बेहतर है। ...रब्ब राखा !"

मीटिंग खत्म होने का संकेत ! परमिन्दर ने जवाब दिया, "बॉस दा रब्ब राखा !"

उसने बॉस को अभी तक देखा नहीं था। केवल अँधेरे में ही बातचीत की थी। दिन में बॉस सामने मिलता तो परमिन्दर उसे पहचान नहीं पाता। इस बारे में भी उसका अनजान रहना ही बेहतर था।

लघुशंका कर वह फिर मोटरसाइकिल पर जा बैठा।

दो सन्देश

नारायण विनायक जगताप के पूर्वज पहले बाजीराव पेशवा के साथ उनके अनेक अभियानों पर जाते थे। ऐसे अभियानों में मराठा योद्धा घोड़े की पीठ पर अधिकांश समय बिताता, हाथ में तलवार लिये और साथ में चटनी-भाकरी का सादा खाना रखकर ! उनका वंशज तीन सदियों बाद तलवार की जगह कम्प्यूटर और घोड़े की जगह जेट विमान का इस्तेमाल करेगा, इसकी उन्हें कल्पना भी नहीं थी। पर उनकी हवेली आज भी शहर में मौजूद थी। अन्दर से आधुनिक और बाहर से उसका पेशवाई ढाँचा मानो शहर में बढ़ती फ्लैट-संस्कृति को निमन्त्रण दे रहे थे। बिल्डर्स हवेली गिराकर 'मल्टी स्टोरी' के प्रलोभन दिखा रहे थे, पर जगताप ने उन्हें वापस लौटाया। हवेली और उसके चारों ओर छोटा सा बगीचा अभी भी शान से खड़े थे। हाँ, चौड़ा रास्ता अभियान में नगर निगम ने बँगले की जमीन का आगे का हिस्सा हड़प लिया था और कुछ पुराने वृक्ष गिरा दिए थे।

बचपन में दादी के सुनाए किस्सों में नारायण ने उन सामने के वृक्षों की गौरव-गाथाएँ सुनी थीं। वह आम का वृक्ष जिस पर चढ़कर उसके पिता—आठ वर्ष की उम्र में—आम तोड़ते थे। और उसके बगल का पपनस का पेड़—वैसे स्वादिष्ट पपनस अन्यत्र कहीं नहीं मिलते। फिर वह कटहल का पेड़...जब वह कटहलों से लद जाता था तो दादीजी की एकमात्र चिन्ता होती कि अपने सभी निकट सम्बन्धियों को एक-एक कटहल कैसे पहुँचाऊँ। पर आज वह वृक्षराजि नगर निगम के लम्बे-चौड़े रास्ते बनाने, उन पर प्रदूषणकारी यातायात बढ़ाने, आधुनिकता का स्टाम्प हासिल करने के हौसलों का शिकार बन चुकी थी। वही नगर निगम आज नागरिकों से हर वृक्ष गिराने के लिए पाँच हजार का जुर्माना वसूल करती थी।

फिर भी उस गतवैभव बाग में अब भी फल-फूल खिलाने की जिम्मेदारी ली थी सुनन्दा...नारायण की पत्नी ने। मुम्बई के गिरगाँव जैसे घनी जनसंख्या वाले इलाके में पली सुनन्दा के लिए यह हवेली और बगीचा एक अनमोल देन थी। बड़े हौसले से उसने इस बाग का विकास किया था। एक स्थानीय अखबार का संवाददाता उसके बाग पर लेख प्रकाशित करना चाहता था। सो सुनन्दा ने बड़े चाव से उसे बगीचे की 'कंडक्टेड टूर' करवाई थी।

''क्यों जी, तुम्हारा इंटरव्यू छपा या नहीं ?'' मुंबई से लौटने पर जगताप ने पूछा।

''हाँ तो...यह रहा वह अखबार,'' एक अखबार का समेटा पेज उसे देते हुए सुनन्दा बोली। जगताप को लगा कि वह ज्यादा खुश नजर नहीं आ रही थी। उसने इंटरव्यू का ब्यौरा पढ़ा। उसे अपने स्वयं के छपे इंटरव्यू पढ़ने में डर लगता था क्योंकि विज्ञान के माहौल से अनभिज्ञ संवाददाता न जाने क्या छाप दे ! पर सुनन्दा का इंटरव्यू अच्छी तरह लिखा गया था। उसकी सौन्दर्य-दृष्टि, फल-फूलों के बारे में जानकारी, बागवानी के फोटो कुशलता से छापे थे। फिर श्रीमतीजी कुछ नाराज क्यों ? प्रश्न का उत्तर उस लेख के अन्तिम वाक्य में निहित था :

''पर इस बगीचे को देखकर लगता है कि जैसे मुम्बई में लोग ठूँस-ठूँस कर भरे जाते हैं वैसे ही सुनन्दाजी ने इस छोटी सी जगह में फूल ठूँस-ठूँस कर तो नहीं भरे ?''

''सुनन्दा ! यह आखिरी वाक्य तुम अलग निकालो। प्रेसवाले तब तक सन्तुष्ट नहीं होते जब तक उन्हें कहीं न कहीं कुछ थोड़ी-बहुत टीका-टिप्पणी का मौका न मिले। यह समझो कि ये बेचारे साहित्य-समीक्षकों से कहीं भले हैं जो नाहक अच्छे साहित्य की चीर-फाड़ करते हैं। 'फ्रीडम ऑफ प्रेस' समझकर इसे छोड़ दो।''

सुनन्दा के चेहरे पर फिर मुस्कुराहट की चमक आई। जगताप के एक विज्ञान कथा-संग्रह की किसी समीक्षक ने चीर-फाड़ की थी। उस घटना का कुशलता से अपरोक्ष जिक्र कर जगताप ने सुनन्दा की खीझ मिटाई थी। जब हम किसी दूसरे पर हुई टीका-टिप्पणी देखते हैं तो स्वयं पर हुए वारों को अधिक सह्य पाते हैं।

''हाँ जी ! लेकिन मैं तो भूल ही गई ! तुम्हें दो सन्देश देने हैं और दो सवाल। वो कौन चिड़िया जैसे नाम का स्तम्भ-लेखक...उसका फोन आया था। कल सुबह फिर करेगा आठ बजे।''

''कौन, तोताराम पंजवानी ? अब मेरे पीछे क्यों पड़ा है ?'' कुछ चिन्तित स्वर में जगताप बोला। तोताराम पंजवानी—नहीं, डॉक्टर तोताराम पंजवानी—भौतिकी में पीएच. डी. हासिल कर शोधकार्य छोड़कर एक राष्ट्रीय समाचारपत्र का विज्ञान सम्पादक बन गया था। वैज्ञानिक घटनाओं पर काकदृष्टि रखे हुए था और विज्ञान-संस्थानों के घोटालों से लेकर वैज्ञानिक विषयों से संबद्ध सरकारी नीतियों पर टीका-टिप्पणी करने से नहीं चूकता था। उसके तीखे लेखों से पाठकों का भले ही रंजन हो, पर जिन पर आघात होते थे वे वैज्ञानिक या विज्ञान व्यवस्थापक सहम जाते थे। इसीलिए तोताराम के फोन की खबर सुनकर जगताप चिन्तित था, हालाँकि उसके तोताराम से रिश्ते अच्छे थे और वह जगताप की एक नेक वैज्ञानिक के रूप में कद्र करता था। सुनन्दा के अगले वाक्य से उसे प्रश्न कर उत्तर मिला :

''वह जानना चाहता है कि सर्च कमिटी ने किसके नाम की सिफारिश की है।''

''वाह ! जैसे इस गोपनीय निर्णय की जानकारी मैं उसे दे दूँगा ?'' जगताप ऐंठ कर बोला। वह जानता था कि सीधे नहीं तो टेढ़े-तिरछे मार्गों से सवाल का जवाब निकालने में तोताराम कुशल था, ''और दूसरा सन्देश क्या था ?''

''मामला थोड़ा नाजुक है,'' कुछ क्षण की हिचकिचाहट के बाद सुनन्दा बोली, ''वो

जमशेद वाडिया है ना, रेडियो इंजीनियर ? तुमसे मिलना चाहता है संकुल में ही—लेकिन गोपालस्वामी को पता न लगे ! कल सुबह आठ बजे साइट पर मिल सकते हो उससे ? गोपालस्वामी सुबह दस के पहले नहीं उठता, इसलिए सुबह तड़के मिलना ठीक होगा।"

"जमशेद ? मेरी क्यों याद आई उसे ? और गोपालस्वामी से छिपाने लायक क्या बात मुझसे बयान करेगा ? बेहतर होगा वही यहाँ आ जाए।"

जमशेद वाडिया वैज्ञानिक एवं इंजीनियर, रेडियो संकुल पर मुख्य नियन्त्रक था। आई.आई.टी. स्नातक होने के बावजूद विदेशी प्रलोभनों को छोड़कर संकुल में काम करने आया था क्योंकि इस महाकाय दूरबीन की रचना एक चुनौती थी और चुनौती उसे आकर्षित करती थी। गोपालस्वामी के आई.आई.टी. दीक्षान्त समारोह के भाषण ने उसे इस ओर खींचा था। और आज वह संकुल का एक अत्यावश्यक अंग बन गया था।

"इस नम्बर पर फोन करो...वही तुम्हारे सवालों का जवाब देगा," एक चिट पर लिखे नम्बर को देखकर जगताप को कुछ आश्चर्य हुआ। नम्बर संकुल के नम्बरों में से तो नहीं था, किसी प्राइवेट कॉलोनी या मकान का था। उसके इस अनकहे सवाल का जवाब देते हुए सुनन्दा आगे बोली, "आजकल वह यहाँ रहता है...पर इसके पहले कि तुम उसे फोन करो, मेरे प्रश्नों के उत्तर दो।"

"पूछो !"

"दो प्रश्न हैं। पहले ये बताओ कि पी.एम. ने क्यों बुलाया था ?"

"सॉरी ! मैंने गोपनीयता की शपथ ली है।"

"दूसरा प्रश्न : सर्च कमिटी ने क्या निर्णय लिया ?"

"सॉरी ! ये भी गोपनीय प्रशासनिक मामला है !"

सुनन्दा ने हँसकर एक कागज का टुकड़ा उसे थमाया। उस पर लिखा था, "सॉरी ! देखो, गोपनीयता के तहत मैं इन दोनों प्रश्नों के उत्तर नहीं दे सकता।"

"वाह ! अपने पतिराज को अच्छी तरह जानती हो," हँसकर नारायण बोला।

"बीस साल तुम्हारे साथ जो बिताए हैं !"

उसे अपनी ओर खींचकर आलिंगन करते हुए नारायण बोला, "तुम तो मुझे कब से आर-पार पहचानती हो, इसीलिए तो मेरी पारिवारिक जिम्मेदारियाँ तुम निभाती आ रही हो !"

"छोड़ो भी ! जाओ फोन लगाओ !" उसे धीरे से दूर करके सुनन्दा बोली।

"हाय, जमशेद ! क्यों याद किया ? मैं नारायण बोल रहा हूँ," फोन पर जमशेद के आते ही नारायण बोला।

"नारायण ! फोन के लिए शुक्रिया ! क्या तुम मुझे संकुल में डी-14 पर मिल सकोगे ? मामला जरा नाजुक है ! सवेरे आठ बजे," जमशेद बोला।

"पर सुनन्दा बोली यह सब हश-हश है ! क्यों ? और गोपालस्वामी से छिपाकर क्यों ? नहीं तो तुम्हीं इधर क्यों नहीं चले आते ?"

"सॉरी, नारायण ! फोन पर नहीं बता सकता। यहाँ आओगे तो कुछ सबूत भी

देख पाओगे मेरी अचरज-भरी दास्तान के !''

''पहेलियाँ, पहेलियाँ, पहेलियाँ...ठीक है भाई। आज रात तड़पते हुए बिताऊँगा,'' हँसते-हँसते ज़गताप ने रिसीवर वापस रखा।

रात को सोने के पहले नारायण अतीत में मग्न था। उसे याद आ रहे थे महाकाय दूरबीन के आरम्भिक साल...कैसे गोपालस्वामी ने दूरबीन बनाने की ठानी...उस कल्पना के वास्तविकता में परिवर्तन होने के मार्ग में क्या-क्या अड़चनें आईं...सह-वैज्ञानिकों की कमिटियाँ, उनका 'पॉलिटिक्स', उसमें जोड़ देने वाली सरकारी लालफीताशाही...फिर परियोजना स्वीकृत होने पर पूरे संकुल की रचना में विविध स्तर पर आईं बाधाएँ...और अब उसकी सफलतापूर्वक हुई शुरुआत कोई दस साल इसमें बीते !

मीटर लम्बाई की रेडियो लहरों का इस्तेमाल खगोल निरीक्षणों में बहुत कम हुआ, क्योंकि औद्योगिक क्षेत्रों में इन लहरों की पार्श्वभूमि बड़ी ऊँची है। जैसे शहर की रोशनी से आकाश जगमगा जाता है तो उसमें मन्द तारे लुप्त हो जाते हैं, वैसे ही फैक्टरियों से उत्पन्न 'शोरगुल' में मीटर लम्बाई की लहरों का प्रक्षेपण करने वाले आकाशस्थ स्रोत 'सुनाई' नहीं देते। दृश्य प्रकाश की दूरबीनें शहरों से दूर जंगल में पर्वतों पर या रेगिस्तान में स्थापित की जाती हैं; उसी तरह मीटर लम्बाई की रेडियो लहरें औद्योगिक क्षेत्र से दूर नीरव स्थल में दूरबीनों द्वारा ग्रहण की जा सकती हैं।

ज्यादातर देशों में जहाँ ऐसी दूरबीन बनाने की तकनीकी क्षमता है, वहाँ ऐसी जगह नहीं मिल पाती जो इस औद्योगिक प्रदूषण से मुक्त हो। उलटे जहाँ औद्योगिक विकास बहुत कम है, वहाँ ऐसे क्षेत्र उपलब्ध तो हैं पर विशाल दूरबीन बनाने की क्षमता नहीं। भारत जैसा विकासशील देश ऐसे इने-गिने देशों में है जहाँ रेडियो दूरबीन बनाने की तकनीक उपलब्ध है और ऐसे नीरव क्षेत्र भी जहाँ यह दूरबीन अच्छी तरह काम कर सके। इसीलिए गोपालस्वामी ने ऐसी दूरबीनों का विशाल संकुल बनाने की महत्त्वाकांक्षी परियोजना बनाई। उसका बजट था पचास करोड़ रुपए।

भारत जैसे निर्धन देश के लिए इतनी कीमती परियोजना स्वीकृत करना सहज बात नहीं थी। लेकिन जवाहरलाल नेहरू जैसे दूरद्रष्टा प्रधानमन्त्री के जमाने से शुरू हुई वैज्ञानिक परम्परा ने यह सम्भव कर दिया। वैज्ञानिकों में चर्चा तो बहुत हुई। कुछ का कहना था कि सफेद हाथी जैसी यह परियोजना देश के लिए सर्वथा अनुपयुक्त है, तो दूसरी ओर ऐसे उत्साही वैज्ञानिक भी थे जो इस दूरबीन के संसार में 'एकमेवाद्वितीय' होने का दावा कर यह बताते थे कि अन्तरिक्ष या विविध परमाणु ऊर्जा परियोजनाओं के मुकाबले पचास करोड़ कुछ नहीं ! आखिर कैबिनेट में खुद प्रधानमन्त्री ने परियोजना को स्वीकृति दी।

इन चर्चाओं में जगताप ने हर बार गोपालस्वामी का साथ दिया था, समर्थन किया था। इसलिए साथी वैज्ञानिकों की चर्चाओं में दूरबीन के पक्ष में अधिक लोग मिले थे।

गोपालस्वामी इस बारे में जगताप के प्रति कृतज्ञ था। लेकिन आगे चलकर उन दोनों में तनाव आए और बढ़ते गए। इसकी एक वजह थी जगताप का स्वयं का संस्थान।

जब महाकाय दूरबीन की परियोजना स्वीकृत हुई तो दूरदृष्टि से इस बात पर भी विचार हुआ कि दूरबीन के बनते-बनते उसका इस्तेमाल करनेवाले वैज्ञानिकों को भी प्रशिक्षित करके तैयार करना जरूरी था। नए वैज्ञानिक विश्वविद्यालय क्षेत्र से आएँ, इसके लिए विश्वविद्यालय अनुदान आयोग ने खगोल-विज्ञान और खगोल-भौतिकी की शिक्षा, शोध एवं प्रायोगिक उपकरणों के विकास के लिए एक नए केन्द्र का निर्माण करने की ठानी और उसे साकार करने के लिए जगताप को आमन्त्रित किया।

जगताप के लिए यह एक चुनौती थी।

वह बम्बई के केन्द्र में अपने शोधकार्यों में रम गया था। 'एक सुप्रस्थापित एवं अच्छी तरह चल रहे केन्द्र को छोड़ नया संस्थान बसाने की दौड़-धूप करना मूर्खता है,' ऐसी सलाह देने वाले अनेक सज्जन थे। कुछ ऐसे भी थे जिन्होंने विश्वविद्यालयों के अकादमिक जीवन के प्रति निराशा व्यक्त की थी...वहाँ कुछ होने वाला नहीं। तो कुछ ने चेतावनी दी थी कि सरकारी परियोजनाएँ लालफीताशाही के कारण या पूँजी के अभाव में ठप होने के कई उदाहरण हैं।

पर जगताप आशावादी रहा। वह दिलोजान से चाहता था कि जिस विश्वविद्यालय क्षेत्र में किसी समय सत्येन बोस और मेघनाद साहा जैसे वैज्ञानिक फूले-फले, उसमें नई चेतना की आवश्यकता है। वह खुद विदेश में कई साल बिताकर भारत लौटा था। तब भारत न आने की सलाह देने वाले भी काफी सज्जन थे। लेकिन तब और अब एक चुनौती के रूप में उसने स्थानान्तर किया था और दोनों अवसरों पर सुनन्दा ने उसको पूरा सहयोग दिया था।

उसका यह निर्णय सफल रहा था। भाग्यवश तथा उसके और निकट सहयोगियों के प्रयत्नों के कारण, उसका नियोजित केन्द्र चार वर्षों में अपनी आधुनिक इमारतों और आधुनिकतम सुविधाओं से सजा अपने कार्यों में आगे बढ़ने लगा। कम्प्यूटर सेंटर, पुस्तकालय, डेटा सेंटर, प्रयोगशाला आदि साधनों एवं कार्यशाला, प्रशिक्षण शिविर, गोष्ठियों आदि के माध्यम से विश्वविद्यालय के स्नातक केन्द्र का लाभ उठाने लगे। देश-विदेश में केन्द्र की प्रतिष्ठा बढ़ने लगी।

और, यहीं गोपालस्वामी के बदलते तेवर जगताप को दिखाई देने लगे। इसमें ईर्ष्या का भाव हो सकता था क्योंकि उसकी दूरबीन अभी बन ही रही थी जबकि जगताप का केन्द्र—दो साल पीछे नींव पड़ने पर भी—पहले बनकर प्रतिष्ठा पाने लगा था। शायद एक असुरक्षा की भावना भी हो सकती थी कि क्या उसका संकुल अपनी कठिनाइयों पर काबू पाकर सफलता से काम करेगा ? और कब करेगा ?

इस अनिश्चितता के काल में भी जगताप ने गोपालस्वामी को पूरा सहयोग दिया। पर गोपालस्वामी का स्वभाव चंचल होने के कारण वह कभी नरम तो कभी गरम रहता। जब संकुल बनकर सफलता से काम करने लगा तब गोपालस्वामी की स्वाभाविक

चंचलता अपने परिणाम दिखाने लगी।

"यह संकुल मैंने और मेरे सहयोगियों ने अपनी मेहनत से बनाया है। इसका इस्तेमाल कैसे हो, यह हमीं निश्चित करेंगे।"

उसके इस कथन के पूर्वार्द्ध के बारे में विवाद नहीं था। पर जो केन्द्र राष्ट्रीय सम्पत्ति से बनाया गया उस पर एक ही संस्थान का पूरा अधिकार रहे यह मानने को अन्य वैज्ञानिक राजी नहीं थे। जैसा विदेशी विशाल परियोजना–उदाहरण के लिए हबल दूरबीन–के बारे में होता है, संकुल पर निरीक्षण करने का कुछ प्रतिशत समय गोपालस्वामी के संस्थान को मिले और बाकी राष्ट्रीय स्तर पर गुणवत्ता के निकष पर बाँटा जाए, ऐसा प्रस्ताव अधिकांश वैज्ञानिकों का था। इस बारे में जगताप और गोपालस्वामी में भी कुछ विवाद हुए थे।

क्या संकुल का प्रयोग अन्तर्राष्ट्रीय स्तर पर भी हो ? इस प्रश्न पर भी गोपालस्वामी का मत स्थिर नहीं था। कभी वह कहता कि, 'हम सौदा करेंगे, विदेशी निरीक्षक इस संकुल का इस्तेमाल अवश्य करें बशर्ते हमारे वैज्ञानिक उनकी दूरबीनों पर निरीक्षण करने जाएँ,' तो कभी दूसरे मूड में आकर कहता, 'इन विदेशियों से सावधान रहना पड़ेगा। अगर इस संकुल में उन्हें घुसने दिया तो वे पूरा का पूरा इसे हथिया लेंगे।' खासकर अमरीकी खगोल-वैज्ञानिकों को वह सन्देह से देखता।

इसी मूड में वह कभी जगताप को फटकारता, 'तुम्हारे केन्द्र में बहुत से विदेशी वैज्ञानिक आते हैं...यह हमारे लिए चिन्ता का विषय है,' तो कभी उलटे यह भी ताना मारता कि 'तुम्हारे सिखाए गे विश्वविद्यालय के वैज्ञानिक हमारी दूरबीनों को इस्तेमाल करना चाहेंगे तो हमारा समय उनको सिखाने में नाहक खर्च होगा।'

गोपालस्वामी अब रिटायर होने को था। उसे यह भी डर था कि उसके रिटायर होने पर कहीं जगताप का प्रभाव बढ़ा तो... ?

जगताप इन सभी चिन्ताओं को समझता था और गोपालस्वामी के तानों का जवाब संयम से देता था। हाँ, कभी-कभी उसके सहयोगी ऐसे तानों को सुनकर भड़क उठते थे जिन्हें शान्त करना अधिक कठिन था।

पर जैसा जगताप ने अनुमान किया था, संकुल की बढ़ती सफलता और कीर्ति ने गोपालस्वामी को अधिक आश्वस्त किया था और उन दोनों के बीच के तनाव काफी हद तक निपट गए थे। उसके केन्द्र के वैज्ञानिकों और विश्वविद्यालयीन निरीक्षकों को संकुल इस्तेमाल करने में अब कोई खास कठिनाइयाँ नहीं थीं।

यही सब इतिहास सोचते-सोचते जगताप को नींद ने आ घेरा। फिर भी उसके आखिरी विचार यही थे...जमशेद उसकी कल की भेंट को गोपालस्वामी से क्यों छिपाना चाहता है ?

'कल की बात कल...' बगल में सो रही सुनन्दा को देखते-देखते जगताप भी खर्राटे भरने लगा !

डी-14

सूर्योदय होते-होते जगताप अपनी कार लेकर बाहर निकला, क्योंकि उसके घर से महाकाय दूरबीन-संकुल तक पहुँचने में दो घंटे लग ही जाते थे। शहरी यातायात अभी ठंडा था लेकिन शहर के बाहर राजमार्ग पर ट्रकों की भीड़ थी। राजमार्ग पर पौने दो घंटे चलने पर उसने गाड़ी दाहिनी ओर एक छोटे से रास्ते पर घुमाई।

यह न तो राजमार्ग था, न तो प्रान्त-स्तरीय मार्ग ही। एक दूसरी श्रेणी का रास्ता था जिस पर पी.डब्लू.डी. की कृपादृष्टि नहीं हुई थी, न ही किसी बड़ी हस्ती का फार्महाउस होने का सौभाग्य उसे प्राप्त था, पर इसी वजह से शान्त और प्राकृतिक माहौल का यह रास्ता जगताप को अच्छा लगता था। अब तो वह उसके गड्ढे-गड्ढे से परिचित था, इसलिए गाड़ी सुगमता से चला पाता था। बगल में खेत या अंगूरों के बगीचे, छोटे-छोटे गाँव जहाँ से दो-तीन किलोमीटर पैदल जाकर स्कूल पहुँचनेवाले बच्चे, कभी स्टेट ट्रांसपोर्ट की कोई बस,...लेकिन कारखानों की संख्या शून्य और ट्रक लगभग उतने ही। औद्योगिक प्रदेश न होने के इस स्थान के गुण की वजह से तो गोपालस्वामी ने उसे अपने संकुल के लिए चुना था। अभी कुछ साल तो यह जगह औद्योगिक आक्रमण से सुरक्षित थी। हाँ, यहाँ से कोई चुनाव जीतकर मिनिस्टर न बने तो !

''पट्ठा बातूनी है पर अपनी कल्पना-शक्ति के बारे में किसी से पीछे नहीं,'' एक पश्चिमी खगोल-वैज्ञानिक के गोपालस्वामी सुब्रह्मण्यम के इस वर्णन से जगताप पूरी तरह सहमत था। कल्पनाओं के बारे में गोपालस्वामी बिल्कुल कंजूस नहीं था। कुछ देर बात करे तो सुनने वाले को अपनी कुछ कल्पनाएँ तुरन्त सुना दे। अगर आज कार में बैठा होता तो शुरू से अब तक उसकी बातें चालू रहतीं।

हरे-भरे खेत, उनके ऊपर चलने वाले ट्रैक्टर और बैल से लगे हल दोनों इस शस्य-श्यामला भूमि पर प्राचीन-अर्वाचीन का संगम दिखलाते थे। वास्तव में हरित क्रान्ति ने विज्ञान के माध्यम से भारत-भूमि को शस्य-श्यामला बनाया था। इसी विज्ञान ने किसान को ट्रांजिस्टर, ट्रैक्टर, पानी के पम्प, स्कूटर आदि दिए थे। अब कम्प्यूटर और सेलुलर फोन भी दूर नहीं।

कम्प्यूटर ने उसे वाइरस की याद दिलाई।

कल का किसान कम्प्यूटर की 'वेबसाइट' पर मौसम की जानकारी लेगा। अगर

मीटर के आसपास होनी चाहिए। इसलिए जमशेद का दावा था कि निर्माण के बाद तीन वर्ष में ही संकुल की दूरबीन इन लहरों के सन्देशों का पता लगा पाएँगी। उधर जगताप का महाविस्फोट सिद्धान्त पर विश्वास नहीं था। और इसी कारण उसका कहना था कि ऐसे सन्देश नहीं मिल पाएँगे। अगर सन्देश मिले तो जगताप जमशेद को भारतीय शैम्पेन की बोतल भेंट देने का वादा कर चुका था। और सन्देश न मिले तो ? तो जमशेद जगताप को उसके चुने होटल में खाना खिलाएगा—क्योंकि जगताप शराब नहीं पीता था ! यही थीं शर्तें !

''नारायण ! अभी सब्र करो भाई ! तीन साल पूरे नहीं हुए। पर मेरे बुलाने का कारण कुछ अलग ही है—काफी धक्का पहुँचाने वाला।''

ऐसा कहकर जमशेद कुछ क्षण चुप रहा—वह उचित शब्द चुनने के लिए मानो विचारमग्न हो। जगताप सब्र कर चुप्पी साधे रहा। यदि जमशेद जैसा सन्तुलित मन वाला व्यक्ति 'धक्का पहुँचाने वाला' ऐसा विशेषण लगाता है तो उसकी कहानी वास्तव में अनूठी होगी, इसका अंदेशा उसे हो गया।

जमशेद बोला, ''अगर यह दूरबीन सजीव होती तो मैं कहता कि दूरबीन पगला गई है।''

''क्या ?'' चौंककर जगताप बोला।

''हाँ, इतना ही नहीं, मैं कभी-कभी सोचता हूँ कि समूचा संकुल ही पागल हो गया है और उसका राज इस डिश डी-14 में छिपा है।''

''तुम होश में हो जमशेद,'' जगताप ने हँसकर कहा, ''तुम्हें हम सब 'डाउन-टू-अर्थ जमशेद' कहते आए हैं।''

''डाउन-टू-अर्थ यानी अटकलबाजी न करने वाला और प्रत्यक्ष सबूत पर ही विश्वास रखनेवाला जमशेद ही बोल रहा है, भाई ! इन डिस्किटों में सब सबूत हैं...पर इसे स्पष्ट करने के पहले मैं तुम्हें सारी पृष्ठभूमि समझाता हूँ। फिर तुम अपना निष्कर्ष निकालो। मुझे यकीन है कि तुम भी मेरी दास्तान सुनकर इसके पीछे क्या पहेली है, उस पर चिन्ता करने लगोगे।

''यह संकुल खुला करीब दो वर्ष पहले। पचास तश्तरियों का यह समुदाय एक कम्प्यूटर की सूचनाओं के मुताबिक काम करता है। कम्प्यूटर सॉफ्टवेयर इनकी गतिविधियों को कार्यान्वित करता है। यह जरूरी नहीं कि सभी तश्तरियाँ किसी एक निरीक्षण में योगदान दें। कभी कुछ तश्तरियाँ कोई काम न रहने से आराम भी करती हैं,'' जमशेद आगे बोला।

''यह तो स्टैंडर्ड रूटीन मैं भी जानता हूँ, यार ! तुम तो किसी टूरिस्ट को कमेंटरी सुना रहे हो,'' जगताप ने उसे टोका।

''इसीलिए कि कभी-कभी उस स्टैंडर्ड रूटीन का पालन नहीं होता,'' जमशेद शान्ति से बोला, ''किसी अजीब घटना को बताने से पहले यह स्पष्ट करना उचित है कि स्टैंडर्ड रूटीन क्या होना चाहिए। तो रूटीन यही है कि केन्द्रीय कम्प्यूटर आज्ञा देता है और

"हाय ! क्या बहुत देर से रुके हो ?" हाथ बढ़ाकर वह बोला।

"नहीं, केवल पाँच मिनट ! आज ट्रैफिक कम ही था," हाथ मिलाते हुए जगताप बोला।

"ट्रैफिक का कोई ठिकाना नहीं। एक ट्रक के ब्रेकडाउन से लम्बी कतार बन जाती है। फिर लोग जहाँ गैप मिले, घुसते हैं।...खैर बहुत-बहुत धन्यवाद, नारायण ! इतनी तत्परता से तुम आए..."

"इस औपचारिकता को छोड़ो, भाई," उसकी पीठ पर थप्पी मारते हुए जगताप बोला, "तुमने जिस तरह से बुलाया उससे यही लगा मुझे कि कोई खास बात होगी इसके पीछे....तो बताओ क्या वजह थी।"

"चलो डी-14 की ओर ! गोपालस्वामी के साढ़े दस बजे के बाद इधर आने की सम्भावना है। उसके पहले तुम्हें यहाँ से चल देना होगा।"

"पर क्यों ?"

"सुनो तो पहले मेरी कहानी," जमशेद बोला।

डी-14 यानी संकुल की 50 तश्तरियों में से 14 नम्बर की ! जब कोई निरीक्षण नहीं हो रहा हो तो यह तश्तरी समानान्तर (पृथ्वी-तल से) स्थिति में रहती है। दूर से लगता है कि सिर पर टोकरी रखे चोली-घाघरा पहने कोई महिला खड़ी है। पर पास से देखने पर तश्तरी की विशालता की जानकारी होती थी। पचास मीटर यानी तीस पुरुष एक के ऊपर एक खड़े किए जाएँ तो जो ऊँचाई हासिल होगी उतनी ! कम से कम 15 मंजिल की इमारत इतनी ! इतने बड़े व्यास की तश्तरी के सामने खड़े मानव के छोटेपन को देख उसी मानव की कुशलता पर अचम्भा और गर्व होता था जिसके पास इस तश्तरी को बनाने की तकनीक थी। बनाने की ही नहीं, उसे घुमाकर मनमर्जी किसी भी दिशा में मोड़ने की भी।

डी-14 ऐसी ही घाघरा-सदृश मीनार पर अधिष्ठित थी। मीनार के भीतर सीढ़ी थी जिस पर चढ़कर वे दोनों छज्जे पर गए। वहीं एक छायाच्छादित जगह चुनकर बैठे। जमशेद के पास एक ब्रीफकेस था ! इसे लेकर ही वह सीढ़ी पर चढ़ा था। उसे जो कुछ दिखाना था वह इसी में होगा, ऐसा जगताप का अनुमान था।

अनुमान सही निकला। ब्रीफकेस खोलकर जगताप ने दो कम्प्यूटर डिस्केट निकाले।

"क्या तुम्हें इस पर आकाश-गंगाओं के निर्माणकालीन सन्देश तो नहीं मिले ?" जगताप ने पूछा। उन दोनों में एक विषय पर शर्त लगी थी। इसी दूरबीन संकुल के निर्माण के पीछे गोपालस्वामी का उद्देश्य था ऐसे सन्देशों का पता लगाना। महाविस्फोट का सिद्धान्त बताता है कि इस ब्रह्मांड के निर्माण के कुछ काल पश्चात् आकाश-गंगाएँ बनीं। न्यूट्रल हाइड्रोजन गैस के विशाल मेघों के कुछ भागों के आकुंचन से आकाश-गंगाएँ बनीं ऐसी सामान्य धारणा थी। प्रसरणशील ब्रह्मांड में से गुजरने वाली विद्युच्चुम्बकीय लहरों की लम्बाई कालानुसार बढ़ती है। ऐसा अनुमान था कि न्यूट्रल हाइड्रोजन से उत्पन्न हुई लहरों की लम्बाई उस आदिकाल से बढ़कर अब तक पाँच गुना होकर एक

मीटर के आसपास होनी चाहिए। इसलिए जमशेद का दावा था कि निर्माण के बाद तीन वर्ष में ही संकुल की दूरबीन इन लहरों के सन्देशों का पता लगा पाएँगी। उधर जगताप का महाविस्फोट सिद्धान्त पर विश्वास नहीं था। और इसी कारण उसका कहना था कि ऐसे सन्देश नहीं मिल पाएँगे। अगर सन्देश मिले तो जगताप जमशेद को भारतीय शैम्पेन की बोतल भेंट देने का वादा कर चुका था। और सन्देश न मिले तो ? तो जमशेद जगताप को उसके चुने होटल में खाना खिलाएगा—क्योंकि जगताप शराब नहीं पीता था ! यही थीं शर्तें !

''नारायण ! अभी सब्र करो भाई ! तीन साल पूरे नहीं हुए। पर मेरे बुलाने का कारण कुछ अलग ही है—काफी धक्का पहुँचाने वाला।''

ऐसा कहकर जमशेद कुछ क्षण चुप रहा—वह उचित शब्द चुनने के लिए मानो विचारमग्न हो। जगताप सब्र कर चुप्पी साधे रहा। यदि जमशेद जैसा सन्तुलित मन वाला व्यक्ति 'धक्का पहुँचाने वाला' ऐसा विशेषण लगाता है तो उसकी कहानी वास्तव में अनूठी होगी, इसका अंदेशा उसे हो गया।

जमशेद बोला, ''अगर यह दूरबीन सजीव होती तो मैं कहता कि दूरबीन पगला गई है।''

''क्या ?'' चौंककर जगताप बोला।

''हाँ, इतना ही नहीं, मैं कभी-कभी सोचता हूँ कि समूचा संकुल ही पागल हो गया है और उसका राज इस डिश डी-14 में छिपा है।''

''तुम होश में हो जमशेद,'' जगताप ने हँसकर कहा, ''तुम्हें हम सब 'डाउन-टू-अर्थ जमशेद' कहते आए हैं।''

''डाउन-टू-अर्थ यानी अटकलबाजी न करने वाला और प्रत्यक्ष सबूत पर ही विश्वास रखनेवाला जमशेद ही बोल रहा है, भाई ! इन डिस्किटों में सब सबूत हैं...पर इसे स्पष्ट करने के पहले मैं तुम्हें सारी पृष्ठभूमि समझाता हूँ। फिर तुम अपना निष्कर्ष निकालो। मुझे यकीन है कि तुम भी मेरी दास्तान सुनकर इसके पीछे क्या पहेली है, उस पर चिन्ता करने लगोगे।

''यह संकुल खुला करीब दो वर्ष पहले। पचास तश्तरियों का यह समुदाय एक कम्प्यूटर की सूचनाओं के मुताबिक काम करता है। कम्प्यूटर सॉफ्टवेयर इनकी गतिविधियों को कार्यान्वित करता है। यह जरूरी नहीं कि सभी तश्तरियाँ किसी एक निरीक्षण में योगदान दें। कभी कुछ तश्तरियाँ कोई काम न रहने से आराम भी करती हैं,'' जमशेद आगे बोला।

''यह तो स्टैंडर्ड रूटीन मैं भी जानता हूँ, यार ! तुम तो किसी टूरिस्ट को कमेंटरी सुना रहे हो,'' जगताप ने उसे टोका।

''इसीलिए कि कभी-कभी उस स्टैंडर्ड रूटीन का पालन नहीं होता,'' जमशेद शान्ति से बोला, ''किसी अजीब घटना को बताने से पहले यह स्पष्ट करना उचित है कि स्टैंडर्ड रूटीन क्या होना चाहिए। तो रूटीन यही है कि केन्द्रीय कम्प्यूटर आज्ञा देता है और

उस आज्ञा-पत्र को बदलने का अधिकार भी उसी कम्प्यूटर को है। हरेक डिश से लगे छोटे कम्प्यूटर उसी आज्ञा-पत्र का पालन करते हैं।''

''अब तुम ये भी जानते हो कि किस दिन कौन से निरीक्षण लिये जाएँगे इसका प्रोग्राम कई महीने पहले निर्धारित होता है। एक राष्ट्रीय समिति निरीक्षण प्रस्तावों—और ये अब काफी तादाद में आने लगे हैं—में से कोई दस प्रतिशत ही चुनती है। समिति साल में चार बार—हर तीन मास के उपरान्त—मिला करती है। चुने प्रस्तावों के प्रस्तावकों से फिर अधिक जानकारी मँगवाई जाती है ताकि जिस दिन कोई प्रस्ताव मंजूर होना है उसकी सारी पूर्व-तैयारियाँ उस दिन तक सम्पन्न रहें क्योंकि इसके लिए संकुल के टैक्नोलॉजिकल एक्सपर्ट को काफी कुछ करना पड़ता है। हम इस दिशा की ओर बढ़ रहे हैं कि निरीक्षक को यहाँ आने की आवश्यकता ही न पड़े। टैक्नोलॉजिकल एक्सपर्ट ही पूरे निरीक्षण ले सकेंगे।''

''मुझे मालूम है ! टैक्नोलॉजिकल एक्सपर्ट तो अब यह सोचने लगे हैं कि निरीक्षकों का उस समय हाजिर रहना क्या बला है,'' हँसते-हँसते जगताप बोला, ''अब गैलिलिओ, हर्शल, हबल आदि का जमाना गया। ये शख़्स खुद निरीक्षण करते थे ! अब कुछ ही वर्षों में सब निरीक्षण प्री-प्रोग्राम्ड कम्प्यूटर करेंगे। मनुष्य को दूरबीन के पास आना सख़्त मना होगा।''

''हाँ, यहाँ भी वह स्थिति आनेवाली है,'' जमशेद बोला, ''तुम्हें लगेगा कि यह ब्यूरोक्रेसी का एक और बढ़ता प्रभाव है। वो दिन तो कभी के चले गए जब स्वतःस्फूर्त रूप से मानव अपने घर की छत से दूरबीन लगाकर मनचाहे निरीक्षण करता था। अब उसे प्रपोजल स्वीकृत कराने होते हैं, यात्रा का इन्तजाम करना पड़ता है, निरीक्षण के उपकरण जुटाने पड़ते हैं और बाद में निरीक्षणों का विश्लेषण करने की तैयारी रखनी होती है...''

''और इसमें अकल्पित, अनपेक्षित खोज का कोई स्थान ही नहीं रहा। धूमकेतु का आगमन, तारा-विस्फोट आदि इस व्यवस्था में नहीं बैठते। याद है पल्सार की खोज कैसे हुई ?'' जगताप बोला।

जगताप यह नहीं जानता था कि ऐसी अचानक होने वाली घटनाओं के लिए संकुल में एक अन्दरूनी व्यवस्था थी। उसी के बारे में जमशेद बोला—

''यही सोचकर यहाँ एक गुप्त प्रोटोकॉल बना है। बाहरी व्यक्ति को यह नहीं बताया जाता, पर आज मैं तुम्हें जो राज बताना चाहता हूँ उसके लिए इस प्रोटोकॉल की जानकारी जरूरी है। पर मैं प्रार्थना करता हूँ, इसे अपने तक ही रखना। आपातकालीन स्थिति में यह प्रोटोकॉल चलता है।

''अगर किसी भी समय आसमान में कोई दर्शनीय घटना घटी तो उसकी जानकारी दिन-रात चालू एक हॉटलाइन पर सेलुलर फोन द्वारा इस संकुल के निदेशक को दी जाती है। आगे का निर्णय निदेशक लेंगे। यहाँ चौबीस घंटे एक टैक्नोलॉजिस्ट इन-चार्ज होना चाहिए...यह जिम्मेदारी मैं तथा दो अन्य सहयोगी निभाते हैं। जो ड्यूटी पर होगा वह

ऐसी आपातकालीन स्थिति में गोपालस्वामी को हॉटलाइन द्वारा बुला सकेगा।''

जमशेद कुछ क्षण चुप रहा। वह आगे कुछ कहने वाला है, इस अपेक्षा से जगताप कुछ नहीं बोला। फिर गला साफ कर जमशेद आगे बोला :

''कुछ वैसा ही अनुभव मुझे हुआ। कम से कम मैंने जो देखा वह आपातकालीन ही था...पर तुम ब्यौरा सुनकर बतलाना कि जो मैंने किया क्या वह सही था ?''

''ठीक है...पर भाई यह बात मुझ जैसे बाहरी व्यक्ति को क्यों बता रहे हो ? क्या तुम्हारे संस्थान में कोई वरिष्ठ वैज्ञानिक तुम्हें नहीं मिला ?'' जगताप बोला।

विज्ञान जगत में तगड़ी प्रतिस्पर्धा रहती है। यदि इस संकुल के माध्यम से कोई नई खोज हुई तो उसका श्रेय किसे मिलेगा ? संकेत था कि वह पहले खोजनेवाले निरीक्षक को मिले, भले ही वह खोज अनपेक्षित ही क्यों न हो। यदि उसका अर्थ जानने के लिए वह अन्य वैज्ञानिकों से चर्चा करे तो वे भी इस खोज का कुछ श्रेय ले सकते हैं। पर यदि जमशेद को किसी विचित्र बात का पता लगा है तो उसे इसकी चर्चा पहले अपने ही संस्थान के सहयोगी वैज्ञानिकों से करनी चाहिए, उस जैसे बाहरी व्यक्ति से नहीं, ऐसा जगताप का मानना था। पर साथ ही इस अकल्पित खोज को जानने की स्वाभाविक जिज्ञासा भी उसे थी। वह आगे बोला :

''तुमने प्रोटोकॉल के अनुसार गोपालस्वामी से तो चर्चा की होगी ?''

''गोपालस्वामी ? हुँह !'' कुछ तिरस्कार और चिड़चिड़ाहट के साथ जमशेद बोला, ''अभी तो मैंने तुम्हें प्रोटोकॉल बताया। मैंने उसी के अनुसार गोपालस्वामी को इत्तिला दी, उससे चर्चा की... पर जानते हो उसने क्या आज्ञा दी ?...कि इस घटना को दबा दो...इस पर चुप्पी साधे रहो। पर मुझसे रहा नहीं जाता ! तुम सारी दास्तान सुनो तब तुम्हें पता चलेगा कि वह क्यों सब कुछ दबाना चाहता है।''

''ठीक है...मैं यह मानता हूँ कि किसी खास कारण से तुम मुझे सब कुछ बताना चाहते हो...तो बोलो भाई...नारायण इसे गोपनीय रखेगा।''

''तो शुरुआत करीब सत्रह महीने पहले डिश डी-14 से हुई,'' जमशेद धीमे स्वर में अपनी दास्तान सुनाने लगा, ''यह डिश कम्प्यूटर की आज्ञाओं का पालन न करके कुछ दूसरी ही दिशा की ओर मुड़ी। और मजे की बात यह कि कुछ ही देर में बाकी तश्तरियाँ भी उसी दिशा में मुड़ गईं मानो सभी ने बलवा कर दिया हो।''

''क्या यह तुम्हारे या तुम्हारे सहयोगियों के सामने हुआ ? कम्प्यूटर सॉफ्टवेयर बदला तो नहीं गया था ?'' जगताप ने पूछा।

''ये सवाल तुम पूछोगे यह मैं जानता था। दोनों सवालों का उत्तर 'नहीं' है। यहाँ जो भी टैक्नोलॉजिस्ट इन-चार्ज रहता है वह सभी तश्तरियों को सदैव घूरता तो नहीं रहता है। यह काम कम्प्यूटर करता है...हम उसके रेकॉर्ड हर छह घंटे के बाद जाँचते हैं। कोई गड़बड़ हो तो पता चल जाता है,'' जमशेद बोला।

''पर यह जाँच भी कम्प्यूटर करता ही होगा...?'' बीच में टोकते हुए जगताप बोला।

जमशेद ने उत्तर दिया, "अवश्य ! यहाँ मानवीय भूल का सवाल ही नहीं उठता। अगर कोई गड़बड़ दिखाई दी, कहीं कोई घपला हुआ तो उसकी पूरी रिपोर्ट अपने आप प्रिंट हो जाती है। शुरू के समय में हम लोगों ने इस सिस्टम की जाँच की थी...अच्छी तरह से ! जान-बूझकर घपले करवाकर देखा था कि सेंट्रल सिस्टम उसे पकड़ पाता है या नहीं। और सिस्टम इस कार्य में सफल साबित हुआ था।...तो कहने का सारांश यही कि सत्रह महीने पहले लगभग आधे घंटे ये तश्तरियाँ केन्द्रीय आज्ञा न मानकर दूसरी ही दिशा का अवलोकन कर रही थीं और उसी दिशा को ट्रैक कर रही थीं।"

"यह 'ट्रैकिंग' शब्द इस्तेमाल करने में तुम यह सूचित कर रहे हो कि पृथ्वी के अपनी धुरी के चारों ओर घूमने के बावजूद ये तश्तरियाँ आकाश की एक निश्चित दिशा को पकड़े थीं...क्या उधर कोई तारा, रेडियो स्रोत या आकाश-गंगा का केन्द्र था ?" उत्तेजित होकर जगताप ने पूछा।

"मैंने सभी ज्ञात रेडियो स्रोत चेक किए। उनकी दिशाएँ कुछ अलग ही थीं। रेडियो तारे, आकाश-गंगा का केन्द्र आदि भी चेक नहीं हुए। मैंने गोपालस्वामी को हॉट-लाइन पर बुलाया। उसने प्रिंट-आउट देखा, कैटलॉग चेक किए और उसे भी कुछ नहीं मिला," जमशेद इतना कहकर रुका। अगले शब्द कहने में उसे कठिनाई महसूस हो रही थी। फिर भी वह बोल पड़ा, "फिर गोपालस्वामी ने कुछ सोचा और मुझे एक अजीब सलाह दी ! वह बोला, 'हो सकता है कम्प्यूटर सॉफ्टवेयर का घपला हो ! एक बार चेक करो, और हाँ, यह घटना किसी को बताना मत।'

"मैंने सभी कम्प्यूटर प्रोग्राम चेक किए। कोई घोटाला नजर नहीं आया। मैंने सारा ब्यौरा गोपालस्वामी को दिया। उसने ध्यानपूर्वक पढ़ा या नहीं, मैं नहीं जानता। उसने इतना ही कहा, 'फिर ऐसी घटना घटी तो मुझे अवश्य बताना; और जब तक मैं इजाजत न दूँ इस घटना को गुप्त रखना।' "

जगताप ने कुछ सोचकर कहा, "और आधे घंटे में उन तश्तरियों ने जो डेटा ग्रहण किया होगा, उसका क्या हुआ ?"

"गोपालस्वामी ने उसे कॉपी करके अपने पास रखा और मुझे इत्तिला दी कि उसे कम्प्यूटर की स्मृति से निकाल दो।"

"तुमने वैसा किया ?"

"करना ही पड़ा ! गोपालस्वामी ने सामने खड़े होकर मुझसे सब करवाया। मुझे उसकी कॉपी अपने पास रखने का मौका ही न मिला।"

जगताप को आश्चर्य हुआ। ऐसा गोपालस्वामी ने क्यों किया ? एक सम्भावित कारण उसके जेहन में आया। लेकिन जमशेद का किस्सा अभी चल ही रहा था।

"उसके बाद करीब आठ महीने बीते और फिर वही हालत ! तश्तरियों की बगावत ...मैंने गोपालस्वामी को बताया। उसने फिर डेटा कॉपी कर अपने पास रखा और मेमोरी खत्म कर दी ! लेकिन इस दफा मैंने पहले ही डेटा कॉपी करके अपने पास रख लिया था," जमशेद हँसकर बोला।

"वेल डन," जगताप ने कहा।

"थैंक यू ! अब कहानी खत्म होने को है। पिछले महीने फिर वही घटनाक्रम हुआ। तब मैंने गोपालस्वामी से पूछा, 'सर ! आप मेमोरी निकालकर सभी सबूत हटा रहे हैं। और इन अजीब घटनाओं को छिपा रहे हैं। ऐसा क्यों ? हो सकता है इसमें कोई महत्त्व की खोज छिपी हो !' तब उसने जो स्पष्टीकरण दिया वह तो अजीबोगरीब था। कैन यू गेस ?"

"मैं अनुमान लगाता हूँ। दो बातें हो सकती हैं," जगताप बोला, "एक तो यह कि वह समझता है कि इस घोटाले से उसकी दूरबीनों के संकुल के दोष दिखेंगे। अगर इनकी खबर बाहर फैली तो इस संकुल की विश्वसनीयता कम हो जाएगी और गोपालस्वामी की जग-हँसाई होगी।"

"वाह पट्ठे ! पहला ही तीर निशाने पर ! ऐसा तुमने क्यों सोचा ?"

जगताप ठीक जवाब देने से कतराया। वाइरस की कल्पना उसे सता रही थी, लेकिन उसके बारे में वह अभी कुछ कहना नहीं चाहता था। उसने सिर्फ इतना ही कहा, "यह दूरबीनों का संकुल गोपालस्वामी को बेटे की तरह प्रिय है...यह उसकी रचना है। अगर बेटे में कोई खोट हो तो माँ-बाप उसे छिपाना चाहते हैं।"

"अच्छा और दूसरा पर्याय तुमने कौन सा सोचा था ?"

"मान लो पहले घटनाक्रम के बाद उसने डेटा जाँचा और उसे कुछ नई बात दिखाई दी। लेकिन फिर चेक किए बिना वह उस पर टिप्पणी करना नहीं चाहता। शायद बाद के दो निरीक्षणों से उसे यह खोज सुनिश्चित लगी पर वह किसी खास अवसर पर उसे घोषित करेगा। लेकिन...अगर पहला ही अनुमान ठीक था। तो अभी इसे बाजू में रखेंगे। क्या मैं वह डेटा देख सकता हूँ ?"

जमशेद ने दोनों डिस्केट जगताप को दिए, "ये रही उसकी हाई-डेंसिटी कॉपी। मेरे पास अभी एक कॉपी टेप पर है। लेकिन तुम इसे खुद ही जाँचना। किसी और व्यक्ति को न देना," जमशेद बोला।

"फिक्र मत कर यार ! मैं खुद ही देखूँगा इसमें क्या राज छिपा है ! तुमने गोपालस्वामी की आज्ञा भंग की है, लेकिन यदि मैं इस बात को गुप्त रखूँ तो तुम्हें चिन्ता करने की कोई आवश्यकता नहीं। चलो मैं निकलूँ...दस बजने को हैं," जगताप उठा और नीचे उतरने के लिए सीढ़ी की ओर बढ़ा।

डी-14 का डेटा

''तुम्हारे जाने के कुछ ही मिनटों बाद तोताराम का फोन आया था,'' जगताप के लौटने पर सुनन्दा ने सन्देश दिया, ''उसने यह नम्बर दिया है। लंच तक वह यहाँ मिलेगा।''

जगताप ने घड़ी की ओर देखा। साढ़े बारह बज रहे थे। ठीक है अभी निपट लेते हैं इस तोते से ! उसने मन ही मन योजना बनाई कि तोताराम से कैसे बात की जाए इस बारे में। उसने फोन के बटन दबाए।

''जलोटा इंडस्ट्रीज...क्या मैं आपकी सहायता कर सकती हूँ ?'' रिसेप्शनिस्ट की 'पॉलिश्ड' आवाज आई। 'वाह, पट्ठा ठीक दुर्ग पर हमला दे रहा है'...मन ही मन तोताराम को शाबाशी देते हुए जगताप ने तोताराम पंजवानी से बात करने की इच्छा जताई।

''जस्ट ए मिनिट प्लीज...आय विल ट्राय टू कनेक्ट यू सर !'' और फिर पार्श्व संगीत शुरू हुआ। औद्योगिक समुदाय रहे या विज्ञान संस्थान, फोन वाले इन्तजार के वक्त नर्सरी-हाइम ही क्यों सुनाते हैं ?

''नारायण, धन्यवाद ! मेरा कॉल तुमने रिटर्न किया इसलिए,'' पंजवानी की आवाज आई।

''नहीं तो तुम थोड़े ही पीछा छोड़ने वाले थे ! खैर, यहाँ जलोटा इंडस्ट्रीज में तुम्हें क्या घोटाला मिला है ?''

''अरे भाई, ऐसा क्यों मानते हो कि घोटाले ही हम संवाददाताओं को आकर्षित करते हैं ? जलोटा साहब से मिलना था...मुम्बई में वे इतने व्यस्त रहते हैं कि एक मिनट भी नहीं मिलते...यहाँ पुणे में कुछ राहत मिलती है।''

''तो यहाँ कितने मिनट मिले ?''

''पन्द्रह !''

''वाह, उनका समय इतना मूल्यवान रहता है कि पन्द्रह मिनट भी बहुत हुए। ये कैसे सम्भव हुआ ?''

''क्योंकि उनके एक वकील महाशय अचानक बीमार पड़े और उनकी जलोटा साहब से मिलने की अप्वाइंटमेंट रद्द हुई...ठीक उसी समय मैं वहाँ हाजिर था। लेकिन क्या फायदा ?''

तोताराम के स्वर में निराशा थी। लगता है उसका काम नहीं बना। फिर भी

जगताप ने चाभी मारी, "क्यों तुम्हारे पन्द्रह मिनट की पम्पिंग में बहुत कुछ बाहर निकला होगा... ?"

"यार, बुड्ढा पक्का तैयार रहता है संवाददाताओं से निपटने में। उसने पम्प पर ऐसा 'नो रिटर्न वाल्व' लगाया है कि मुझे कुछ हासिल नहीं हुआ। मैं जानना चाहता था कि ..."

"सर्च कमिटी ने क्या सिफारिश की है...है ना ?" आक्रमण बचाव का सर्वोत्तम तरीका होता है। इस नीति से जगताप ने सीधे तोताराम के प्रश्न को सामने दे मारा।

"हाँ, पर उसने 'नो कमेंट' के सिवाय कुछ नहीं कहा।"

"तुम्हारे उलटे-सीधे अगल-बगल के सवालों पर भी ?"

"धन्यवाद ! पर वह मेरा गुरु निकला भाई। मेरे सवालों पर उसने जो लम्बी-चौड़ी पर बेमतलब की जानकारी दी कि मैं उन जवाबों के चक्कर में सवाल ही भूल बैठा। खैर, तुम तो वैज्ञानिक हो...तुम ही सीधे-सीधे बताओ किसका नाम कमिटी ने चुना ?"

"सीधे सवाल का सीधा जवाब...मामला गोपनीय है, इसलिए नो कमेंट !" हँसते हुए जगताप बोला।

"अच्छा ! मैंने तो सुना कि..."

"तुमने जो सुना वो तुम्हारे कानों के लिए, मुझे उससे कोई वास्ता नहीं," उसे टोकते हुए जगताप बोला।

पर तोताराम इतनी जल्दी पीछे हटनेवाला नहीं था। अपना घोड़ा आगे घुसेड़ते हुए बोला, "पर दोस्त सावधान रहो ! तुम्हारी कमिटी कुछ भी कहे...पर शर्माजी अपने ही उम्मीदवार को मुकुट पहनाएँगे, देख लेना..."

तोताराम जिस आत्मविश्वास से बोल रहा था उससे खीजकर जगताप ने चाहा कि उसे सुना दे कि सर्च कमिटी ने शर्माजी के उम्मीदवार को अग्रिम स्थान नहीं दिया और खुद जलोटा साहब मैनेजमेंट कमिटी में अग्रिम स्थानवाले व्यक्ति को नियुक्त करेंगे...। लेकिन फिर उसने अपने को सँभाला। तोताराम की यही 'ट्रिक' रहती है जिसकी बदौलत वह असावधान व्यक्ति से गोपनीय जानकारी हासिल किया करता है।

"धन्यवाद ! सलाह के लिए, पर मैनेजमेंट काउंसिल ही तो निर्णय करेगी...मैं कुछ नहीं बता सकता।"

"पर काउंसिल में तुम नहीं हो और शर्मा साहब सदस्य हैं, यह तो जानते हो !"

"हाँ बिल्कुल ! पर 'नो कमेंट' के सिवा आज तुम्हें कुछ नहीं मिलेगा।"

तोताराम से बातें करने के पश्चात् जगताप खुश था कि उसने उस होशियार पत्रकार को अँधेरे में रखा। पर कुछ ही देर में उसे तोताराम के वचन याद आए। उसकी सलाह—शर्माजी से सावधान रहने की—सही थी। सर्च कमिटी में जिस आग्रह से शर्माजी ने सिन्हा का समर्थन किया था, उससे स्पष्ट था कि उनका उम्मीदवार गौरव सिन्हा ही था। पर जिस तरह से उसने बाकणकर की पैरवी की थी, उससे जलोटा जैसे अनुभवी प्रशासक भी प्रभावित थे। उसके नाम का समर्थन करने का उन्होंने अलिखित

आश्वासन भी दिया था। अब भले ही शर्मा साहब सिन्हा का नाम मैनेजमेंट काउंसिल में उठाएँ...पर काउंसिल के चेयरमैन तो जलोटा हैं। वे सर्च कमिटी की सिफ़ारिश अवश्य याद रखेंगे।

निश्चय ही, सर्च कमिटी के निर्णय का आदर होगा। उसे इत्मीनान था। फिर भी...

उसे अभी भी आशंका सता रही थी...क्या शर्मा साहब कोई नया दाँव खेलेंगे ?

दोपहर के भोजन के पश्चात् जगताप अपने केन्द्र में पहुँचा। साथ में जमशेद की दो डिस्केट थीं जिनकी जाँच करने की उसे भारी उत्सुकता थी। निदेशक के पद की अपनी जिम्मेदारियाँ वह तत्परता से निभाता था। उसकी मेज पर फाइलों का पहाड़ कभी नहीं रहता था। उसका कहना था कि अगर टेबल पर फाइलों की संख्या बढ़ जाती है तो उसे ऐसी अस्वस्थता का अनुभव होता था मानो उसका दम घुट रहा हो !

उसे मिलने आनेवाले लोग उसकी खाली टेबल को देखकर आश्चर्य जताते कि यह कैसा निदेशक ! निदेशक तो ऐसा व्यक्ति होना चाहिए जिसकी मेज पर फाइलें ही फाइलें हों, जिसके हस्ताक्षर के लिए संस्थान के महत्त्वपूर्ण कार्य रुके पड़े हों, जिसे मिलने में स्टाफ को काफी समय इन्तजार करना पड़े ! "मैं ऐसी व्याख्या से सहमत नहीं हूँ," जगताप कहा करता।

अपने निदेशकीय काम पूरे कर जगताप संस्थान के कम्प्यूटर सेंटर में गया। वह कम्प्यूटर इस्तेमाल तो करता था पर उसकी खूबियों से परिचित नहीं था। ऐसा अक्सर देखा जाता है कि कम्प्यूटर से घना परिचय सामान्यतः शोधछात्रों एवं नवजवान वैज्ञानिकों को अधिक होता है...जगताप इसे 'जेनरेशन गैप' कहा करता था। उसने अपने एक तरुण सहयोगी डॉ. शिवप्रकाश को वहाँ बुलाया।

"एक डिस्केट जाँचनी है," उसने अपने पास की एक डिस्केट शिवप्रसाद को थमाई, "महाकाय दूरबीन-संकुल की है," इससे डिस्केट की भाषा का अनुमान लगाया जा सकता था।

"फोरट्रान में होगी," वर्क-स्टेशन चालू करते हुए शिवप्रसाद बोला। दोनों कुर्सियाँ खींचकर सामने बैठे। शिवप्रसाद की आरम्भिक सूचनाओं का पालन करते हुए कम्प्यूटर ने कुछ आँकड़े पर्दे पर दिखाने शुरू किए।

"किस दिशा से ये निरीक्षण लिये गए, इसकी जानकारी यहाँ है। क्या इससे कुछ पता चलता है ?" शिवप्रसाद ने पूछा।

पर्दे पर आर.ए. (राइट असेंशन) और डी.ई.एल. (डेक्लिनेशन) ये दो दिशादर्शक आँकड़े (जिनकी तुलना पृथ्वी पर स्थान निश्चित करने वाले रेखांश-अक्षांश से की जा सकती है) दिखाई दिए। उनसे जगताप को कुछ खास समझ में नहीं आया।

"क्या किसी कैटलॉग से इनकी तुलना की जा सकती है ?" उसने पूछा। आकाश

के विभिन्न स्रोतों के सूची-पत्र दिशाओं सहित कम्प्यूटर के डेटा सेंटर में उपलब्ध थे। यहाँ जाँचने का काम मानव नहीं, कम्प्यूटर ही करता था। डिस्केट पर के दिशादर्शक आँकड़े क्या किसी खास प्रकाश स्रोत की ओर निर्देश कर रहे थे ?

"अवश्य ! नो प्रॉब्लम ! आप कैसे स्रोतों के कैटलॉग से तुलना करना चाहते हैं," शिवप्रसाद ने पूछा।

"चलो शुरुआत करते हैं, रेडियो स्रोत, क्वेजार और तेजस्वी तथा क्षुब्ध मन्दाकिनियों के कैटलॉगों से।"

डेटा सेंटर से जोड़ने पर ये सभी कैटलॉग 'ऑन लाइन' मिलते थे। अब वह जमाना नहीं रहा जब मोटी जीर्ण पुस्तकों के पन्नों पर के आँकड़ों को पढ़ना पड़ता ! वह सब काम इलेक्ट्रॉनिक माध्यम से खटाखट पूरा हो जाता है।

कुछ ही मिनटों में शिवप्रसाद बोला, "क्वेजार के ह्युइट-बर्बिज और वेरॉन-वेरॉन चेट्टी कैटलॉग देखे। जवाब नकारात्मक है।"

फिर दो मिनट बाद...

"दि वोक्यूलर ब्राइट गैलेक्सीज कैटलॉग...निगेटिव !"

इस तरह आकाश-गंगा के बाहर के सभी महत्त्वपूर्ण सूची-पत्र नकारात्मक साबित हुए।

"तारों के सूची-पत्र देखें ?" शिवप्रसाद ने पूछा।

"पल्सार कैटलॉग से शुरू करते हैं। महाकाय दूरबीन पल्सारों के निरीक्षण करती आ रही है।"

"निगेटिव," कुछ ही देर में पल्सार कैटलॉग को भी खारिज करते हुए शिवप्रसाद बोला।

"तारों के ऑप्टिकल कैटलॉग भी अब देखेंगे," कहते हुए शिवप्रसाद ने फिर कुछ सूचनाएँ टाइप कीं।

पर्दे पर कुछ अंक और आकृतियाँ आने लगीं। शिवप्रसाद सम्मोहित व्यक्ति की तरह उन्हें घूर रहा था। एकाएक वह उठा और बोला, "माय गॉड..." अतिशीघ्रता से उसने वर्क स्टेशन पूरा बन्द किया और डिस्केट निकाली।

"क्या हुआ ?" जगताप ने पूछा...लेकिन उसे आशंका थी, कि शिवप्रसाद कहेगा...

"वाइरस ! डिस्केट पर वाइरस था...मैं आशा करता हूँ कि हमारे नेटवर्क में तो नहीं घुसा !"

डी-14 के अजीब आचरण से जगताप को जो आशंका थी, वह सच निकली। पर फिर वाइरस को डी-14 तश्तरी में घुसाया किसने ? सिवाय जमशेद के और किसी ने इस डिस्केट को छुआ तक नहीं था।

क्लिफ्टन, कराची

सागर-तट पर दूर तक फैले बालुकामय पट्टे, उनके निकट से गुजरनेवाला रास्ता, उस पर फ्लैटवाली इमारतें...कुछ भीतरी रास्ते देखें तो घरों के आकार और उत्कृष्टता बढ़ते दर्जे की...घरों के विशाल अहाते, बाहर या भीतर खड़ी इम्पोर्टेड मोटरें, सिक्योरिटी के यान्त्रिक और मानवी साधन। इन सभी चिह्नों से अन्दाज लगाना कठिन नहीं था कि यहाँ उच्च-पदस्थों और धनिकों का आवास है।

क्लिफ्टन—कराची शहर का 'पॉश' इलाका ! यहाँ राजनीति, ब्यूरोक्रेसी और सेना, सभी की वरिष्ठ हस्तियों के घर हैं। ये घर निश्चय ही सरकारी वेतन से नहीं बने। पर शायद आयकर वाले इधर अपनी तीखी नाक नहीं घुसाते। हो सकता है उनके भी उच्च पदाधिकारी यहाँ रहते हों।

परमिन्दर समुद्र तट पर बैठा आने-जानेवाली लहरों को निहार रहा था। नानकाना साहिब को चढ़ावा देने के लिए उसे पाकिस्तान का वीसा मिला था। पासपोर्ट पर केवल लाहौर और इस्लामाबाद जाने की अनुमति अंकित थी पर अब यह पट्ठा कराची में था। कराची के भारतीय उच्चायुक्त को इस बात की जानकारी थी या नहीं, यह कोई महत्त्व की बात नहीं थी—पर आई.एस.आई. की उस पर नजर थी, यह सच है। वास्तव में आई. एस.आई. की मदद से ही वह यहाँ आया था। उसकी अप्वाइंटमेंट थी सायंकाल छह बजे। एक पॉश मकान में।

उसने अपनी रिस्टवाच पर नजर डाली। 5-32...आराम से चले तो ठीक समय पहुँचेगा। अँगड़ाई लेकर वह उठा...सलवार और लम्बी कमीज, छोटी दाढ़ी में वह आसपास के जनसमुदाय में घुल-मिल गया था। वह कराचीवाला ही लगता था।

परमिन्दर को एक बात यहाँ अलग दिखाई देती थी। मुम्बई, दिल्ली, कलकत्ता के मुकाबले का यह पाकिस्तानी महानगर, पर यहाँ की भीड़ में औरतों की संख्या बहुत ही कम ! जो कुछ थीं भी वह लम्बे घूँघट ओढ़े ! नारी स्वतन्त्रता जैसी भारत में दिखाई देती थी, वैसी यहाँ नहीं।

जैसे ही वह समुद्र तट से अन्दर की ओर पॉश बस्ती में मुड़ा उसे पैदल चलनेवालों की संख्या में काफी कमी दिखाई दी। यहाँ तो केवल मोटर-कारों का आना-जाना था क्योंकि वहाँ रहने वाले मोटरों का ही इस्तेमाल करना जानते थे, पैदल चलना नहीं। हाँ, कुछ टूरिस्ट-विदेशी गोरे या जापानी कैमरे लेकर घूम रहे थे। यह घर अमुक जनरल का,

तो वह किले जैसा घर उस मन्त्री का...आदि जानकारी गाइड उन्हें दे रहे थे। परमिन्दर को इससे कोई सरोकार नहीं था। वह एक फिल्मी गाना गुनगुनाते घड़ी पर नजर रखे धीरे-धीरे चल रहा था।

छह बजने में दो मिनट पर वह एक बड़े घर के गेट के पास आया। किसी इंग्लिश कंट्रीहाउस जैसा वह घर यहाँ अजीब लगता था—मानो रास्ता भूलकर आया हो। गेट पर एक पठान ने टोका तो उसने एक कागज निकाल उसे दिखाया। पठान को शायद उसके आने की सूचना पहले ही दी जा चुकी थी क्योंकि एक रजिस्टर पर उसका हस्ताक्षर करवाकर पठान ने फोन किया और उस पर मिली सूचना पर 'जी हुजूर' कहते हुए परमिन्दर को अन्दर भेज दिया।

घर में मुख्य द्वार के भीतर (जो पहले ही खोल दिया गया था) घुसने पर परमिन्दर को मिला एक खानसामा जो उसे पहली मंजिल पर ले गया। एक कमरे के भीतर मकान मालिक उसका इन्तजार कर रहे थे।

कसे बदन वाले, तगड़ी मूँछें, पर दाढ़ी नहीं, सिर पर बाल इने-गिने। सज्जन मुस्कुरा रहे थे। हाथ बढ़ाकर उन्होंने परमिन्दर का स्वागत किया।

"कब आए ?" यद्यपि वे परमिन्दर के हर हालचाल से परिचित थे तो भी उन्होंने प्रश्न किया। शायद वह 'चेक' करना चाहते थे।

"तीन दिन पहले इंडियन एयरलाइंस की दिल्ली-लाहौर उड़ान से आया। नानकाना साहिब जाकर फिर सबेरे पाकिस्तान एयरवेज की लाहौर-कराची उड़ान से आज यहाँ।"

"इस फ्लाइट का टिकट तुम्हें मिलने में कोई कठिनाई तो नहीं आई ?"

"हाँ, जनरल...मुझे टिकट आसानी से मिला।" टिकट किसी 'अजमल कादिर' के नाम से बना था। अगर कोई संवाददाता पाकिस्तान एयरवेज की यात्री-सूची देखे तो उसे कोई शक नहीं होगा।

"तुम्हारा रिटर्न टिकट मेरे पास है...यह लो," उसे टिकट थमाते हुए जनरल बोले, "अब तुम्हें इतनी जल्दी क्यों बुलाया, इसकी वजह सुनो। यह रिपोर्ट पढ़ो।"

'टॉप सीक्रेट' मुहर लगे एक लिफाफे को परमिन्दर के हवाले कर जनरल साहब अपनी डेस्क के पीछे जा बैठे और दराज खोलकर कुछ कागजात जाँचने लगे। लेकिन उनकी नजर वास्तव में परमिन्दर पर थी। रिपोर्ट पढ़ते समय उसके चेहरे पर क्या भाव आते-जाते हैं, वे उसे देखना चाहते थे। परमिन्दर को यह मालूम था, क्योंकि जिस जगह उसे बिठाया गया था वहाँ से उसका चेहरा बाहरी प्रकाश में अधिक स्पष्ट दिखाई देता था। साथ ही कमरे में प्रवेश करते समय उसकी 'एक्सपर्ट' नजर ने ऊपर लगे क्लोज्ड सर्किट टी.वी. कैमरा को भी देख लिया था।

अपना चेहरा निर्विकार रखते हुए परमिन्दर ने पूरी रिपोर्ट पढ़ी और अपने दिल्लीवाले बॉस को बताने के लिए उस रिपोर्ट की कुछ चुनी हुई बातों को अच्छी तरह अपने स्मरण-पटल पर डाला।

"हाँ, पढ़ लिया, जनरल... आप इसे वापस रख दें," उन्हें लिफाफा वापस लौटाते

हुए परमिन्दर बोला। उन्होंने लिफाफा अपनी डेस्क में सुरक्षित रख के ताला लगाया और परमिन्दर को फिर उसके पहले स्थान पर बैठने का इशारा करते हुए स्वयं उसके निकट की कुर्सी पर आ बैठे। और धीरे-धीरे बोले :

"तुम्हारे देशवासी नाहक हमारे ऊपर वहम करते हैं। यही देखो, जब तुम्हारे यहाँ वाइरस फैला तो पहला सन्देह था हमारे ऊपर। अब तुम हमारे ही आदमी हो, कम्प्यूटर विशेषज्ञ हो। मैंने सोचा शायद यह शैतानी तुम्हीं ने की...यह आइडिया मेरा नहीं था, लेकिन मैंने उसका समर्थन किया।"

परमिन्दर निर्विकार चेहरा रखे सुन रहा था। जनरल साहब आगे बोले, "तुम्हारे सेना प्रमुख और हमारे ...व्यक्तिगत रूप से हमारे आपसी सम्बन्ध दोस्ती के हैं। पहले नाम से हम एक दूसरे को सम्बोधित करते हैं। हॉटलाइन इस्तेमाल करते हैं, टेनिस-गोल्फ-क्रिकेट-हॉकी की चर्चा के लिए। तनाव का कारण राजनीतिक बातें रहती हैं, यह हम दोनों जानते हैं। अब तक सरहद पर शान्ति थी, वे लोग रिलैक्स्ड थे, हम भी। पर फिर यह वाइरस का दौर चालू हुआ। मैंने सोचा तुम जैसे उग्रवादी इसके पीछे हैं। हमने कहा कोई हर्ज नहीं...यह हमारे फायदे की बात है...

"पर अब यह बला हमारे सर पर भी मँडराने लगी ! अगर तुमने इसकी शुरुआत की तो तुम हमें क्यों वाइरस का शिकार बनाना चाहते हो ?"

जनरल अपनी धीमी आवाज में बोल रहे थे तो भी परमिन्दर को उनकी मानसिक क्षोभ की अनुभूति हुई। उसे जवाब देते वक्त पूरी सावधानी बरतनी होगी। वह भी शान्त स्वर में बोला :

"जनाब, भारत सरकार को परेशानी हो, ऐसी तमन्ना रखनेवाले कई संगठन हैं। वे आप से मदद लेते हैं उसी तरह अन्य देशों से भी। जिस रूप में मिले उसी रूप में हम उसको स्वीकार करते हैं...अब वह कलॅशिनकाव राइफल हो या वाइरस। वाइरस कहाँ से आया, यह बताने की मुझे इजाजत नहीं। इसका उद्‌देश्य केवल भारत के लिए था...पर संसर्गजन्य होने की वजह से किसी डिस्केट या सी डी रॉम से यहाँ पहुँचा होगा। सरहद पार से आनेवाले कागजात और इलेक्ट्रॉनिक स्टोर के बारे में जो सावधानी आपको बरतनी चाहिए थी वह, लगता है नहीं बरती गई। फिर भी जो कुछ नुकसान आपको पहुँचा है उसे मैं देखना चाहता हूँ ताकि मेरी जो कुछ जानकारी इस क्षेत्र में है उसे काम में लाकर मैं आपके बिगड़े सिस्टम को सही रास्ते पर ला दूँ। पर..."

"पर इस रिपोर्ट के मुताबिक केन्द्रीय कम्प्यूटर में वाइरस घुसा है, इसलिए मुझे उस कम्प्यूटर को जाँचना होगा।"

यह माँग पेश करते समय परमिन्दर जानता था कि वह आई.एस.आई. के मस्तिष्क-रूपी उसके सेंट्रल कम्प्यूटर को ही लक्ष्य बना रहा है। यह कम्प्यूटर बहुत गोपनीय माना जाता था और उसके निकट पहुँचना यानी आसमान के चाँद को माँगने की तरह था। जनरल साहब इसे कैसे मानेंगे ? परमिन्दर ने अपना चेहरा बिल्कुल शान्त और निरपेक्ष रखा—मानो वह आई.एस.आई. पर उपकार करने जा रहा है।

जनरल का चेहरा भी पोकर खेलनेवाले की तरह उदासीन था। सेंट्रल कम्प्यूटर टॉप सीक्रेट जगह पर था, जहाँ उसके देशवासी भी आसानी से नहीं पहुँच पाते। क्या उस जगह इस विदेशी सरदारजी को जाने दिया जाए ? पर कोई चारा नहीं था। परमिन्दर जैसे कम्प्यूटर एक्सपर्ट उनके देश में नहीं थे...और रोगी के पास जाए बिना डॉक्टर भी इलाज कैसे कर सकेगा ?

उन्होंने एक घंटी बजाई। एक पठान तुरन्त हाजिर हुआ। जनरल साहब के संकेत देते ही वह परमिन्दर के पास आया।

"इसे सेंट्रल कम्प्यूटर देखना है। ले जाओ...पर पहले हम इसका इलाज करेंगे," उन्होंने कहा।

"इलाज ?" परमिन्दर ने पूछा। उसके कपोलों पर पसीने की बूँदें आईं।

"डरो मत, सरदार के बेटे !" जनरल साहब बोले, "यहाँ से जाने के पहले हमारी मेजबानी तो स्वीकार कर लो।"

एक वेटर शरबत का गिलास ले आया। परमिन्दर के सामने कोई चारा नहीं था क्योंकि पठान ने उसका एक हाथ पकड़ लिया था। उसने एक ही घूँट में गिलास खाली कर दिया। जो होना है सो जो जाए।

उसे लगा कि होश-हवास उड़ रहे हैं, जमीन पैरों तले से खिसक रही है, नीचे गिरते-गिरते जनरल साहब के शब्द कान में पड़े :

"यह एक छोटी सी प्रिकॉशन समझो...सिक्योरिटी के लिए।"

उसके दो दिन बाद परमिन्दर इंडियन एयरलाइंस की लाहौर-दिल्ली उड़ान पर चढ़ा। वह जिस सिख डेलिगेशन में से आया था उसके बाकी ग्यारह लोग पहले ही विमान में जा बैठे थे। उसे देख सभी ने ख़ुशी जताई क्योंकि नानकाना साहिब जाने के बाद वह भीड़ में कहाँ गायब हुआ, इसे लेकर वे सब चिन्तित थे।

डेलिगेशन प्रमुख वृद्ध राजिन्दर सिंह बागला ने उठकर उसका स्वागत किया और पूछा, "भाई परमिन्दर, तू कहाँ गायब हो गया था ?"

"और तेरी बाँह को क्या हुआ ?" उसके दाहिने हाथ पर बॅण्डेज देख जसबिन्दर कौर ने चिन्ता से पूछा।

"सब ठीक है। मुझे एक्सिडेंट हुआ—स्कूटर का धक्का लगा। फिर पता नहीं क्या हुआ क्योंकि मैं बेहोश था...कोई मुझे लाहौर जनरल हास्पिटल ले गया। वहीं मेरा इलाज चल रहा था। प्लास्टर है, चार हफ्ते में निकल जाएगा।"

परमिन्दर के जवाब से डेलिगेशन का समाधान हुआ। उनकी बातों और प्रश्नों तथा टिप्पणियों में लाहौर-दिल्ली यात्रा कैसे बीती, पता ही नहीं चला। इन्दिरा गाँधी हवाई अड्डे पर आते ही डेलिगेशन के सदस्य अपने मित्रों-सम्बन्धियों सहित रवाना हुआ। परमिन्दर भी अपने 'भाई' के साथ कार-पार्क की ओर चल पड़ा। भाइयों ने स्वाभाविक

रूप से कुशल-समाचार पूछा।

एक सफेद अम्बैस्डर गाड़ी उन दोनों को करोलबाग के एक मकान के सामने लाई। बाहर से मध्यमवर्गीय लगनेवाला यह मकान अन्दर से बिल्कुल अजीब था। किसी हॉस्पिटल के ऑपरेशन थिएटर जैसे एक कमरे में दोनों गए। वहाँ मेज पर सब कपड़े निकालकर परमिन्दर लेटा। पास ही एक श्वेतवस्त्रधारी 'डॉक्टर' ने उसकी जाँच की, प्लास्टर निकाला और पूछा, ''केवल यही ?'' उसके हाथ में एक मणि था।

''हाँ, उसे नाकाम किया ?'' परमिन्दर ने पूछा।

''हाँ ! और कहीं भी 'बग' नहीं है।''

''दो होते तो आपस में इंटरफेरेंस होता है, इसलिए अक्सर एक ही रहता है। फिर भी निश्चित करना मुनासिब है,'' परमिन्दर का 'भाई' बोला, ''वैसे इससे बढ़िया क्वालिटी के इंटरफियर नहीं करते।''

''खैर, नाउ यू आर क्लीन,'' डॉक्टर ने सर्टिफिकेट दिया।

''थैंक्स ! अब आगे के लिए क्या ऑर्डर है ?'' परमिन्दर ने पूछा।

''बॉस तुम्हें याद कर रहा था,'' भाईजान बोले।

''बॉस !''

उसे तो मिलना ही है...उसी ने तो पाकिस्तान जाने का इन्तजाम किया था! अब वह रिपोर्ट माँगेगा।

'बॉस ! रिपोर्ट सुनकर तू भी चकराएगा,' परमिन्दर मन ही मन बोला।

फिर साउथ ब्लॉक

कमरा नम्बर 153, पहली मंजिल, प्रधानमन्त्री का कार्यालय, साउथ ब्लॉक, नई दिल्ली।

प्रधानमन्त्री द्वारा खास आमन्त्रित विशेषज्ञों की दूसरी सभा। इस दफा दिल्ली जाड़े से पीड़ित न होकर जून महीने की गर्मी में भुन रही थी। यह वह मौसम था जब दिल्ली के मन्त्री और उच्च पदाधिकारी विदेश यात्रा के बहाने बनाकर दिल्ली से भागते हैं तो कुछ हिल स्टेशनों की ओर निकल पड़ते हैं। पर प्रधानमन्त्री स्वयं दिल्ली में थे और आज की सभा उन्होंने दिल्ली में आयोजित की थी, इसलिए सभी आमन्त्रितों को दिल्ली आना ही पड़ा।

प्रधानमन्त्री के संकेत देने पर कैबिनेट सेक्रेटरी चिटणीस ने शुरुआत की। प्रधानमन्त्री को सम्बोधित कर वे बोले, "सर ! आपकी अनुपस्थिति में हमारी मन्त्रणाएँ चल रही थीं और उनसे जो निष्कर्ष निकलते थे वे मैं नोट बनाकर आपको भेजता रहा। पिछली बैठक के बाद अब कोई पाँच महीने बीत चुके हैं। आपकी सूचना के मुताबिक जायजा लेने के लिए आज हम मिल रहे हैं। इस बारे में पहला वक्तव्य डॉ. मुखोपाध्याय देंगे।"

प्रधानमन्त्री ने सब्योदा की ओर देखा। उन्होंने माइक का बटन दबाकर कहना शुरू किया, "प्रधानमन्त्रीजी और अन्य उपस्थित सज्जनो, जब हम जनवरी में मिले थे, तब उपलब्ध जानकारी बहुत ही थोड़ी थी। आपने यह कहा था कि जो आसार नजर आ रहे हैं वे राष्ट्रीय सुरक्षा के लिए घातक सिद्ध हो सकते हैं। सेना के कम्प्यूटर अजीब व्यवहार कर रहे थे, सरकारी कार्यालयों, रेलवे स्टेशनों की संगणकीय व्यवस्था में, विमानपत्तनों आदि पर ऐसे अनेक उदाहरण मिले जहाँ कम्प्यूटर नियन्त्रण में गड़बड़ी पैदा हो रही थी। क्या यह जानबूझकर की जानेवाली शैतानी के नमूने थे ?

"आज स्थिति कुछ बदली है। स्थिति में सुधार हुआ ऐसा तो हम नहीं कह सकते। पर जब-जब कम्प्यूटर बिगड़ जाते हैं तब-तब उन्हें रास्ते पर वापस लाने की कार्रवाइयाँ अब कुछ अनुशासनपूर्वक की जाती हैं। जैसे महामारी फैलने पर शुरू में अफरा-तफरी रहती है पर बाद में वह काबू में आ जाती है..."

"लेकिन महामारी बनी रहती है..." प्रधानमन्त्री ने टोका।

"जी हाँ...मेरी उपमा के अनुसार महामारी अभी कायम है, कुछ फैल भी रही है। पर कुछ बातों से हमें राहत भी मिल रही है। पहली बात यह है कि जैसा हमारा देश पीड़ित है वैसे अन्य देश भी इस समस्या का हल ढूँढ़ रहे हैं। मैं और यहाँ उपस्थित

कुछ और विशेषज्ञ, अपने विदेशी सम्बन्धों से जो प्रत्यक्ष-अप्रत्यक्ष जानकारी उन्हें मिली, उसकी बदौलत ऐसा कह सकते हैं। इसलिए मुद्दा अब केवल हमारे देश की सुरक्षा का नहीं रहा...

"मुद्दा पृथ्वी पर फैलती अराजकता की वास्तविकता का है। शायद कोई अन्तर्राष्ट्रीय आतंकवादी सभी देशों में आतंक फैलाने की साजिश कर रहा है," सब्योदा इतना कहकर चुप हुए। तब चिटणीस आगे बोले :

"सब्योदा के इस वक्तव्य पर मुझे भी कुछ कहना है।"

"गो अहेड," प्रधानमन्त्री ने अनुमति दी।

"हमारे इंटेलिजेंस वाले कई आतंकवादी गुटों को अच्छी तरह जानते हैं। आपको आश्चर्य होगा कि पहली मीटिंग की कुछ जानकारी उसी दिन पंजाब की सरहद पर कुछ उग्रवादियों को मिल चुकी थी। वह कैसे पहुँचाई गई, यह राज खोलने में गृह मन्त्रालय सफल रहा है और हम यकीन से कह सकते हैं कि लीकेज का वह मार्ग अब बन्द कर दिया गया है।

"यह जानकारी देनेवाला हमारा एक गुप्तचर कम्प्यूटर एक्सपर्ट है, पर वह पंजाबी उग्रवादी बनकर पड़ोसी राष्ट्र से नाता जोड़े हुए है। चाहे तो आप उसे डबल एजेंट कह सकते हैं। उसका नाम गुप्त रहना ही ठीक होगा।

"तो यह शख्स अभी पाकिस्तान हो आया है। वहाँ आई.एस.आई. का कम्प्यूटर भी विचित्र रूप से बिगड़ जाता है, यह जानकारी उसे मिली। उसने उनके कम्प्यूटर को वाइरस से मुक्त तो किया पर साथ ही उनकी गुप्तचर मन्त्रणा के बारे में काफी गोपनीय जानकारी वह लाया है। उनका विश्वास है कि उनके सेना कम्प्यूटर हमारी तथाकथित शैतानी के कारण बिगड़ रहे हैं..."

"यानी हम दोनों पड़ोसी राष्ट्र एक दूसरे को संशय की दृष्टि से देख रहे हैं, जबकि वास्तविकता यह हो सकती है कि हम दोनों किसी तीसरी शक्ति या सम्प्रदाय या समुदाय के कारनामों के शिकार हो रहे हैं," प्रधानमन्त्री बोले।

"अगर मुझे कुछ कहने की अनुमति मिले...," प्रधानमन्त्री की ओर देख प्रोफेसर शर्मा बोले।

"बोलिए प्रोफेसर शर्मा !" प्रधानमन्त्री ने अनुमति तो दी पर एक क्षण को जगताप को लगा, उनके चेहरे पर असहायता की छाया उभरकर चली गई। शायद वह इस बात को कोस रहे होंगे कि ये सज्जन अब लम्बा भाषण देंगे।

"मैं आपका ध्यान एक मुद्दे की ओर आकर्षित करूँगा," प्रोफेसर शर्मा बोले, "जब कम्प्यूटरों द्वारा 'जानकारी' का आदान-प्रदान होने लगा तब 'इन्फर्मेशन सुपरहाइवे' की बात करने लगे। कम्प्यूटर नेटवर्क, वेबसाइट, ई-मेल आदि का प्रसारण बड़ी शीघ्रता से हुआ—इतना कि आज पूरी पृथ्वी इसके प्रभाव में है। जब हाइवे बनते हैं तो उनके साथ 'हाइवे मेन' यानी रास्ते पर जाने वाले यात्रियों और वाहनों को लूटनेवाले चोर-डाकू भी आ गए। आज के सुपर हाइवे पर ऐसे अत्याचारी भी हैं। यह दुर्भाग्य है लेकिन

वास्तविकता भी, जिसका सामना करना सभी राष्ट्रों के लिए आवश्यक है।

"कुछ साल पहले की घटना शायद आप लोग भूले न होंगे। त्सुतोमू शिमोमूरा और केविन मिट्निक की ! शिमोमूरा का अपना कम्प्यूटर एकाउंट था। प्रत्येक एकाउंटधारी व्यक्ति अपना पासवर्ड इस्तेमाल करके ही एकाउंट में प्रवेश कर सकता है। एकाउंट की सुरक्षा और गोपनीयता के लिए यह पासवर्ड सिर्फ एकाउंटधारी को ही मालूम रहना चाहिए। पर केविन मिट्निक ने शिमोमूरा का पासवर्ड खोजकर उसके एकाउंट में घुसकर उसे काफी तंग किया। और उसे चिढ़ाने के लिए उसके लिए उसी के एकाउंट में सन्देश छोड़े : 'कैसा बनाया तुम्हें ! अब मैं और भी तंग करने वाला हूँ।' इस तरह के सन्देशों को चुनौती मानकर शिमोमूरा ने निश्चय किया कि इस शैतान को खोजकर पकड़ना ही होगा। अपनी कम्प्यूटर कुशलता के सहारे आखिर उसने मिट्निक को खोज निकाला और उसे कानूनी सजा दिलवाई।...तो हमें यह देखना पड़ेगा कि कहीं कोई चालाक व्यक्ति तो ऐसी शैतानी नहीं कर रहा ?"

"मुझे याद है...यह किस्सा मैंने पढ़ा है," प्रधानमन्त्री बोले।

"हाँ, टाइम, न्यूजवीक आदि पत्रिकाओं ने यह किस्सा छापा था। शर्माजी की यह सूचना रोचक तो है," डॉ. रामचन्द्रन बोले, "दुर्भाग्य से संसार में ऐसे विकृत मस्तिष्क वाले चतुर व्यक्तियों की संख्या कम नहीं है। अपनी बुद्धि को गलत मार्ग पर चलाने में इन्हें आनन्द आता है। यह एक मानसिक रोग है। पर, अक्सर देखा जाता है कि ऐसे व्यक्ति किसी गुट या समुदाय में काम नहीं करते—वे अकेले ही अपनी साजिशें रचा करते हैं।

"यहाँ हम जो साजिश देख रहे हैं, वह किसी अकेले व्यक्ति की नहीं मालूम पड़ती। जैसा कि प्रोफेसर शर्मा के किस्से में हुआ। ऐसा व्यक्ति आखिर पकड़ा जाता है। अगर अनेक राष्ट्रों को परेशान करनेवाला कोई एक ही व्यक्ति होता तो मेरे ख्याल से अब तक पकड़ा गया होता। इसलिए मेरा नतीजा तो ये है कि ऐसा कोई एक व्यक्ति इस कारनामे के पीछे नहीं है।

"इस बारे में आपकी सलाहकार समिति ने भी विचार-विमर्श किया है। हमारे सहयोगी नारायण जगताप ने इस पर कुछ निष्कर्ष निकाले हैं। यदि इजाजत हो तो यहाँ वह कुछ ओ.एच.पी-स्लाइड दिखाएगा," टेबल के कोने में रखे ओवरहेड प्रोजेक्टर की ओर उँगली उठाते हुए रामचन्द्रन बोले।

"अवश्य," प्रधानमन्त्री बोले और लोगों ने अपनी कुर्सियाँ घुमाईं ताकि वे दीवार पर प्रोजेक्शन देख सकें।

जगताप शुरू में थोड़ा नर्वस था। वास्तव में इस सभा से पहले प्रधानमन्त्री की सलाहकार समिति की बैठक हुई थी जब डॉ. रामचन्द्रन ने जगताप से इस प्रस्तुति का रिहर्सल करवाया था। प्रधानमन्त्री के सामने प्रस्तुति करते समय इधर-उधर की बातों के लिए वक्त नहीं मिलता—ठीक विषय पर कम से कम शब्दों में जो कुछ कहना है वह कहो, ऐसा उन्होंने जगताप को समझाया था।

इसी वजह से आरम्भिक कुछ क्षणों बाद जगताप संयमित ढंग से अपनी बातें पेश कर पाया, "प्रधानमन्त्री जी, मैं जो निवेदन करूँगा, वह कुछ अटकलबाजी और कुछ वास्तविकता पर आधारित है। वास्तव में जहाँ-जहाँ कम्प्यूटर कामयाब हुए हैं, वहाँ कभी न कभी ऐसी घटनाएँ होकर रहती हैं। अब आप मानवीय संसर्गजन्य रोगों की कल्पना करें। मान लीजिए, कहीं प्लेग फैल गया है। उपलब्ध आधुनिक उपायों से उसे काबू में लाया जाता है। पर यह उसकी 'मात' नहीं होती। क्योंकि पृथ्वी पर के सभी प्लेग के विषाणु नष्ट नहीं होते। कहीं-कहीं वे दबे रहते हैं और, पृथ्वी के दूसरे कोने में उपयुक्त अवसर मिलने पर फिर अपना प्रभाव दिखाते हैं।

"आज के कम्प्यूटर वाइरस का मामला भी कुछ ऐसा ही है," एक स्लाइड दिखाते हुए जगताप बोला, "यहाँ आप विश्व के नक्शे में ऐसे स्थान जहाँ लाल बिन्दु हैं देख रहे हैं, जहाँ के कम्प्यूटर वाइरस से पीड़ित हैं। यह पूरे वाइरस व्याप्त भागों का नक्शा नहीं है; केवल जिन स्थानों से हमें जानकारी मिली है, उन्हीं का जिक्र यहाँ है। वास्तविकता इससे भयानक होगी।...अब कुछ देशों के अलग-अलग नक्शे देखें जहाँ यह जानकारी अधिक विस्तार से दी गई है।"

फिर जगताप ने कई देशों के नक्शे विस्तार से दिखाए। भारत, चीन, पाकिस्तान, कोरिया, दक्षिण अफ्रीका, जापान, यूरोपीय समुदाय, उत्तरी अमेरिका, आस्ट्रेलिया...कोई भी भूभाग वाइरस मुक्त नहीं था। हाँ, जहाँ कम्प्यूटर अधिक इस्तेमाल होते हैं, ऐसे विकसित देशों में विकासशील देशों की अपेक्षा उसका प्रभाव अधिक था। अविकसित देशों में वह बहुत ही कम था। जगताप आगे बोला।

"जैसे-जैसे कोई देश तकनीकी क्षेत्र में अधिक विकसित होता है, उसका कामकाज कम्प्यूटर पर अधिकाधिक निर्भर करता है। इसीलिए जहाँ आप वाइरस का प्रभाव कम देख रहे हैं, वहाँ वास्तव में कम्प्यूटर कम इस्तेमाल हो रहे हैं।"

"वाइरस कितना व्यापक बन गया है इसके भी कुछ उदाहरण देखें।"

ऐसा कहते हुए जगताप ने चित्र और आँकड़ों की सहायता से वाइरस किन विविध क्षेत्रों में—सेना, विज्ञान तकनीक, दूरसंचार, हवाई जहाज और रेलगाड़ियाँ, स्टॉक मार्केट, उद्योग समूहों में—फैल चुका है इसके उदाहरण दिए। फिर वह बोला :

"जैसे संसर्गजन्य रोग आवागमन में सुधार होने पर अधिक तीव्र और शीघ्रता से फैलने लगे वैसे ही यह वाइरस इलेक्ट्रॉनिक संचार की तीव्रता के कारण फैलता गया।"

यहाँ जगताप रुका...क्या किसी को कुछ कहना पूछना है ? ऐसी दशा में तत्परता से बोलने वाले शर्माजी चुप्पी साधे बैठे थे। उन्होंने अपने सामने के कागजात से मुँह छिपाया हुआ था। जगताप को लगा कि वे उसी से मुँह चुरा रहे हैं। ऐसा क्यों ? इस प्रश्न का उत्तर उसे बाद में मिलनेवाला था।

"प्रधानमन्त्रीजी ! हमारे जैसे परम्परावादी पुराने विचारों के लोग कम्प्यूटर के बढ़ते प्रभाव के बारे में आशंकित थे, इसी तरह की घटनाओं की कल्पना से," कैबिनेट सेक्रेटरी ने ताना मारा।

"चिटणीसजी, डूबने के डर से क्या हम तैरना ही नहीं सीखते ? जगताप की प्रस्तुति से यह अवश्य सिद्ध होता है कि जहाँ कम्प्यूटर नहीं पहुँचे वहाँ वाइरस भी नहीं गया। पर इसी हिसाब से यह भी कहा जा सकता है कि जिन देहातों में बिजली नहीं पहुँची उन्हें पावर शटडाउन, लोड शेडिंग जैसी मुश्किलों ने नहीं सताया। तो क्या इस वजह से बिजली का इस्तेमाल ही ख़राब माना ज़ाए ?"

"आप सही कह रहे हैं, सर ! कम्प्यूटर ठीक काम करें तो वे हम सभी को भाते हैं...पर अभी लगता है उनकी कार्यप्रणाली में कभी-कभी झटके लग सकते हैं।"

प्रधानमन्त्री की ओर देख उनकी मौन अनुज्ञा से जगताप आगे बढ़ा।

"कैबिनेट सेक्रेटरीजी ने जो कहा, वह वाइरस पर लागू होता है। यह निश्चित ही संगणकीकरण के लिए एक झटका है। क्योंकि यहाँ वाइरस फैलने का एक नया तरीका हम देख रहे हैं। पहले वाइरस दूषित फ्लॉपी के माध्यम से फैलता था। यह वाइरस नेटवर्क में पहुँचाए जाने वाले सन्देशों में से ही प्रवाहित हो रहा है। आपने पोस्टकार्डों की शृंखला का अनुभव लिया होगा। पोस्टकार्ड से कोई सन्देश आता है और वह सन्देश आगे पाँच-छः व्यक्तियों को पहुँचाने का आग्रह किया जाता है। यदि प्रत्येक व्यक्ति पोस्ट कार्ड पाने पर इस आग्रह का पालन करे तो यह शृंखला चन्द दिनों में विश्वव्यापी हो जाएगी।

"यह वाइरस पोस्टकार्ड के बजाय इलेक्ट्रॉनिक मेल से फैल रहा है। आज विश्व में ई-मेल के इतने नेटवर्क हैं कि एक नेटवर्क से दूसरे में जाकर यह वाइरस सभी क्षेत्रों को व्याप सकता है—व्याप रहा है।"

"पर यह वाइरस वास्तव में है क्या ?" प्रधानमन्त्री ने पूछा।

"यह एक कम्प्यूटर प्रोग्राम है जो किसी कम्प्यूटर में घुसने पर उसमें लगे अन्य प्रोग्रामों को बिगाड़ देता है। कल्पना कीजिए, एक शैतान लड़का कुर्सी पर बैठा है और उसके सामने से लोग गुजर रहे हैं। वह बीच-बीच में टाँग अड़ा देता है। जिसके सामने उसने टाँग अड़ाई, वह गिर जाएगा। जो उसकी टाँग से बचते हैं, वे बिना कष्ट के निकल जाते हैं। उस लड़के की तरह यह वाइरस अचानक हमला बोल देता है। यह अक्सर नहीं होता, इसलिए कम्प्यूटर इस्तेमाल करने वाले को वाइरस की जानकारी नहीं रहती ...तब तक...जब तक वो टाँग न अड़ाए ! कभी-कभी वाइरस के बीच में हस्तक्षेप करने पर एक्सपर्ट उसे निकाल देते हैं। लेकिन वह पूरी तरह न निकले तो फिर टाँग अड़ाएगा !

"अब तक मुझे चार वाइरस प्रोग्राम मिले हैं। ये कभी भी एक साथ नहीं आते। क्रमशः एक, फिर दूसरा, इस तरह वे बीच-बीच में कम्प्यूटर में घुसाए जाते हैं। जब सभी प्रोग्राम घुस चुकते हैं तब वाइरस तमाचे मारने लगता है। हम यह भी अन्दाज नहीं लगा सकते कि इसका पूर्ण रूप कैसा है।

"ऐसा यह वाइरसयुक्त प्रोग्राम ई-मेल नेटवर्क से जाता है, चाहे आप केवल मेल भेजें या फाइल ट्रांसफर करें। जहाँ भी यह फाइल जाए वहाँ के कम्प्यूटर में या वहाँ

के नेटवर्क में यह प्रोग्राम प्रवेश करता है और फिर वहाँ के इस्तेमाल करनेवालों को सताने लगता है।

"अब अन्तिम प्रश्न जो आप सबके लिए महत्त्व रखता है, वह यह, कि इस वाइरस का मूल प्रेषक कौन है, और वह क्यों वाइरस घुसा रहा है ? इस प्रश्न का उत्तर खोजने के लिए यह जरूरी है कि वाइरस के नए अवतार के आते ही, बिना कोई समय खोए, उसके मूल को खोजना चाहिए। यह कहाँ से आया--यानी किसके इलेक्ट्रॉनिक सन्देश के बाद आया--यह खोजना पड़ेगा। तभी मूल प्रेषक के पास पहुँचने में आसानी होगी।"

ऐसा कहकर जगताप ने अपनी बात समाप्त की। उसे यकीन था कि अब प्रोफेसर शर्मा टिप्पणी करेंगे। पर वे अभी भी चुप्पी साधे थे। अनेक उपस्थित व्यक्तियों ने उससे सवाल पूछे या मत प्रदर्शन किया। खुद प्रधानमन्त्री भी सवाल पूछ रहे थे। पर शर्माजी उससे बात करना मानो टाल रहे थे।

आखिर कार्यवाही आगे बढ़ाने के उद्देश्य से चिटणीस बोले, "सर ! जगतापजी जैसा कह रहे हैं, उसी क्रम में खोजने पर वाइरस का मूल मिलेगा। ए को वह कब मिला ? अगर बी से सन्देश आने पर मिला तो बी के पास कब आया था ? इस क्रम से जाना होगा। सन्देश देश के बाहर से भी आते हैं, इसलिए यह मामला अन्तर्राष्ट्रीय स्तर पर चर्चा, खोज आदि पर जोर देने से सुलझेगा। बेहतर होगा कि यह मामला ऊँचे स्तर पर हाथ में लिया जाए।

"ऊँचे स्तर पर ? तो क्या विदेश मन्त्रीजी से इस पर बात करें ?" प्रधानमन्त्री ने पूछा।

"नहीं सर! इससे भी ऊँचे स्तर पर...मैं कहूँगा कि सर्वोच्च स्तर पर सूत्रचालन आवश्यक है," प्रधानमन्त्री की ओर देखते हुए चिटणीस बोले।

प्रधानमन्त्री हँसे और बोले, "लगता है मुझे अब बहुत सारे फोन करने होंगे !" मेज पर थप्पी मारकर उन्होंने सभा-समापन किया।

निदेशक का चुनाव

प्रधानमन्त्री के कार्यालय से बाहर निकलते समय जगताप ने सब्योदा से पूछा, ''सब्योदा ! आपसे थोड़ी चर्चा करनी है...आज समय दे सकेंगे ?''

सब्यसाची बाबू ने अपनी घड़ी देखी और पूछा, ''क्या आई.आई.सी. चलोगे मेरे साथ ? मैं वहाँ ठहरा हूँ...वहीं साथ लंच लेंगे।''

जगताप को इंडिया इंटरनेशनल सेंटर का खाना पसन्द आता था, इसलिए इस आमन्त्रण को अस्वीकार करते हुए उसे दुःख हुआ। वह बोला, ''काश, मैं 'हाँ' कह सकता ! लेकिन हमारी सलाहकार समिति वालों का इकट्ठे लंच लेना पहले ही निश्चित हो चुका है।''

''कोई बात नहीं ! शाम को पाँच बजे लाउंज में मिलेंगे ?'' सब्योदा ने पूछा।

''अवश्य,''...आई.आई.सी. की लाउंज भी उसे पसन्द थी...उसका कुछ अलग ही माहौल था। इतने में उसके कन्धे पर थप्पी पड़ी :

''चलो, दासप्रकाश चलेंगे, डोसा खाने,'' सैक.पी.एम. यानी साइंस एडवाइजरी काउंसिल टू पी.एम. के अध्यक्ष डॉ. रामचन्द्रन का यह प्रिय रेस्त्राँ था। वे बोले, ''मेरी गाड़ी से चलो, कुछ खास बात करनी है।''

काउंसिल के मेम्बर विविध गाड़ियों में दो या तीन के ग्रुप में चढ़ रहे थे। रामचन्द्रन के साथ जगताप एक गाड़ी में चढ़ा। गाड़ी इंडिया गेट की तरफ निकली।

''आज प्रोफेसर शर्मा मेरे वक्तव्य पर कोई टिप्पणी किए बिना कैसे शान्त बैठे रहे ? मुझे अचरज हो रहा है,'' कुछ मसखरी-सी आवाज में जगताप बोला। पर रामचन्द्रन गम्भीर थे।

''मुझे उसी के बारे में कुछ कहना था। देट मैन हैज पुल्ड अ फास्ट वन। अरे तुम उस मुम्बई के संस्थान के निदेशक की सर्च कमिटी में थे ना ? तुम लोगों ने किस-किस के नाम सुझाए थे ?'' उन्होंने पूछा।

जगताप हिचकिचाया। प्रश्न का उत्तर गोपनीय था...फिर रामचन्द्रन तो एक ज्येष्ठ और जिम्मेदार शख्स थे। लेकिन वे फिर उसकी हिचकिचाहट दूर करते हुए बोले, ''अरे अब गोपनीयता की जरूरत नहीं। कल मैनेजमेंट काउंसिल की बैठक में संस्थान का निदेशक चुना गया। काउंसिल के मेम्बर फाइनांस से मेरी सबेरे बातचीत हुई। उन्होंने—काउंसिल वालों ने, सिन्हा को निदेशक चुना है।''

जगताप को मानो बिजली का धक्का लगा। वह बोला, "सिन्हा को कैसे चुना ? वह तो सर्च कमिटी की सिफारिश के अनुसार दूसरे वरीयता स्थान पर था। अगर वाकणकर निदेशक न बनना चाहे तभी उसका नाम विचाराधीन हो, ऐसा सर्च कमिटी ने कहा था..."

"देखो भाई ! सर्च कमिटी में तुम तीनों थे...शर्मा, जलोटा और तुम। तुम काउंसिल के सदस्य नहीं हो। वहाँ तुम्हारी अनुपस्थिति का फायदा उठाकर शर्माजी ने अपना घोड़ा जिता दिया।"

"पर यह सम्भव कैसे हुआ ? खुद जलोटा साहब चेयरमैन थे, क्या उन्होंने सर्च कमिटी की भावनाओं को व्यक्त नहीं किया ?" जगताप तीखे स्वर में बोला।

"बेटा, तू शान्त हो ! तुम अभी पॉलिटिक्स में कच्चे हो जबकि शर्मा तो शकुनि को भी दो पाठ पढ़ा सकते हैं। उपमा आगे बताऊँ ? तुम हो युधिष्ठिर, शर्मा शकुनि और जलोटा धृतराष्ट्र !" रामचन्द्रन हँसते हुए जगताप की पीठ थपथपाते हुए बोले, "अरे बेटा ! तुम्हारी गलती यह रही कि सिन्हा का नाम पैनल पर आने दिया। शर्माजी ने उसी का फायदा उठाया।"

"पर वरीयता क्रम को कुछ भी महत्त्व नहीं ?"

"है तो, पर जब दो या अधिक नाम पैनल पर आते हैं तो उसका यह भी मतलब रहता है कि पैनल के किसी भी नाम से सर्च कमिटी को एतराज नहीं। इसलिए उस आचार की दृष्टि से काउंसिल का निर्णय गलत नहीं माना जा सकता।"

"पर जलोटा साहब ने अपना मत क्यों बदला ?...सर्च कमिटी में तो उन्होंने वाकणकर का समर्थन किया था।"

रामचन्द्रन उदासी से मुस्कुराते हुए बोले, "मेम्बर फाइनांस ने अपने दृष्टिकोण से जो कहा वह सुनो और उस पर मेरी टिप्पणी भी।

"एम.एफ. बोला कि मीटिंग के शुरू होने पर जलोटा साहब ने सर्च कमिटी की सिफारिश बताई, उसके वरीयता क्रम सहित। दोनों उम्मीदवारों की भी संक्षेप में जानकारी दी। वाकणकर को निदेशक बनाने से संस्थान में शोधकार्यों को नई दिशा मिलेगी और विज्ञान के बदलते माहौल में भी देश के शोध संस्थानों का सिरमौर बने रहने का उसे हक रहेगा, जो अब नहीं रहा। सिन्हा के निदेशक बनने से केन्द्र में कोई खास परिवर्तन नहीं होंगे, उसका उसी रास्ते से आगे बढ़ना जारी रहेगा। उन्होंने यह भी बताया कि सर्च कमिटी ने केन्द्र को नई दिशाएँ उपलब्ध हों, इस हेतु वाकणकर को क्रम में आगे रखा था।"

"यहाँ तक तो ठीक है। जलोटाजी ने सर्च कमिटी के निर्णय को अच्छी तरह से किया," जगताप बोला।

"एम.एफ. ने कहा कि जलोटाजी ने काउंसिल के सभी सदस्यों से अभिप्राय माँगा। तब केन्द्र को अनुदान देनेवाली एजेंसी के सचिव बोले कि पहले केन्द्र को काफी स्वायत्तता दी गई थी जिसका वहाँ के वैज्ञानिकों ने अच्छा उपयोग किया और केन्द्र की

कीर्ति में चार चाँद लगाए। लेकिन आज के बदलते माहौल में ऐसी स्वायत्तता देना सरकार के लिए सम्भव नहीं होगा क्योंकि केन्द्र की स्वायत्तता देखकर एजेंसी के अधिकारी भी वैसी ही स्वायत्तता माँग रहे हैं और उनमें असन्तोष बढ़ रहा है। ऐसी हालत में वाकणकर जैसे स्वतन्त्र विचारवाले वैज्ञानिक से हमारे कर्मचारियों के विवाद शुरू हो जाएँगे। इसलिए वाकणकर का नाम मुझे समर्थन-योग्य नहीं लगता।''

''बड़े अचरज की बात है ! ऐजेंसी सचिव पहले वैज्ञानिक थे और तब स्वायत्तता का जोर से समर्थन करते थे। वही आज वैज्ञानिकों की स्वायत्तता घटाना चाहते हैं ?'' आश्चर्य से जगताप बोला।

''ऐसे वैज्ञानिकों से सीधे-सादे ब्यूरोक्रेट कहीं भले होते हैं, इसे समझो भाई !'' रामचन्द्रन बोले, ''अब एम.एफ. ने जो मत व्यक्त किया वह सुनो। उसने कहा कि जब तक सरकारी तिजोरी पर अधिक बोझ नहीं पड़ता, जब तक स्वीकृत बजट में संस्थान काम करता है तब तक उसे स्वायत्तता देने में कोई हर्ज नहीं। यदि नई परियोजनाएँ चालू करते वक्त वाकणकर पुरानी परियोजनाएँ बन्द करता है तो ऐसे निदेशक पर कोई आपत्ति नहीं होनी चाहिए।''

''एम.एफ. ने ठीक ही कहा और वाकणकर यही नीति अपनाने वाला था। लेकिन यह विचित्र है कि एक शोध संस्थान के विकास में एक ओर भूतपूर्व वैज्ञानिक अड़ंगा डाले और दूसरी ओर ब्यूरोक्रेट उदार नीति बरते,'' जगताप बोला।

''इसी मुद्दे पर काउंसिल में दो विरोधी विचारधाराएँ थीं—एक ओर अध्यक्ष जलोटा सर्च कमिटी की सिफारिश का आदर करना चाहते थे तो दूसरी ओर एजेंसी सेक्रेटरी और प्रोफेसर शर्मा सिन्हा के पक्ष में थे। संस्थान के वर्तमान निदेशक भी सिन्हा के पक्ष में थे क्योंकि वाकणकर का समर्थन करना यानी उनके कार्यकाल में संस्थान के स्तर की गिरावट को मान लेना था। एम.एफ. वाकणकर के पक्ष में था, यद्यपि वह इस विवाद में पड़ना नहीं चाहता था। ऐसी स्थिति में शर्मा ने ब्रह्मास्त्र का प्रयोग किया।''

यहाँ गाड़ी दासप्रकाश पहुँची पर रामचन्द्रन ने उसे वहीं कार-पार्क में खड़ी करने को कहा और वहीं बैठे अपना वक्तव्य जारी रखा, ''शर्मा का कहना था कि वे हाल ही में वाकणकर से मिले थे और उन्हें एक 'अंदरूनी' समाचार मिला था। वह यह कि एक नए संस्थान की रचना के लिए वाकणकर को आमन्त्रित किया जा रहा है। और इसे एक चुनौती के रूप में वह स्वीकार करना चाहता है। इसीलिए आज हम उसे निदेशक बनाएँ भी तो भी वह नहीं टिकेगा।''

''यह कौन सा संस्थान है ?'' जगताप ने पूछा, ''मैंने तो इस बारे में कुछ नहीं सुना !''

''अरे भाई, जो भगवान भी नहीं जाने उसे भी शर्मा जानते हैं ! नए संस्थान की कल्पना भले ही हो, आज के आर्थिक तंगी के वातावरण में सरकार नए संस्थान के लिए अनुदान कहाँ से देगी ? ऐसी अनिश्चित परियोजना के लिए, जिसे फलीभूत होने में पाँच साल आसानी से लग सकते हैं, कोई वैज्ञानिक—वाकणकर जैसा साहसी क्यों न हो—इस

विख्यात संस्थान के निदेशक पद को क्योंकर छोड़ देगा ?

"फिर जलोटा ने शर्मा से पूछा, 'क्या वे इस समाचार की निश्चित रूप से पुष्टि कर सकते हैं ?' शर्मा ने सहमति में सिर हिलाया। 'ऐसी स्थिति में मैं खुद वाकणकर से पूछकर इसे निश्चित करता हूँ' ऐसा जलोटा का कहना सम्भव नहीं था क्योंकि यह शर्मा पर अविश्वास जताना होता। इसके अलावा उनके हीन-भाव ने फिर सिर उठाया, वे बोले कि विज्ञान जगत से अपरिचित होने की वजह से वे ऐसे मामलों में अनुभवी वैज्ञानिकों की राय से चलेंगे और उन्होंने शर्मा और एजेंसी सेक्रेटरी का कहना माना।"

"तभी शर्मा आज मुझसे बातें करना टाल रहे थे," जगताप बोला।

"अब इस रामायण पर मेरी टिप्पणी सुनो," रामचन्द्रन बोले, "तुमने सर्च कमिटी की सदस्यता की जिम्मेदारी पूरी तरह से निभाई। तुम केन्द्र गए, वहाँ रहकर वहाँ के लोगों से मिले, केन्द्र के भविष्य के बारे में चर्चा की और निदेशक के बारे में अपना मत बना पाए। शर्मा ने अपना मत पहले ही बना लिया था। वे जानते थे कि आखिरी निर्णय मैनेजमेंट काउंसिल में होगा। वहाँ संस्थान के निदेशक तो उन्हीं की मुट्ठी में हैं। अगर एजेंसी हेड को भी अपने समर्थन में ले आएँ तो जलोटा साहब तीन वैज्ञानिकों की सिफारिश के विरोध में नहीं जाएँगे। उनकी सभी अपेक्षाएँ पूरी हुईं।"

"पर संस्थान का भविष्य ? वहाँ के लोगों की आकांक्षाएँ ? क्या इनकी अहमियत नहीं है ? क्या मैनेजमेंट काउंसिल का दायित्व 'मैनेज' करना नहीं है ?" खीजकर जगताप बोला।

"देखो, नारायण ! कमिटियों में कभी-कभी ऐसा एकाध व्यक्ति होता है जो अपना मत अच्छे वक्तृत्व के साथ, कभी-कभी आक्रामक शैली में व्यक्त करता है। उसका मत गलत, अयोग्य, अन्यायपूर्ण भले ही हो, कमिटी उसे स्वीकार करती है और कभी-कभी बाद में पछताती भी है। अब शर्मा की बात देखो तो उनका अपना दृढ़ विश्वास है कि संस्थान का हित केवल वही समझते हैं। पाँच साल के बच्चे के लिए निर्णय लेते वक्त माँ-बाप उसकी सलाह थोड़े ही लेते हैं ? उनका विश्वास रहता है कि जो निर्णय उन्होंने लिया, बच्चे के हित में था, भले ही उसे वह पसन्द न आए..."

"पर यह संस्थान पाँच साल का बच्चा नहीं है...वह एक चोटी का विज्ञान केन्द्र है !"

"नारायण, तुम्हें, मुझे, किसी बाहरी व्यक्ति को ऐसा लगे पर शर्माजी को ऐसा नहीं लगता। जिस संस्थान पर निदेशक रूप में उन्होंने आधिपत्य जमाया, फिर अनेक साल दूर से उस पर नियन्त्रण रखा, उसे वे एक बच्चे की ओर माँ-बाप की दृष्टि से देखते आए हैं। उनका और संस्थान का दुर्भाग्य यही है कि बच्चा अब सुजान अधेड़ हो चुका पर माँ-बाप को इसका पता नहीं...चलो, अपनी खीझ को डोसे की चटनी में मिलाकर खा जाओ !"

रामचन्द्रन के पीछे अन्यमनस्क जगताप दासप्रकाश की ओर चल पड़ा।

एक अजीबोगरीब कल्पना

सब्योदा जहाँ ठहरे थे वह स्थान, इंडिया इंटरनेशनल सेंटर दिल्ली के हरे-भरे लोदी इस्टेट वाले इलाके में था, लोदी गार्डन्स से सटा हुआ। जगताप का स्कूटर-रिक्शावाला मैक्समूलर मार्ग से घूमकर आई.आई.सी. के गेट से प्रवेश कर अपने गन्तव्य स्थान पर आ रुका तो उसे लगा कि किसी रोलर स्केटर की सवारी अब पूरी हुई। मीटर पर साढ़े बारह रुपए लिखा था। "कितना हुआ ?" जगताप ने पूछा। "दे दो जी सोलह रुपया।" क्या दिल्ली में टैक्सी या रिक्शा मीटर से भाड़ा लगाता है ? या टैरिफ कार्ड से ? टैरिफ कार्ड ड्राइवर रखता है ? आदि प्रश्नों के उत्तर जगताप को अब तक नहीं मिले थे। भाड़ा पूछने पर 'दे दो जी' के बाद जो रकम उसे बताई जाती, वही चुकाकर वह झंझट से बचता था।

रिसेप्शन से उसने सब्योदा को फोन किया। "लाउंज में इन्तजार करो, मैं अभी आया," उन्होंने कहा। लाउंज में जगह मिलेगी ? दिल्ली में शान्त, साफ-सुथरे वातावरण में माफिक दामों में स्नैक मिलने की जगह और कौन सी थी ? इसलिए 'मेम्बर्स ओनली' होते हुए भी शाम को लाउंज अक्सर भरा रहता था। दिल्ली की ब्यूरोक्रैसी और पॉलिटिक्स से परे इस स्थान का सांस्कृतिक माहौल जगताप को सदा आकर्षित करता था।

अभी लाउंज काफी खाली था और खिड़की के पास की कोने की एक जगह जगताप ने पकड़ ली। आज यहाँ कौन से कवि या लेखक या चित्रकार या दार्शनिक दिखाई देंगे ? उसे दो-तीन चेहरे परिचित लगे। जम्मू-कश्मीर के प्रैक्टिशनर एक दक्षिण भारतीय सज्जन से गपशप कर रहे थे। उधर जवाहरलाल नेहरू विश्वविद्यालय की एक अध्यापिका भी थी जो इंटरनेशनल रिलेशंस पर एक अन्य महिला से विदेश-नीति पर चर्चा कर रही थीं।

"क्या बहुत रुकना पड़ा मेरे लिए ?" सब्योदा आकर बगल में बैठे। मेनूकार्ड देखते हुए बोले, "क्या लोगे भाई ? मैं तो आइस्ड कॉफी और पेस्ट्री लूँगा। हम बंगाली लोग मिष्टी नहीं छोड़ सकते।"

"ग्रेट माइंड्स थिंक अलाइक ! मैं आपका ही अनुकरण करता हूँ," हँसते हुए जगताप ने कहा। सब्योदा ने वेटर को बुलाकर ऑर्डर दिया। फिर जगताप की ओर मुड़े।

"बोलो भाई, वाइरस के बारे में तुम्हें क्या कहना है ?"

"कहना नहीं, आपकी राय लेनी है," जगताप बोला, "यह वाइरस अकस्मात् प्रहार करता है, फिर भी इसके पीछे कोई गणित का सूत्र होगा। वह क्या हो सकता है ? इसे कैसे खोजा जा सकता है ?"

"कठिन है भाई...कठिन है। सूखी घास के ढेर में सुई खोजना अधिक सरल होगा। एक उदाहरण देता हूँ," सब्योदा बोले, "वृत्त की परिधि का उसके व्यास से अनुपात होता है π यानी पाई। इस 'पाई' का मूल्य कितना है ?"

"छह दशमलव स्थान तक मुझे याद है 3.141596," जगताप ने कहा।

"अब इसमें अंक '1' पहले और तीसरे दशमलव स्थान पर है। अब बताओ इसके बाद यह अंक फिर कौन से स्थान पर आएगा ?"

"मुझे पॉकेट कैल्कुलेटर मिले तो बता सकूँगा," जगताप बोला।

"वो नहीं चलेगा। मुझे गणित का सूत्र बताओ जिसकी सहायता से मैं यह बता सकूँ कि '1' यह अंक π के कौन-कौन से दशमलव स्थानों पर मिलेगा ?"

"यह नहीं सम्भव होगा क्योंकि π एक टांसेंडेंटल इरेशनल संख्या है।"

"बिल्कुल सही। अब अगर मैं कहूँ कि एक अंक नहीं बल्कि अंकों का पूर्वनिर्धारित क्रम, जैसे 56718–यह कहाँ मिलेगा।"

"यह भी बताना असम्भव है," जगताप ने कहा। अब उसे सब्योदा का दृष्टिकोण समझ में आने लगा।

सब्योदा आगे बोले, "अब कल्पना करो कि वाइरस बनाने वाले ने ऐसी योजना बनाई कि π के मूल्य को दशमलव रूप में लिखने पर जितने स्थानों के पश्चात् 56718 यह अंकों का समूह मिले, उन स्थानों पर तुम्हारे लिखे कम्प्यूटर प्रोग्राम की सूचना नष्ट की जाए।"

"समझा ! 56718 ही क्यों ? केवल अंक '1' ही लें तो मेरे प्रोग्राम की पहली और तीसरी सूचना नष्ट हो जाएगी और उसके बाद '1' जहाँ भी आए वहाँ की..." जगताप बोला।

"और π का दशमलवरूप अनन्त होने की वजह से तुम्हारे प्रोग्राम में, चाहे वह कितना भी बड़ा हो, उसमें वाइरस आने की आशंका रहेगी। ऐसा भी हो सकता है...मान लो 56718 यह समूह प्रथम सौवें स्थान के बाद आता है और तुम्हारे प्रोग्राम में केवल 70 सूचनाएँ हैं, तो ऐसी हालत में तुम्हारे प्रोग्राम पर वाइरस का प्रभाव नहीं पड़ेगा," सब्यसाची बाबू ने कहा।

"तो अगर इस मूल नियम का पता चले तो वाइरस पर रोकथाम के उपाय किए जा सकते हैं अन्यथा, सभी प्रोग्राम जाँचकर जहाँ-जहाँ की सूचनाएँ मिटा दी गई हैं, उन्हें पुनः लागू करने के सिवाय कोई चारा नहीं।"

"वही तो आजकल सेनाओं के कम्प्यूटर प्रोग्रामों के बारे में किया जा रहा है। बिगड़े हुए प्रोग्रामों को दुरुस्त करना उतना कठिन नहीं पर वो फिर न बिगड़े इसका इन्तजाम करना मुश्किल है।"

"और सब्योदा, जब किसी कूट सूत्र का हम हल खोजते हैं तो उस सूत्र के बनानेवाले की मानसिकता की जानकारी उपयोगी सिद्ध होती है। पर हमें तो इस वाइरस निर्माता की कोई जानकारी नहीं। इसलिए वह किस तरह के सूत्र के माध्यम से ये छेड़छाड़ कर रहा है, यह बताना और भी मुश्किल हो रहा है।"

"यह कुछ मुर्गी पहले या अंडा पहले जैसी कठिनाई है। अगर हम सूत्र जान सकें तो उसे बनाने वाले की कुछ जानकारी हो। उलटे अगर बनानेवाला कौन, इसका पता चले तो सूत्र का अन्दाजा लगाना सरल होगा," सब्योदा बोले।

"यहाँ मेरा एक अन्दाज है..." जगताप बोला।

"सुनाओ !"

"इस हरकत की शुरुआत वैज्ञानिकों के ई-मेल नेटवर्क से हुई होगी क्योंकि खगोल वैज्ञानिकों के प्रोग्रामों में वाइरस, मेरे खयाल से, सबसे पहले मिला था...हैलो प्राणनाथजी ! आज यहाँ कैसे ? बैठिए।"

ऋषि के समान लम्बे सफेद बालों वाला, पैंट के ऊपर कुर्ता पहने एक व्यक्ति सामने खड़ा था। प्राणनाथ दिल्ली के विख्यात हिन्दी साहित्यकार एवं बड़ी हस्ती थे। ऊँचाई पाँच फुट से अधिक नहीं पर रोबदार व्यक्तित्व के कारण देखनेवाला प्रभावित हो जाता था।

"चाय मँगाओ तो बैठेंगे यार !" कहते हुए प्राणनाथ कुर्सी पर बैठे। जगताप ने सब्योदा की ओर देखा क्योंकि मेजबान तो वो थे। उन्होंने फौरन चाय और पकौड़ी मँगाई।

"ये डॉक्टर सब्यसाची मुखोपाध्याय, कम्प्यूटर विशारद ! और आप हैं हिन्दी के जाने-माने उपन्यासकार प्राणनाथजी। पर क्या आप पहले नहीं मिले थे ?" जगताप ने पूछा।

"प्राणनाथजी का नाम मैंने बहुत सुना है। आपका टी.वी. सीरियल भी देखा था...और आनन्दबाजार पत्रिका में आपकी एक कहानी का बांग्ला अनुवाद भी पढ़ा है...बड़ी खुशी हुई मिलकर," हाथ मिलाते हुए सब्योदा बोले, "आजकल और कुछ रचनाएँ ?"

"वही तो आज मुश्किल हो गया। एक सीरियल अच्छा चला तो अब दूसरा सीरियल बन रहा है जिसमें मैं खुद अभिनय कर रहा हूँ," प्राणनाथ बोले, "और बहुत समय ले जाता है अभिनय।"

"क्या आप किसी ऋषि की भूमिका कर रहे हैं ?" उनकी जटाओं को देखते मुस्कुराते हुए जगताप बोला।

"नारायण, तुम्हें आश्चर्य होगा सुनकर ! मैं एक वैज्ञानिक की भूमिका निभा रहा हूँ। मेरे लिए यह एक नया प्रयोग ही है क्योंकि यह सीरियल मेरे एक वैज्ञानिक उपन्यास पर बन रहा है," प्राणनाथ बोले।

"बहुत खूब ! आप जैसे मँजे हुए उपन्यासकार विज्ञान-कथा लिखें, इससे बेहतर

क्या हो सकता है, पर इसका प्लॉट क्या है ? क्या इसमें कोई पृथ्वी से बाहर के जीव हैं ?''

इतने में वेटर पकौड़ियाँ और चाय ले आया। एक पकौड़ी मुँह में डालते हुए प्राणनाथ बोले, ''इसमें स्टार ट्रैक या स्टार वॉर्स-जैसा मसाला नहीं है। उस मसाले में खाली परीकथा रहती है...केवल विचित्र जीव, उनके अजीब यान और लेसर इस्तेमाल करने वाले विचित्र शस्त्रास्त्र, उन पर विज्ञान का मुलम्मा लगाते हैं।''

''तो आपकी रचना कैसी है ?'' सब्योदा ने पूछा।

''सब्यसाची बाबू ! मेरा आशय मारकाट का नहीं रहता। आखिर एक संस्कृति पर दूसरी संस्कृति हमला बोलती है, अधिकार करना चाहती है तो वास्तव में उसका उद्देश्य क्या रहता है ? यही कि जिस पर हमला बोला है उसे शक्तिहीन कर दें। जब संस्कृति पिछड़ी रहती है तब वह शारीरिक सामर्थ्य पर विश्वास रखती है और फिर यान्त्रिकता की ओर बढ़ती है। उसे नाकाम करने के लिए उसके शरीर पर हमला बोलने के बजाय यदि उसके यन्त्रों को नाकाम कर दिया जाय तो कहीं अच्छा !''

''आपका तर्क अच्छा है, पर वास्तविकता क्या कहती है ?'' सब्योदा ने कुछ संदेह भरे स्वर में पूछा।

''कुछ साल पहले हम जिस स्तर पर थे, वहाँ आपका सन्देह यथार्थ था। पर अब हम मशीन पर इतने निर्भर हो चुके हैं कि अगर हमारे कम्प्यूटर डाउन हो गए तो हम हतूबल हो जाते हैं। एक दिन इलेक्ट्रॉनिक मेल न भेजी जा सके तो हमें लगता है जाने क्या अनर्थ हो गया। फिर जब कहीं वाइरस की बात आती है...''

जगताप के दिमाग में मानो एकाएक ट्यूबलाइट जल उठी। वह एकाएक बोला, ''द मशीन स्टॉप्स !''

''क्या बकबक कर रहे हो भाई ?'' प्राणनाथ ने पूछा।

पर जगताप उत्तेजित स्वर में बोला, ''प्राणनाथजी ...आप जैसे साहित्यकार का इम्तहान ले रहा हूँ, अंग्रेजी साहित्य का ! बताइए तो सही, 'द मशीन स्टॉप्स' यह वैज्ञानिक दीर्घकथा किस अंग्रेजी साहित्यकार ने लिखी ? एक 'हिंट' देता हूँ...यह कथा दशकों पहले लिखी गई।''

''यार मैं तो अँधेरे में तीर मारता हूँ...एच.जी. वेल्स होगा,'' प्लेट की आखिरी पकौड़ी मुँह में डालते हुए प्राणनाथ बोले।

''तीर निशाने से बहुत दूर है प्राणनाथजी ! फिर कोशिश करें...''

प्राणनाथ और सब्योदा दोनों ने तीर चलाए पर असफल रहे। कॉनन डॉयल, हक्सले, रसेल, मॉम...सभी गलत !

''सही जवाब है ई.एम. फॉर्स्टर...पर उनकी इस रचना के बारे में बहुत कम लोगों को मालूम है,'' जगताप हँसते-हँसते बोला।

''फॉर्स्टर ? वह 'पैसेज टु इंडिया' वाले ?'' प्राणनाथ आश्चर्य से बोले, ''मैंने उनका काफी साहित्य पढ़ा है पर यह कहानी नहीं पढ़ी। बहुत संवेदनशील रचनाएँ करते थे।

उसके प्रशंसकों की शिकायत थी कि उन्होंने बहुत कम लिखा !''

''हाँ, मैं उनका प्रशंसक हूँ और मेरी भी यही शिकायत है, इस कहानी में एक मशीन आधारित संस्कृति पर उन्होंने लिखा है जो पृथ्वी तल के नीचे रहती थी। उसके जीवन को यन्त्र नियन्त्रित करता था और फिर जब वह यन्त्र बन्द हो गया...प्राणनाथजी अवश्य पढ़ें वो कहानी।''

''जरूर पढ़ेंगे यार !'' जेब से मेमोपैड निकालकर उस पर कुछ लिखते हुए प्राणनाथ बोले, ''पर उस मूल कल्पना में और मेरी कहानी में जरूर कुछ समानता है। बस मेरी कहानी में परजीवों का हस्तक्षेप कम्प्यूटरों को नाकाम कर देता है। यह कैसे हुआ, अभी नहीं बता सकता...आगे पर्दे पर देखें !'' चाय का खाली कप नीचे रखते हुए प्राणनाथजी उठ खड़े हुए।

उनके जाने पर सब्योदा बोले, ''क्या परजीवों के बगैर विज्ञान कहानी नहीं बन सकती ? पृथ्वी पर विज्ञान ने जो क्रान्ति कराई है यही विज्ञान कथाओं को नई कल्पनाएँ दे सकती है, पर ये साइंस फिक्शन वाले हर बार पृथ्वी के बाहर की ही सोचा करते हैं।''

''मैं आपसे सहमत हूँ सब्योदा, पर...''

''क्या अब तुम्हें भी कोई नई कहानी सूझी ?'' चिढ़ाने के स्वर में सब्योदा बोले।

''वास्तविकता विज्ञान कथाओं से अधिक चमत्कारी हो सकती है...हमारी पृथ्वी पर जो कुछ हो रहा है उसी से मुझे कुछ कल्पनाएँ सूझ रही हैं। खैर...अब मुझे जाना ही होगा। सब्योदा आपके आतिथ्य के लिए धन्यवाद !'' घड़ी की ओर ताकते हुए जगताप उठा।

उसके मन में एक नया विचार उभरा।...

और उसकी पुष्टि की...

आज के वाइरस के माहौल ने...

प्राणनाथजी के वक्तव्य ने...

और अब उसके मन में इधर-उधर दौड़ने वाली कल्पनाओं ने !

वह वहाँ से झपटकर निकला। उसकी दूर जाती काया को देखकर सब्योदा ने अचरज से सिर हिलाया।

एक अड़चन

इंडिया इंटरनेशनल सेंटर के बाहर स्कूटर रिक्शा की कतार थी। सबसे आगेवाले स्कूटर में चढ़ते हुए जगताप बोला, "चलो राष्ट्रपति भवन।"

उसने कलाई घड़ी देखी। छह बज रहे थे। साढ़े छह बजे कैबिनेट सेक्रेटरी से मिलना था। प्रधानमन्त्री के साथ हुई मन्त्रणा के पश्चात् चिटणीस जगताप से अकेले में आराम से मिलना चाहते थे। इसलिए यह समय निश्चित किया गया था। तब तक उनका रूटीन दफ्तरी काम पूरा हो जाता था, कम से कम उस दिन का। वैसे रूटीन के अलावा अकस्मात् का काम और ही...जैसे कोई उग्रवादियों की करतूत, किसी विदेशी मेहमान के नियोजित कार्यक्रम में परिवर्तन, राजनीतिक गतिविधियाँ, प्राकृतिक दुर्घटनाएँ ...कुछ न कुछ तो होता ही रहता था। अकस्मात् के लिए हर समय तैयार रहना आवश्यक था।

दिल्ली का 'रश आवर' चल रहा था, पर ट्रैफिक से रास्ता निकालने में स्कूटरवाले से बेहतर कोई नहीं। ट्रैफिक पुलिस और लाल बत्तियों से बच-बचाकर पट्ठा तेजी से जा रहा था। जगताप ने देखा...सभी व्यक्ति अपने-अपने घर-घरौंदों की ओर शीघ्रता कर रहे थे। अभी किसी भी बड़े शहर में यही माहौल होगा। जैसा कल था वैसे आज...और वैसे ही कल होगा।

कल होगा ? जगताप को सन्देह था...अगर उसके मन में उमड़ी कल्पना सच निकली तो। दंगों, वारदातों, दुर्घटनाओं, झगड़ों से धक्के खाता आज का जनजीवन, कैसे भी क्यों न हो, आगे तो बढ़ ही रहा था। पर क्या अब भविष्य में कुछ और ही लिखा है !

आसपास के जन-प्रवाह को देखकर जगताप ने सोचा कि उसकी कल्पनाएँ उसे असलियत से दूर तो नहीं ले जा रहीं ? क्या वह साइंस-फिक्शन के आदी व्यक्ति की तरह भूल तो नहीं कर रहा है कि फिक्शन को फैक्ट समझे ? और उसकी कल्पनाओं के लिए उसके पास ठोस सबूत ही कहाँ था? यदि कैबिनेट सेक्रेटरी सबूत माँगें तो पेश करने लायक उसके पास था ही क्या ?

उसके चेहरे पर मुस्कुराहट चमकी। 'डाउन-टु-अर्थ' समझे जानेवाले चिटणीस महोदय, जो अफवाहों, तर्क-कुतर्कों को अलग हटाकर वास्तविकता पर जोर देते थे, वे उसकी कल्पना सुनकर क्या कहेंगे ? सीमा प्रान्त में होनेवाली वारदातों, रेल दुर्घटना, बन्द

आदि घटनाओं को सदा संयम से देखनेवाले चिटणीस उसका मजाक उड़ाए बिना नहीं रहेंगे। नहीं ! वह अभी अपनी कल्पना का जिक्र उनसे नहीं कर सकता।

स्कूटर राजपथ से होता हुआ नॉर्थ और साउथ ब्लॉक के बीच से गुजर रहा था। अब राष्ट्रपति भवन का गेट आएगा। उसने स्कूटरवाले को कैबिनेट सेक्रेटेरिएट की ओर मुड़ने को कहा।

ठोस सबूत...जगताप के विचारों ने मोड़ लिया उस दिशा में जहाँ से उसे सबूत पाने की आशा थी। अभी वह आशा धूसर थी...उसे स्पष्ट रूप देने के लिए निरीक्षणों की आवश्यकता थी और वे निरीक्षण उसे महाकाय दूरबीन से प्राप्त हो सकेंगे।

स्कूटर मन्त्रिमंडल सचिवालय के सामने रुका। भाड़ा चुकाकर जगताप सिक्योरिटी की कमान से अन्दर घुसा। उसके आगमन की पूर्व-सूचना होने की वजह से लिखा-पढ़ी का काम शीघ्र सम्पन्न हुआ और उसे एक मंजिल ऊपर चिटणीस साहब के लम्बे-चौड़े कक्ष में ले जाया गया। चिटणीस महोदय उसी का इन्तजार कर रहे थे।

"आइए प्रोफेसर, तशरीफ रखिए," ऐसा कहकर उन्होंने मराठी में बोलना प्रारम्भ किया, "राजधानी में मराठी बोलने के मौके कम ही मिलते हैं, इसलिए मैं उन्हें कभी हाथ से नहीं जाने देता। आप दिल्ली में कब तक हैं ?"

"सबेरे की फ्लाइट से लौट रहा हूँ। सच बताऊँ चिटणीसजी, दिल्ली के इस अफसरी माहौल में मेरा दम़ घुटता है," जगताप बोला।

"सच है। दिल्ली में टिकने के लिए और यहाँ तरक्की करने के लिए एक खास मानसिकता जरूरी है। दिल्ली के बाहर रहनेवाले सोचते हैं कि इस अप्राकृतिक माहौल में रहना उनके लिए सम्भव नहीं है। पर सच्चाई यह है कि बाहर से आनेवालों में कई लोग—उनमें आप जैसे वैज्ञानिक भी हुआ करते हैं—शुरू में दिल्ली में रहने से कतराते हैं। पर साल-दो साल में यहाँ अच्छी तरह जम जाते हैं क्योंकि यहाँ रहने के लिए आवश्यक मानसिकता उनमें रहती है—पहले सुप्त थी जो बाद में उमड़ आती है। फिर यही लोग दिल्ली छोड़ना नहीं चाहते।"

जगताप ने महसूस किया कि चिटणीसजी की यह टिप्पणी किसी व्यंग्य से निहित नहीं थी...वे अपने संयमित स्वर में वास्तविकता का बयान कर रहे थे। यही तो उनकी खासियत थी।

"चाय लेंगे या कॉफी...या ठंडा लेंगे ?"

जगताप ने कॉफी का चुनाव किया। यद्यपि उसे अभी खानपान में ज्यादा दिलचस्पी नहीं थी। कॉफी आने तक चिटणीस दिल्ली के महाराष्ट्रीय सांस्कृतिक कार्यक्रमों की चर्चा करते रहे। बेयरा के जाते ही उन्होंने मुद्दे की शुरुआत की।

"प्रोफेसर साहब, आपका बयान बिल्कुल मुद्दे से जुड़ा था। पर मुझे तो इस बात की फिक्र है कि वाइरस पर कायम उपाय क्या हो सकता है।"

"इसके लिए मुझे वाइरस के मूल स्रोत की तलाश करनी है। अभी मेरे मन में कुछ अजीबोगरीब कल्पना है। पर सुबूत के बगैर आज मैं उसका जिक्र नहीं करना चाहता,"

जगताप बोला।

"ठीक है, पर अगर आपको अपनी खोजी कार्रवाइयों में कभी सरकारी सहायता की जरूरत हो तो कृपया किसी भी समय मुझे इस नम्बर पर फोन करें," अपना कार्ड उसे थमाते हुए चिटणीस बोले। उस पर कलम से एक गोपनीय नम्बर लिखा था।

"धन्यवाद !" जगताप बोला। उसे मालूम था कि उसके सामने बैठी हस्ती भारतीय प्रशासकीय सेवा के शिखर पर है और जो सेवा किसी सामान्य व्यक्ति के अनुरोध पर तनिक भी नहीं हिलती, वह इनके संकेत पर पूरी गतिमान हो जाएगी। अवश्य यह एक बड़ा शस्त्र उसके हाथ लगा था।

"एक बात है। एक मामले में आपको हस्तक्षेप की जरूरत होगी," जगताप बोला, "आज की मीटिंग में आपने एक व्यक्ति का जिक्र किया जो पाकिस्तान हो आया है। यह व्यक्ति कम्प्यूटर विशारद है, ऐसा आपने कहा था। एक समय आएगा जब मुझे उस व्यक्ति से चर्चा करनी पड़ेगी।"

"वह इन्तजाम मैं कर दूँगा," चिटणीस बोले, "पर यह सम्भव है कि जब आप उसे मिलना चाहेंगे तब वह दिल्ली में न हो। फिर भी वह कहीं भी हो वहाँ से उसे आपके सामने हाजिर करवा दूँगा। बशर्ते कि उसका असली नाम गोपनीय रहे।"

"धन्यवाद ! समय आने पर मैं आपको इत्तिला कर दूँगा। पर उसे हम किस सांकेतिक नाम से सम्बोधित करें ?" जगताप ने पूछा।

चिटणीस हँसे, "सुरक्षा की दृष्टि से यह आज ही निश्चित करना उचित है। क्यों न हम बीजगणित की अज्ञात राशि X का ही प्रयोग करें ?"

जगताप ने आगे कहा, "एक और मदद..."

"फरमाइए।"

"यह मामला अन्तर्राष्ट्रीय स्तर का है। ऐसी स्थिति में कभी उच्चस्तरीय हस्तक्षेप की आवश्यकता पड़ेगी—अति उच्चस्तरीय भी।"

"समझ गया। मैं तो जहाँ तक हो सके अपनी जिम्मेदारी पर यह करूँगा ही, पर जरूरत हो तो पी.एम. तक भी जा सकता हूँ," चिटणीस बोले।

"तो मैं अब आपसे विदा लेता हूँ। आपसे चर्चा करके मुझे बहुत ही राहत मिली है," चिटणीस से हाथ मिलाते हुए जगताप बोला।

घर लौटने पर जगताप ने जमशेद का नम्बर लगाया। उसका घर महाकाय दूरबीन की स्टॉफ कॉलोनी में था। संस्थान की ऑपरेटर नम्बर मिलाती थी। पर इस दफे जमशेद का नाम सुनते ही जगताप को लगा कि ऑपरेटर चौकन्नी हो गई। बोली, "सर ! पर मि. वाडिया अब केन्द्र में नहीं हैं।"

"मतलब ?" जगताप अचरज से बोला।

"वे परसों एकाएक केन्द्र छोड़कर चले गए।"

"पर वे अब कहाँ मिलेंगे ?" जगताप को लगा कि इस घटना के पीछे कोई राज छिपा है।

"पता नहीं, सर ! उन्होंने कोई नम्बर नहीं छोड़ा है यहाँ।"

जगताप को लगा कि ऑपरेटर नम्रता से लेकिन तटस्थता से बातें कर रही है। कोई 'कांड' हुआ होगा जिससे वह अलिप्त रहना चाहती है। उसने रिसीवर नीचे रखा और देखा कि सुनन्दा पास ही खड़ी है, एक लिफाफा लिये।

"तुमने आते-आते फोन लगा दिया। थोड़ा सब्र करते तो मैं बता देती सब कुछ। दो दिन पहले जमशेद यहाँ आया था। गुस्से से उबल रहा था। गोपालस्वामी से उसकी तीखी बहस हुई थी। बोला, 'अभी इस्तीफा दे आया...अब कल ही यहाँ से चल दूँगा।' तुम्हारे साथ बातें करना चाहता था, पर तुम थे दिल्ली में। तो बोला, 'मुझे कुछ कागज दो, सब कुछ लिख देता हूँ।' मैंने उसे तुम्हारी स्टडी में बैठाकर कागज दिए, लिफाफा दिया। काफी देर तक लिखता रहा। फिर मुझे यह लिफाफा थमाकर शान्ति से बोला, 'कृपया मेरी उत्तेजना पर नाराज न हों। मामला कुछ ऐसा ही था कि मेरा मिजाज गर्म हो गया। खैर, यह गोपनीय पत्र नारायण को आते ही दे दें तो आभारी रहूँगा।' सो लो अपना यह प्रेमपत्र और पढ़ो आराम से।"

बरसों से चले आए वैवाहिक जीवन में पैदा होने वाली सरल-सुलभ घनिष्ठता की बदौलत उन दोनों में एक स्वाभाविक जुड़ाव था। इसलिए सुनन्दा के तानों और व्यंग्य को हँसते हुए झेलकर जगताप ने लिफाफा खोला। जगताप के संकुल छोड़ने की वजह कुछ भी हो, उसकी अनुपस्थिति में उसके नियोजित कार्य को तगड़ी ठेस लगी थी। आखिर जमशेद की शिकायत क्या थी ?

अपनी स्टडी में जाकर वह जमशेद का पत्र पढ़ने लगा। पत्र लम्बा था और हस्ताक्षर उसकी प्रक्षोभित मानसिक हालत को अच्छी तरह व्यक्त कर रहा था। जमशेद ने लिखा था :

प्रिय नारायण,

हम दोनों गुप्त रूप से मिले, उसके बाद जो घटनाचक्र चला उसका परिणाम आखिर मेरे महाकाय दूरबीन के अभियन्ता पद से इस्तीफा देने में हुआ। वह सारा किस्सा इस प्रकार है।

उस दिन तुम दूरबीन के संकुल में आए थे, इस बात की जानकारी गोपालस्वामी को आखिर मिल गई। मेरा अनुमान है कि जब तुम वापस लौटे तो किसी सिक्योरिटी गार्ड ने देखा और तुम्हें पहचाना। मैंने तुम्हें बगलवाले गेट से बाहर निकाला, उसमें कोई अनुचित बात नहीं थी और उसे भी इस बात को लेकर शिकायत नहीं करनी थी।

पर गोपालस्वामी से बातें करते समय गार्ड ने यों ही जिक्र किया कि उस दिन तुम

यहाँ आए थे। यद्यपि तुम्हारी भेंट के पश्चात् कई दिन बीत चुके थे तो भी गोपालस्वामी के मन में सन्देह का भूत जागृत हुआ।

तुम्हें मालूम है कि गोपालस्वामी इस दूरबीन को सर्वथा अपने कब्जे में रखना चाहता है। यह तो निर्विवाद है कि दूरबीन की कल्पना उसी की थी और उसकी रचना में उसने सर्वाधिक कष्ट उठाए हैं और परियोजना का नेतृत्व भी किया। इसलिए दूरबीन के बन जाने पर उसके इस्तेमाल का प्रथम हक उसी का रहेगा, यह भी हम सब मानते हैं। पर यह बात भी नजरअन्दाज नहीं की जा सकती है कि संकुल राष्ट्रीय संसाधन है, सरकारी धन से बना है और एक राष्ट्रीय निरीक्षण की सुविधा है।

ऐसी सुविधा किसी एक व्यक्ति की मर्जी पर और इच्छाओं पर निर्भर नहीं रह सकती। इसका प्रयोग, उपयोग राष्ट्र के सभी वैज्ञानिकों के लिए खुला है—उदाहरण के लिए तुम्हारे संस्थान के वैज्ञानिक भी इसका इस्तेमाल कर सकते हैं। मगर गोपालस्वामी को यह चिन्ता है कि यदि बाहरी व्यक्ति इसका इस्तेमाल करते हैं—खासकर यदि तुम्हारे जैसे पड़ोसी संस्थान के लोग यहाँ आते हैं तो इस संकुल पर उसका प्रभाव घटेगा। इसलिए जब संकुल में बाहरी वैज्ञानिक, खासकर तुम्हारे संस्थान के, आते हैं तो गोपालस्वामी तर्क-कुतर्क करने लगता है कि वे क्यों आए।

इसीलिए उस दिन सबेरे तुम क्यों आए, किसके बुलाने पर आए, कौन सी चर्चा करने आए, आदि सवाल उसने उठाए और यह जानकर कि तुम मेरे आमन्त्रण पर आए थे, उसने मुझ पर प्रश्नों की तोप दागी। यदि उसने यही सारे सवाल सौम्यता के साथ पूछे होते तो मैं उनके सही जवाब देकर उसकी शंका का समाधान कर देता। मैं उसे यह बताने के लिए राजी था कि मैंने तुम्हें सलाह-मशविरे के लिए बुलाया था, कि दूरबीन की त्रुटियों को ठीक से जाँचकर सुलझाने के बजाय गोपालस्वामी उन्हें दबा रहा था। ऐसी हालत में मेरा क्या रुख होना चाहिए, यह भी उसे समझाता।

पर गोपालस्वामी बेतुकी बातें करने लगा, कि मैं गुप्तचर हूँ, संकुल का डेटा चुराकर बाहरी व्यक्तियों को देता हूँ आदि। तो मैं भी गर्म हुआ और उसे मैंने चुनौती दी, 'यह इल्जाम साबित करो या माफी माँगो।' लेकिन उसकी चिड़चिड़ाहट चालू रही तो मैंने वहीं अपना इस्तीफा लिखकर उसे थमाकर वहाँ से निकल पड़ा।

मुझे नौकरी की चिन्ता नहीं। प्राइवेट इंडस्ट्री में मुझे इससे बेहतर वेतन वाले पद मिल सकते हैं। पर जिस संकुल को कल्पना से वास्तव में रूपान्तरित करने में मैंने काफी हाथ बँटाया उसे छोड़ते हुए दुःख होता है। और चिन्ता भी कि संकुल में कुछ गम्भीर त्रुटियाँ हैं जिनको ठीक करना नितान्त आवश्यक है और यह काम मेरे न रहते कैसे पूरा होगा ? इन त्रुटियों को दबाने से कुछ नहीं बनेगा।

मैं तुम्हें इस बारे में सावधान करना चाहता हूँ। तुम्हारे बगैर और कोई गोपालस्वामी के इस कारनामे को नहीं जानता। क्या तुम किसी माध्यम से गोपालस्वामी को समझदारी सिखा पाओगे ? मैं यह भी नहीं चाहता कि मेरे कारण तुम दोनों के अच्छे सम्बन्ध बिगड़ जाएँ।

अगले कुछ दिन मैं अपनी माँ के घर हूँ। वहाँ मुझे फोन कर सकते हो। नम्बर है 5650669...

कष्ट देने के लिए क्षमाप्रार्थी,

—जमशेद

पत्र पढ़कर जगताप ने लम्बी साँस ली। यह बला कहाँ से आई। जमशेद अगर दिमाग ठंडा रखता तो यह नौबत न आती। उस जैसे तकनीकी विशारद की संकुल को बहुत ही जरूरत थी।

पर उससे भी बड़ा धक्का लगा था जगताप की अपनी योजना को। उसकी जो अजीबोगरीब कल्पना थी उसकी जाँच के लिए संकुल की दूरबीनों की आवश्यकता तो थी ही पर साथ ही संकुल को अच्छी तरह से जानने वाले एकमेव व्यक्ति जमशेद की भी। उस कल्पना की गोपनीयता समझनेवाला और उसे ध्यान में रख संकुल पर उसके नियोजित प्रयोग कर सकनेवाला जमशेद ही तो था।

जगताप का मस्तक चकराने लगा—विविध कल्पनाओं से और शंकाओं-आशंकाओं से। महाकाय दूरबीन संकुल पर—उसकी सभी तश्तरियों पर निगरानी करना आवश्यक था। केवल उसे और जमशेद के सिवा अन्य किसी को बताए बिना।

पर उसके लिए जमशेद का संकुल लौटना जरूरी था।

यह शायद सम्भव हो जाता। पट्ठे को समझा-बुझाकर वापस लाना कठिन तो था पर असम्भव नहीं।

पर गोपालस्वामी कैसे माने ? उसका भी माथा ठनका होगा...उसी के संस्थान का एक कर्मचारी ऐसा असभ्य बर्ताव करे यह कोई भी निदेशक स्वीकार नहीं कर सकता।

पर फिर भी...

समस्या सुलझाने का एक मार्ग जगताप को दिखाई देने लगा। पिछले चौबीस घंटों के अपने अनुभव के बाद उसे स्वयं को यह मार्ग नितान्त अप्रिय लग रहा था। पर कोई चारा नहीं था...

उसने जेब से एक छोटी डायरी निकाली जिसमें कई फोन नम्बर लिखे थे। उसने सूची में से दिल्ली का एक नम्बर निकाला...

अड़चन सुलझी !

"हैलो ! मुझे प्रोफेसर जगताप से बात करनी है ।"

जगताप ने गोपालस्वामी की आवाज पहचानी और मुस्कुराया। लगता है उसकी तरकीब कामयाब हुई...क्योंकि इसी फोन का उसे इन्तजार था। वह बोला, "कौन गोपाल ? मैं नारायण ही बोल रहा हूँ। आज कैसे याद आई ?"

"नारायण! जरा सुनो तो सही। कुछ जरूरी मशविरा करना है...मैं आकर मिलूँगा, कब खाली हो ?" गोपालस्वामी का 'सुनो तो सही' कहना वास्तव में अनावश्यक था। क्योंकि जब वह बोलना शुरू कर देता था तो सुननेवाले के पास और कोई चारा नहीं रहता था। पर 'सुनो तो सही' यह गोपालस्वामी का अपना ट्रेडमार्क था जो उसके सम्भाषण का एक आवश्यक भाग था।

"तुम्हारे लिए तो कभी भी समय निकल सकता है, भाई ! अभी आ सकते हो ?"

"हाँ, आता हूँ पन्द्रह मिनट में।"

"पर अगर कुछ पहले बता सकते कि काम क्या है...तो शायद कुछ समय की बचत हो जाए..."

"हाँ, वह जो तुम्हारा पल्सर टाइमिंग का प्रॉजेक्ट था...वह अभी 'क्यू' में है...सात महीने बाद उसका नम्बर आनेवाला था..."

"हाँ, बिल्कुल ! लेकिन क्या उसको और भी स्थगित करना तो नहीं चाहते ?" कुछ चिन्ता जताते जगताप बोला...लेकिन वह अब समझ गया था कि चिन्ता की कोई बात नहीं।

जरा सुनो तो सही ! हम लोग उसे पोस्टपोन नहीं एडवांस करना चाहते हैं। क्यू में एक गैप आ गई है। अगर तुम राजी हो तो उसे प्रीपोन कर अभी ले सकते हैं।"

जगताप मुस्कुराया। इस वजह से नहीं कि गोपाल ने भारतीय अंग्रेजी भाषा में प्रचलित प्रीपोन शब्द का इस्तेमाल किया था। उसे अपने 'षड्यन्त्र' की सफलता पर गर्व हो रहा था। फिर भी आश्चर्य और हिचकिचाहट जताते हुए बोला, "अभी ? अरे भैया मैं तो अभी कुछ महीनों बाद तैयारी शुरू करने वाला था। अब देखना होगा इतनी शॉर्ट नोटिस पर यह सम्भव है या नहीं।"

"नारायण ! अब उसे सम्भव बनाओ, अनिश्चितता से कुछ बननेवाला नहीं," गोपालस्वामी कुछ याचना और कुछ आज्ञा के सुर में बोल रहा था। वह आगे बोला,

"और एक बात है। प्रोफेसर विनोद शर्मा तुम्हारी इस परियोजना में कुछ और निरीक्षण लेना चाहते हैं।"

"प्रोफेसर शर्मा ?" अचरज जताते जगताप बोला, "वह रेडियो कमिटी एस्ट्रोनोमर कब बने ?"

"सभी बताता हूँ पन्द्रह मिनट बाद ! अभी तुम्हें क्यू में आगे बढ़ाने की बात चल रही थी कि उनका फैक्स आ धमका। वे फोन भी करने वाले हैं। क्या इत्तेफाक है कि दोनों घटनाएँ एक ही समय हुईं।"

'इत्तेफाक नहीं है बेटे, साजिश है,' जगताप स्वयं से बोला। फोन बन्द करते हुए उसे इस बात का अहसास हो रहा था कि गोपालस्वामी और विनोद शर्मा का मनोविश्लेषण करने में उसने सफलता पाई थी। उसे पिछली शाम के फोन वार्तालाप की याद आई...

"मुझे प्रोफेसर विनोद शर्मा से बात करनी है। सबेरे से कोशिश कर रहा हूँ। मेरा नाम जगताप है...प्रोफेसर नारायण जगताप...पूना से बोल रहा हूँ," यह तीसरी बार उसने फोन मिलाया था। सबेरे जब उसने कोशिश की थी तो उसे दिल्ली दफ्तर का हर रोज का उत्तर मिला था, "जी, शर्माजी कुर्सी पर नहीं हैं," फिर ढाई बजे फोन लगाया तो उनके पी.ए. बोले, "साहब मीटिंग में हैं, चार बजे फोन कीजिए।" अपने पूर्वानुभव से जगताप जानता था कि मीटिंग चार बजे खत्म नहीं होने वाली। उसने पाँच बजे फोन लगाया तब पी.ए. बोले, "साहब अभी आए हैं, मैं फोन पर मिलवा देता हूँ।"

जगताप सतर्क हुआ...अब उसे अच्छी एक्टिंग करनी थी। वास्तव में सर्च कमिटी के अनुभव के पश्चात् वह शर्माजी को जहाँ तक सम्भव हो चार हाथ दूर ही रखना चाहता था। उसे गहरा अंदेशा था कि रामचन्द्रन की कमिटी का (वैज्ञानिक सलाहकार समिति) सदस्य होने की वजह से शर्माजी उसे 'पर्सोना नॉन ग्राटा' तो नहीं समझते ? पर अब तक शर्माजी से कभी किसी स्तर पर वाद-विवाद में पड़ने की नौबत नहीं आई थी...सर्च कमिटी वाले मामले को छोड़कर। खैर, अब उसे शर्माजी को खुशमिजाज रखने की जरूरत थी।

"जरा वेट करिए, साहब दूसरे फोन पर बात कर रहे हैं," पी.ए. ने इत्तिला दी। ठीक है...रुकना है तो रुकेंगे लेकिन आज ही इस बात पर आखिरी निर्णय लेना है, जगताप ने सोचा। बड़ी कठिनाई से शर्माजी फोन पर मिलने वाले हैं, अब कहीं ऐसा न हो कि लाइन कट जाए। इन्तजार करते-करते जगताप शर्माजी के रुख का अनुमान लगाने का प्रयास कर रहा था। सर्च कमिटी की सिफारिश के बावजूद उन्होंने अपने प्यादे को वजीर बनाया, तब से शर्माजी को शायद उसके प्रति कुछ न कुछ गिल्ट कम्प्लेक्स रहा होगा। पर इस तरह की 'राजनीति' खेलने वाले चाणक्य गिल्ट कम्प्लेक्स से अधिक समय प्रभावित रह नहीं सकते, यह भी वह जानता था। उलटे गिल्ट कम्प्लेक्स को हटाकर एक दूसरी ही भावना उनके मन में जम जाए तो अचरज की बात नहीं। ऐसी

भावना कि उन्होंने जो कुछ किया वह संस्थान के हित में ही किया। आखिर नेता लोग कुर्सी पकड़ते हैं तो स्वार्थ के लिए थोड़े ही ! पार्टी या देश के हित के लिए ही तो बेचारे कुर्सी पर बैठने के लिए बाध्य होते हैं।

''हाँ साहब ! शर्माजी से बात करिए,'' उसकी विचार-शृंखला तोड़ते हुए पी.ए. की आवाज आई।

''हैलो...प्रोफेसर शर्मा ?''

''हाँ, मैं विनोद शर्मा बोल रहा हूँ। नारायण, भाई कैसे हो ?'' शर्माजी की आवाज मित्रतापूर्ण थी। मानो किसी जानी दोस्त से बात कर रहे हों।

''जी ठीक हूँ। पर आपकी एक सलाह मेरी परियोजना पर चाहिए, इसलिए कष्ट दे रहा हूँ, सर !''

यदि किसी व्यक्ति को खुश करना हो तो उसकी सलाह माँगने से अच्छा कोई और मार्ग नहीं क्योंकि तब आप उसकी बुद्धिमत्ता को वरीयता प्रदान करते हैं।

शर्माजी की आवाज इस खुशी को जाहिर करते हुए आई, ''नारायण, तो एक सलाह अभी देता हूँ। मुझे 'सर' मत कहो। हम यहाँ नौकरशाही की औपचारिकताएँ नहीं निभाते। 'विनोद' कहो तो बेहतर,'' शर्माजी दिल्ली में अफसरशाही का पदीय रौब भले ही जमाएँ, अपने आपको मुख्यतः वैज्ञानिक ही मानते थे। उनके इसी मूड को फुलाते हुए जगताप बोला :

''ठीक है, विनोद ! शायद आपको याद होगा, महाकाय दूरबीन पर पल्सर टाइमिंग की एक परियोजना मैंने पिछले साल बनाई थी।''

''हाँ, याद है ! एस्ट्रोनोमिकल सोसायटी ऑफ इंडिया के चर्चा-सत्र में तुमने इस पर बीस मिनट का भाषण दिया था।''

''विनोद ! मुझे हमेशा अचरज होता है कि अपने पदीय कार्य-जंजाल में ये बातें आपके स्मरण-पटल पर बनी रहती हैं,'' यह वास्तव में चापलूसी नहीं थी। शर्माजी के अवगुण कुछ भी हों, उनके इस गुण की उनके विरोधी भी तारीफ करते थे कि देश-विदेश की वैज्ञानिक घटनाओं की अच्छी जानकारी उन्हें रहती थी। अब अपने शब्दों को नाप-तौलकर सावधानी से जगताप बोला, ''उस समय सत्र के चेयरमैन की हैसियत से आपने कहा था कि टाइम डिले का निरीक्षण भी मेरे नियोजित निरीक्षणों के साथ-साथ किया जा सकता है।''

कुछ पल दूसरी ओर सन्नाटा था। जगताप को महसूस हुआ कि यही वह क्षण है जब उसके प्रयासों की सफलता या असफलता का निर्णय होगा। क्या शर्माजी प्रत्याशित उत्तर देंगे ?

''एक साल से अधिक बीत चुका उस घटना के बाद,'' शर्माजी बोले, ''क्या तुम मुझे फिर याद दिला सकते हो कि तुमसे मेरी क्या बातें हुई थीं ?''

'कैसे याद रहेगी वह घटना जो हुई ही नहीं ?' जगताप ने स्वयं से कहा। वास्तव में टाइम डिले की कल्पना भी जगताप की ही थी। लेकिन उस सत्र में शर्माजी ने उसमें

दिलचस्पी दिखाई थी और उसे आगे बढ़ाने का आश्वासन दिया था। पर राजनीति के आश्वासनों की तरह वह केवल भाषण तक ही सीमित रहा था। जगताप का अनुमान था कि शर्माजी को इस घटना की धुँधली-सी याद होगी...ऐसे रूप में कि उसे बदला जा सके। कभी-कभी हमारी यादें वास्तविकता की नहीं हुआ करतीं बल्कि वास्तविकता के उस परिवर्तित रूप की होती है जो हमें आज अधिक आकर्षक लगे। शर्माजी जैसे वैज्ञानिक को जिसकी सृजनशीलता बरसों पहले समाप्त हो चुकी थी, यंह निश्चय ही एक आकर्षक 'याद' रहेगी कि उसकी एक वैज्ञानिक कल्पना निरीक्षण में बदली जा सकती है, जिन निरीक्षणों का श्रेय उसे मिलेगा। जगताप ने टाइम डिले की परियोजना उन्हें फोन पर बताई, ऐसे शब्दों में मानो वह उन्हीं के दिमाग से निकली थी। यह भी बताया कि अन्य वैज्ञानिक भी इसके पीछे थे।

"अब याद आया !" शर्माजी बोले। लेकिन अभी कुछ और बाकी था, "पर अब यह निरीक्षण महाकाय दूरबीन पर जल्दी से जल्दी करने चाहिए। अगर अमेरिकन लोग वी.एल.ए. ('वेरी लार्ज अरे' नामक दूरबीन जो अमेरिका के न्यू मैक्सिको राज्य में स्थित है) पर यह निरीक्षण करने वाले हैं तो हम तनिक भी रुक नहीं सकते। गोपालस्वामी से कहना पड़ेगा।"

"यह तो आप ही समझा सकते हैं, विनोद ! प्रयोग आपका है। और वह आपके शब्दों का आदर करता है। इसीलिए मैंने यह फोन करके आपको कष्ट दिया," जगताप नम्रता से बोला।

"मैं बात करूँगा उससे," शर्माजी बोले, "लेकिन पहले इस प्रयोग का सारांश लिखकर मुझे फैक्स करो।"

"अभी अगले दस मिनट में फैक्स आ जाएगा आपके पास," जगताप ने गहरी साँस लेते हुए फोन बन्द किया। शर्माजी ऐसी जानकारी माँगेंगे, यह वह जानता था। इसलिए उसने प्रयोग का सारा सारांश लिख रखा था। उसके पहले तथाकथित लेखक थे प्रोफेसर विनोद शर्मा और दूसरे लेखक थे प्रोफेसर नारायण विनायक जगताप !

"हैलो गोपाल ! क्या समाचार है तुम्हारे एंटिना संकुल का ? सब तश्तरियाँ अच्छा काम तो कर रही हैं ?" गोपालस्वामी के अन्दर प्रवेश करते ही जगताप ने पूछा।

"ठीक तो है, लेकिन उसके भी अपने अलग सिरदर्द हैं। यह जानकर कि संकुल अब ठीक काम कर रहा है, बहुत सारे लोग उस पर निरीक्षण करना चाहते हैं। उन सबको सन्तुष्ट रखना कतई सम्भव नहीं। पर उनके तकाजों से कभी-कभी तंग आ जाता हूँ," गोपालस्वामी बोला।

"खैर ! प्रोफेसर विनोद शर्मा का प्रस्ताव क्या है ?"

"वही तो मैं लाया हूँ," अपने ब्रीफकेस से कुछ कागज निकालकर गोपालस्वामी ने नारायण को थमाया, "विनोद शर्मा ने फैक्स किया है। अचरज होता है कि दिल्ली

की अफसरशाही में डूबे रहते भी शर्माजी इतना बढ़िया वैज्ञानिक प्रपोजल लिख सकते हैं। उन्हें समय कहाँ से मिल पाता है ?'' सरसरी निगाह से प्रपोजल देखते ही जगताप के चेहरे पर मुस्कुराहट चमकी। केवल क्षण-मात्र के लिए ही और उसका पता गोपालस्वामी को नहीं लगा।

सादे कागज पर पिछले दिन जो प्रपोजल जगताप ने शर्माजी को फैक्स किया था, वही प्रपोजल वैसे का वैसा शर्माजी ने अपने लेटरहेड पर फैक्स किया था। धन्य है जेरॉक्स मशीन जो यह सम्भव कर सकती है। धन्य हैं शर्माजी जो अपनी महत्ता टिकाने के लिए ऐसी करतूतों से बाज नहीं आते। जैसा कि गोपाल ने सोचा था, कोई भी यही सोचता कि इस वैज्ञानिक प्रयोग का प्रपोजल स्वयं शर्माजी ने लिखा है। और साथ ही एक पत्र भी था :

प्रिय गोपाल,

करीब बीस वर्ष पहले पल्सरों पर एक निरीक्षणात्मक प्रयोग मुझे सूझा था। नारायण जगताप से उसकी मैंने चर्चा भी की थी। पर उस समय उस कल्पना को साकार करने की क्षमता भारतीय ही नहीं किसी भी विश्व-स्तरीय दूरबीन में नहीं थी। लेकिन तुम्हारे-हमारे भगीरथ प्रयत्नों की बदौलत स्थिति सुधरी है। अब महाकाय दूरबीन के रूप में ऐसी दूरबीन उपलब्ध है। मुझे लगता है कि यदि पल्सर टाइमिंग पर कोई दीर्घ परियोजना तुम्हारे विचाराधीन हो तो उसके साथ-साथ ही (जिसे पिगिबॅक कह सकते हैं !) मेरा प्रयोग भी किया जा सकता है। गुरुत्वाकर्षण के कालमापन में जो अतिसूक्ष्म परिणाम हुआ करता है, उसे इस प्रयोग द्वारा नापा जा सकता है।

यह तो बताने की जरूरत नहीं कि न्यूट्रॉन तारे के स्तर पर ऐसे परिणामों का बुनियादी महत्त्व है। जो दूरबीन यह पहले कर दिखाएगी, वह निश्चय ही काफी मशहूर बन जाएगी। मेरे सुनने में आया है कि अमेरिका में वी.एल.ए. दूरबीन पर यह प्रयोग विचाराधीन है। यदि सम्भव हो तो तुम्हारे संकुल पर यह प्रयोग शीघ्रातिशीघ्र करने से हम इस प्रतियोगिता को जीत पाएँगे।

दूरबीन की रचना को ध्यान में रखते हुए मैंने अगले पन्नों पर पूरा प्रपोजल फैक्स किया है। दिल्ली की जिम्मेदारियों को झेलते-झेलते मुझे विज्ञान के लिए जो भी थोड़ा-बहुत समय मिलता है, उसमें इससे विशद वर्णन देना सम्भव नहीं हुआ। इसके लिए मुझे खेद है, पर आशा भी कि तुम मेरी कठिनाइयों को समझ सकोगे। और यदि अधिक जानकारी की आवश्यकता हो तो नारायण तुम्हें दे देगा। आखिर इस कल्पना में उसका भी सहयोग रहा है।

मैं आज सायंकाल इस बारे में तुमसे फोन पर बात करूँगा। मन्दाकिनी और मेरी ओर से तुम्हें और शोभा को शुभकामनाएँ ।

तुम्हारा
विनोद शर्मा

'शाबास पट्ठे !' जगताप मन ही मन बोला। पत्र लिखने की कला में शर्माजी की बराबरी कोई नहीं कर सकता । पहले ही उन्होंने 'तुम्हारे-हमारे भगीरथ प्रयत्नों' द्वारा दूरबीन की रचना के लिए अपने आपको श्रेय दिलवाया है ताकि गोपालस्वामी इस सहायता को अब न भूले। 'क्यू जम्पिंग' की यह अनकही सूचना थी। और फिर इस प्रयोग की कल्पना में 'उसे भी' सहयोगी बनाकर मानो नारायण को 'उपकृत' किया। वास्तव में समूची कल्पना नारायण की थी। आखिर, 'अपने' प्रयोग के प्रति अज्ञान को छिपाने के लिए नारायण की सहायता लेने का आह्वान ! इसीलिए तो गोपाल आज यहाँ आ धमका है !

हाँ, एक और बात। अपने परिवार की ओर से गोपालस्वामी और उसके परिवार को शुभकामनाएँ भेजकर शर्माजी ने पत्र को अनौपचारिकता के रंग से भर दिया था। गोपालस्वामी को ऐसा न लगे कि यह उसके दिल्ली के 'बॉस' का 'ऑर्डर' है।

''बड़ी मुस्तैदी से यह प्रपोजल लिखा है,'' गोपालस्वामी के शब्दों से बॉस के प्रति आदर ही नहीं, भक्ति-भावना टपक रही थी। यदि यही प्रपोजल जगताप के नाम से जाता तो गोपालस्वामी को उसमें काफी त्रुटियाँ दिखाई देतीं।

''और यह मेरे पहले वाले प्रपोजल में आसानी से समाविष्ट होगा,'' जगताप बोला। पर फिर कुछ चिन्ता जताते हुए बोला, ''लेकिन मेरा प्रपोजल क्यू में काफी पीछे है। क्या सचमुच क्यू में गैप मिल रही है ?''

''हाँ, कुछ ऐसा ही हुआ है। वास्तव में हमारे विजय सिन्हा की एक निरीक्षण परियोजना थी। पर अभी उसकी सभी पूर्व तैयारियाँ पूरी नहीं हो पाई हैं। इसलिए उसकी जगह तुम्हें घुसेड़ा जा सकता है। लेकिन...''

''लेकिन क्या ?'' चिन्ता के साथ जगताप ने पूछा। वह जानता था कि शर्माजी को खुश रखने के लिए बेचारे विजय सिन्हा को बलि का बकरा बनाया जा रहा है। पर उसे खुद गोपालस्वामी से भी एक कीमत वसूल क़रनी थी।

''यही कि यह प्रयोग शीघ्रातिशीघ्र करना है...क्या तुम हफ्ते भर में इसकी पूरी तैयारी कर सकोगे ?''

''एक हफ्ते में ? यू मस्ट बी जोकिंग, गोपाल ! मैं तो अभी छह महीने कुछ भी करनेवाला नहीं। इतना सूक्ष्मदर्शी प्रयोग ऐसी जल्दबाजी से कैसे सम्पन्न होगा ? और कुछ किया भी और वह असफल रहा तो वी.एल.ए. वाले हँसी उड़ाएँगे।''

''देखो, शर्माजी जैसे चुस्त व्यक्ति ने इतना लिखा है तो मुझे उनकी अपेक्षाएँ पूरी करनी ही होंगी...,'' गोपालस्वामी के स्वर में कुछ गिड़गिड़ाहट आने लगी थी।

शर्माजी और चुस्त ? जिनकी फाइल में परियोजनाएँ निर्णय के लिए हफ्तों-महीनों पड़ी रहती हैं, उनके लिए 'चुस्त व्यक्ति' का विशेषण बड़ा ही अजीब था। लेकिन 'जहाँ अधिकार वहाँ चापलूसी' यह तो संसार की ही एक कार्यप्रणाली थी। पर उसे अलग रख जगताप ने अपने स्वयं के 'पाउंड ऑफ फ्लैशं' की प्रस्तावना की।

''अगर तुम्हें वास्तव में युद्ध-स्तर पर कुछ कर दिखाना है तो सभी नियम,

स्वाभिमान अलग रखकर अगले कदम उठाने होंगे। मुझे कुछ खास तकनीकी विशारदों की मदद लेनी होगी...ऐसे विशारद जो इस संकुल को अच्छी तरह जानते हैं, परखते हैं। कुछ ऐसे वैज्ञानिक चाहिए जो मेरे इस प्रयोग में अधिकतम सफलता हासिल कर सकते हैं।''

''तुम नाम बोलो, मैं उन्हें इस प्रयोग के लिए आमन्त्रित करता हूँ,'' इत्मीनान से गोपालस्वामी बोला।

जगताप जानता था कि उसके अगले वाक्य बिल्कुल स्वाभाविक होने चाहिए जिससे गोपालस्वामी को तनिक भी सन्देह न हो। उसने कुछ विद्यार्थियों और जवान वैज्ञानिकों के नाम लिये और कहा :

''इनमें से कम से कम तीन नाम चुनो...''

''ठीक है, मैं इनमें तीन को इस प्रयोग में सहयोग के लिए कहता हूँ,'' गोपालस्वामी बोला। फिर कुछ सोचते हुए जगताप बोला, ''और तकनीक विशारद के रूप में एक ही नाम आगे आता है...जमशेद वाडिया का। संकुल से अधिकतम कार्यक्षमता वही हासिल कर सकता है।''

''हम्ऽऽम्,'' गोपालस्वामी पुटपुटाया और कुर्सी से उठकर कमरे में आगे-पीछे घूमने लगा।

''क्या कोई अड़चन है ?'' जगताप ने पूछा। वह वास्तविकता से भली-भाँति परिचित था, पर यहाँ अपना अज्ञान प्रकट करना ही उचित था।

''मेरी जानकारी के अनुसार जमशेद संकुल में नहीं है...लम्बी छुट्टी पर गया है।'' गोपालस्वामी बोला। वाह पट्ठे ! तुम्हीं से तो लड़कर वह इस्तीफा देकर निकला है ना ? मन ही मन यह सवाल कर जगताप बोला, ''तो फिर वो जहाँ कहीं हो वहाँ से उसे वापस बुलाओ। शायद अभी इसी शहर में हो। अर्जुन के सिवाय चक्रव्यूह जाननेवाला कोई नहीं था...उसी तरह तुम्हारे संकुल को पूरी तरह समझनेवाला वाडिया ही है।''

''पर दूसरे तकनीक विशारदों से काम नहीं बनेगा ?'' गोपालस्वामी ने दो नाम मिसाल के तौर पर लिये।

जगताप हँसकर बोला, ''कम् ऑन् गोपाल ! तुम्हारे जैसे कुशल निरीक्षक को यह समझाने की जरूरत ही नहीं कि जहाँ शर्माजी के प्रयोग के लिए अधिकतम कार्यक्षमतावाली दूरबीन चाहिए वहाँ वैसी कार्यक्षमता वाला व्यक्ति भी अत्यावश्यक बन जाता है। हमें वी.एल.ए. को मात देनी हो तो उस उद्देश्य तक पहुँचाने वाली सभी हरकतें करनी होंगी। क्या तुम यह स्वीकार करोगे कि अगर हम इस प्रयोग में असफल रहे तो नाम जाएगा शर्माजी का !''

बड़ी कुशलता से जगताप ने शर्मा का नाम लिया था। वह जानता था कि असफल प्रयोग का ठीकड़ा शर्माजी गोपालस्वामी के ही मत्थे फोड़ेंगे। गोपालस्वामी सोच-विचार में डूबा आगे-पीछे घूम रहा था। आखिर किसी नतीजे पर पहुँचकर वह बोला :

''नारायण ! यहाँ एक पेचीदा सवाल है...शायद तुम उसे सुलझा सको।''

"पेचीदा सवाल ? वह कैसा ?" अज्ञानता का नाटक करते हुए नारायण बोला।

"तुम्हें मालूम नहीं होगा, पर अभी हाल ही में एक साधारण मामले को लेकर जमशेद से मेरी तीखी बहस हो गई थी। वह एक सनकी व्यक्ति है, मामूली बातों पर भी गर्म हो जाता है। ऐसे सनकियों का मिजाज सँभालते-सँभालते मेरी नाक में दम हो जाता है...यह एक निदेशक की व्यथा है," गोपालस्वामी का यह वक्तव्य सुनकर जगताप ने मन ही मन टिप्पणी की...'पॉट कॉलिंग द केटल ब्लॅक'।

"और एक दिन पट्ठा इस्तीफा देकर चल दिया," गोपालस्वामी बोला।

"पर यह हुआ कब ?" अचरज जताते हुए जगताप ने पूछा।

"हो चुके चार दिन। पर जो हुआ सो हुआ। अगर तुम उसे वापस लाना चाहते हो तो मुझे कोई एतराज नहीं। पर बेहतर होगा कि तुम ही उसे समझा-बुझाकर ले आओ," गोपालस्वामी ने आखिर हरी झंडी दिखाई।

"पर तुम्हारे उसके आपसी विवाद की जानकारी न रहते मैं उसे कैसे मना सकूँगा ?"

जगताप यह जानने को उत्सुक था कि क्या गोपालस्वामी उस झगड़े के पीछे छिपे गोपनीय रहस्य को खोलेगा ? पर गोपालस्वामी गोपनीयता बनाए रखना चाहता था... क्योंकि वह बोला, "महज यही ठीक रहेगा कि तुम विवाद के कारण से अनभिज्ञ रहो जिससे तुम पर पक्षपात का आरोप न हो। हाँ, मेरी ओर से इतना अवश्य कह सकते हो कि मैं उसकी कद्र करता हूँ, और इस झगड़े के लिए खेद व्यक्त करता हूँ।...और यदि मेरे कुछ वाक्यों ने उसे चोट पहुँचाई हो तो उनके लिए माफी भी माँगता हूँ।... पर यदि उसे यह भी समझा सको तो अच्छा...कि उसके वाक्ताड़न से मैं भी आहत हूँ। यह मामला एकतरफा नहीं है।"

"ठीक है, गोपाल ! मैं उसे मना लूँगा। आखिर उसे यह संकुल इतना प्यारा है कि बेचारा काफी बेचैनी महसूस कर रहा होगा, उससे दूर होने पर। यदि मैं शर्मा का नाम लूँ और राष्ट्रीय प्रतिष्ठा का मामला उठाऊँ तो मेरे खयाल से वह अवश्य लौटेगा।"

और, उसकी अपेक्षा के अनुसार जमशेद लौटने पर राजी हो गया, "मैं उस सनकी बाबा के कहने से नहीं लौटा, नारायण...केवल तुम्हारे मनाने पर आ रहा हूँ। और राष्ट्र की प्रतिष्ठा का भी सवाल है। साले वी.एल.ए. वालों को दिखा देंगे कि हमारी तकनीक कहाँ तक पहुँची है," वह बोला। गोपालस्वामी के सन्देश से वह निहायत खुश था और जगताप के कहने पर उसने भी वैसा ही एक सन्देश गोपालस्वामी के नाम भेजा और इस तरह दो सनकियों के बीच की उलझन सुलझाने में जगताप सफल रहा।

"पर जमशेद ! एक बात मैं स्पष्ट करना चाहूँगा," डी-14 तश्तरी के सामने दोनों खड़े थे तब जगताप बोला, "शर्माजी की परियोजना तो केवल ऊपरी मुलम्मा है...मैंने उसका उपयोग किया इस संकुल के राज को खोलने के लिए। इसी डी-14 के विचित्र

व्यवहार का।''

''यह तो मैं भी जानना चाहूँगा। यह साली डिश ऐसा क्यों करती है ?'' जमशेद बोला।

''और जमशेद, मुझे ऐसा अंदेशा है कि यह राज बहुत ही गहरा है...इतना गहरा...,'' जगताप सोच-विचार में डूब गया।

''बोलो, चुप क्यों हो गए ?''

''हाँ, इतना गहरा कि इस पृथ्वी पर के मानवी इतिहास का वह एक महत्त्वपूर्ण चरण साबित होगा,'' जगताप आकाश की ओर ताकते हुए बोला।

जमशेद अचरज और अविश्वास से उसकी ओर ताकता रहा।

परमिन्दर उर्फ बलविन्दर

जगताप ने दिल्ली का एक टेलीफोन नम्बर घुमाया। सबेरे के साढ़े ग्यारह बजे थे। नियमानुसार दिल्ली के सरकारी दफ्तर सुबह नौ से शाम साढ़े पाँच तक खुले रहने चाहिए, पर वास्तविकता कुछ और है। सुबह दस के पहले किसी भी कार्यालय में चहल-पहल नहीं रहती...और साढ़े बारह तक तो दोपहर के भोजन का माहौल चलने लगता है। इसीलिए साढ़े ग्यारह का समय जगताप ने चुना था।

''हैलो, मैं चिटणीस बोल रहा हूँ,'' चिटणीस साहब की आवाज सुनकर जगताप गड़बड़ाया। स्वयं को सँभालते हुए बोला, ''सॉरी, मिस्टर चिटणीस ! मैं नारायण जगताप बोल रहा हूँ। मैंने अनुमान लगाया था कि आप नहीं, आपके पी.ए. फोन उठाएँगे।''

''कोई बात नहीं ! यह नम्बर मेरी अनलिस्टेड हॉटलाइन का है, जिसकी घंटी केवल मेरी मेज पर ही बजती है। बोलिए जगतापजी, मैं क्या सेवा कर सकता हूँ ?''

''आपने कहा था, वह समय अब आ गया लगता है, चिटणीसजी। निश्चयपूर्वक तो नहीं पर कुछ अन्तःप्रेरणा से कह रहा हूँ कि वाइरस के उद्गम का राज अब मुझे मिलने को है। पर आगे बढ़ने के लिए मुझे एक ऐसे सॉफ्टवेयर विशारद की जरूरत है जो सांकेतिक भाषाओं के बारे में भी बहुत कुछ जानता हो। आपने कहा था कि ऐसा एक व्यक्ति आपकी गुप्तचर सेवा में है,'' चिटणीस साहब से हुए पिछले वार्तालाप को याद करते हुए जगताप बोला।

कुछ देर सन्नाटा रहा। फिर चिटणीस बोले, ''है तो सही ! मैं भेजता हूँ, उसे आपके पास; पर यह कोई जान न पाए कि वह हमारा आदमी है। वह है नौजवान...कम्प्यूटर साइंस का छात्र होकर आपके पास जाएगा। पटियाला के पंजाबी विश्वविद्यालय का। बड़ा होशियार है....'ता' से ताक-भात (मट्ठा-चावल) समझ जाता है,'' एक मराठी कहावत का इस्तेमाल करते हुए चिटणीस बोले, ''हम उसे बलविन्दर कहेंगे।''

''जी, तो बलविन्दर कब आएगा हमारे यहाँ ?''

''मैं फैक्स पर इत्तिला कर दूँगा...हाँ उस पर सांकेतिक भाषा में सन्देश होगा जो इस सन्दर्भ से आप समझ पाएँगे...अच्छा जी...गुड लक !''

''धन्यवाद !'' जगताप ने फोन बन्द करते हुए सोचा कि ऐसे कार्यदक्ष अधिकारियों की बदौलत ही तो दिल्ली का शासन चल पाता है। दो घंटे में मन्त्रिमंडल सचिवालय से एक प्राइवेट फैक्स आया :

प्रिय प्रोफेसर जगताप !

मेरी विनती पर आप हमारे परिचय के बलविन्दर सिंह नामक होनहार छात्र को शिक्षा के लिए अपने संस्थान में लेने को राजी हो गए, इसके लिए धन्यवाद।

बलविन्दर एक गरीब परिवार में पला मेहनती एवं प्रतिभावान विद्यार्थी रहा है। आपके संस्थान में सीखने का यह मौका उसके भविष्य के लिए बेशक लाभदायी सिद्ध होगा।

कुछ पारिवारिक जिम्मेदारियों को निभाने वह अपने गाँव गया है। पर मेरा सन्देश उसे मिल चुका है और वह शीघ्रातिशीघ्र तीन दिनों में आपके पास हाजिर होगा।

पंजाबी यूनिवर्सिटी, पटियाला में उसकी पीएच.डी. की थीसिस जाँच के लिए भेजी गई है। जाँच पूरी होने तक लगभग दो महीने लग जाएँगे। उस अवधि में कृपया बलविन्दर को अपने संस्थान में शिक्षा के लिए स्वीकार करें तो आभारी हूँगा।

भवदीय

अशोक चिटणीस

काश, सभी ब्यूरोक्रेट ऐसे तुरत कदम उठाने वाले होते...तो फिर लालफीताशाही का अस्तित्व ही न रहता। यही सोचते हुए जगताप ने बलविन्दर के संस्थान में स्वागत का आश्वासन देनेवाला फैक्स चिटणीसजी को भेजा।

और, निर्धारित दिन एक युवा सरदार, छोटा सूटकेस और कन्धे पर रुकसैक और लम्बी रेल-यात्रा के फलस्वरूप धूल-धूसरित हो गए कपड़ों में स्कूटर रिक्शा से संस्थान के दरवाजे पर उतरा। रिक्शावाले से भाड़े को लेकर झंझट के पश्चात् उसने सिक्योरिटी गार्ड के पास आकर कहा, "मुझे डाइरेक्टर साहब से मिलना है।" जेब से एक फैक्स निकालकर उसने गार्ड को थमाया।

गार्ड ने फैक्स पढ़कर उसे रिसेप्शन पर भेज दिया। रिसेप्शनिस्ट को पूर्व-सूचना रही होगी क्योंकि उसने फोन पर जगताप को कहा, "सर ! एक छात्र, बलविन्दर सिंह आपसे मिलने आया है।"

"तुरत भेज दो यहाँ," जगताप ने कहा और उत्सुकता से इन्तजार करने लगा।

यदि वह जेम्स बॉण्ड का भारतीय संस्करण देखना चाहता था तो इस सीधे-सादे, दुबले-पतले...ऐसे कपड़े पहने युवक को देख निराश ही होता। परमिन्दर (बलविन्दर नामधारी युवक वही था) को देख उसके शत्रुओं का भी यही मत बनता था, जिसके लिए आगे उन्हें पछताना पड़ता।

"बैठो बलविन्दर ! यहाँ से आवाज बाहर नहीं जाएगी, पर मैं तुम्हें इसी नाम से पुकारूँगा," उससे स्वागत का हाथ मिलाते हुए जगताप ने कहा।

"जी, वही ठीक रहेगा," बिल्कुल सफाई से अंग्रेजी बोलते हुए बलविन्दर ने कहा,

''मैं भी इसी रूप में इसके अनुरूप ही बोलचाल रखूँगा,'' फिर पंजाबी-अंग्रेजी उच्चारणों के साथ उसने आगे कहा, ''आप जिस खोज में लगे हैं, उस क्षेत्र में दूसरी दिशा से मैं भी पहले कार्यरत था। इसलिए वाइरस के उद्गम की जानकारी के बारे में मैं भी जिज्ञासु हूँ।''

जिस तरह से उसने बड़ी सहजता से अपनी भाषा एवं उच्चारण बदले उससे जगताप बड़ा प्रभावित हुआ। उसके सामने बैठी हस्ती सामान्य नहीं है, यह उसने भली-भाँति जान लिया।

''पर अब अपना अनुमान तुम्हें बताता हूँ—जो मैंने किसी से अभी तक नहीं कहा। क्योंकि मेरी कल्पना इतनी अजीबोगरीब है कि लोग समझेंगे कि मैं वास्तविकता के बजाय विज्ञान-गल्प रच रहा हूँ। पर आशा है, तुम मेरे सुबूतों को परखकर इसे अधिक सहानुभूति से देख सकोगे।''

और फिर जगताप ने बलविन्दर को अपना अनुमान बताना शुरू किया। आरम्भ में सरदारजी की मुद्रा तटस्थ थी। पर धीरे-धीरे उसमें परिवर्तन होता गया—वहाँ चौकन्नापन, विस्मय और अविश्वास की छटाएँ एक के बाद एक आने लगीं। जब जगताप की दास्तान समाप्त हुई तो वह अपनी कुर्सी से उठा और स्वयं को चपत मारने और च्यूँटियाँ काटने लगा।

''क्या बात है, भाई ?'' जगताप को लगा कि सरदारजी पर किसी भूत ने तो कब्जा नहीं कर लिया ?

''कुछ नहीं सर ! मैं पूरे होश में हूँ...केवल यह जाँच रहा था कि मैं सपना तो नहीं देख रहा ?''

तत्पश्चात् जगताप, जमशेद और बलविन्दर तीनों ने मिलकर सभी सुबूतों की जाँच प्रारम्भ की। उन्हें पहले जगताप का महाकाय दूरबीन पर आयोजित प्रयोग पूरा करना था। फिर शर्माजी का पिगीबैकवाला छोटा सा प्रयोग करना था। जैसे-जैसे ये प्रयोग पूरे होते गए जगताप ने एक और प्रयोग की तैयारियाँ चालू कर दीं। यह नियोजित और स्वीकृत प्रयोग नहीं था—बल्कि एक गुप्त प्रयोग था जिसकी जानकारी जगताप ने केवल जमशेद को ही दी थी।

और, फिर वह दिन निकट आने लगा जब जगताप के अनुमान से कुछ खास घटना होने वाली थी। यदि उसका अनुमान सच निकला तो ये घटना होगी। अन्यथा...उसे अपनी इस नाटकीय कल्पना को भूल जाना होगा और वाइरस के उद्गम की खोज फिर शुरू करनी होगी। वह इस पर्याय से डरता था...और उससे कहीं अधिक उस सम्भावना से जब जमशेद और बलविन्दर उसकी खिल्ली उड़ाएँगे कि उसका दिमाग साइंस में नहीं बल्कि साइंस फिक्शन में काम करता है।

फिर वह दिन आया...

और सुबह दस बजे दोनों दौड़ते-भागते आए उसके दफ्तर में, कहते हुए कि 'वह' घटना घटी !

"मान लिया भई ! मान लिया," जगताप के हाथ पर ताली मारते हुए बलविन्दर बोला।

"आ घाटी छोकरो घणो होशियार निकलो !" जमशेद ने अपने शब्दों में दाद दी।

"पर जमशेद, बलविन्दर ! यह तो शुरुआती बात है। अब तो हमें अगले कदम उठाने होंगे," जगताप के चेहरे पर अपने अनुमान के सही निकलने पर सन्तोष तो था पर आगे की सम्भावनाओं के प्रति चिन्ता भी झलक रही थी।

फिर अगला महीना बहुत ही व्यस्त रहा, क्योंकि जगताप को एक ही समय तीन परियोजनाओं का नेतृत्व करना था। उसने अपने काम को विभिन्न सहयोगियों में बाँटा। उसकी जिस परियोजना को महाकाय दूरबीन के 'क्यू' में प्राथमिकता मिली थी, उसे उसने अपने 'पोस्टडैक' सहयोगियों को सौंपा। शर्माजी के प्रयोग के लिए उसने गोपालस्वामी द्वारा भेजे गए वैज्ञानिकों को चुना। वह स्वयं अधिक समय दे रहा था अपने तीसरे 'गुप्त' प्रयोग को जिसकी जाँच-पड़ताल अब बलविन्दर कर रहा था और जिस जाँच के नतीजे का इन्तजार जगताप बेसब्री से कर रहा था।

आखिर बलविन्दर ने उसे अपनी रिपोर्ट दी। उसकी कार्य-प्रणाली तथा गणितीय विश्लेषण की जाँच कर जगताप ने उसकी पीठ थपथपाई और चिटणीस साहब के निजी फोन पर बातें कीं। उनके लाइन पर आते ही वह बोला, "चिटणीस साहब...फतह हासिल !"

"वाह भाई, बधाई ! तो बता सकोगे इस वाइरस की बला को फैलाने वाले शैतान कौन हैं ?"

"जी, बता तो सकता हूँ पर जो व्यक्ति इस शैतानी के पीछे हैं, उनका जिक्र फोन पर नहीं करना चाहता। क्या आप ही यहाँ आ सकते हैं ? मैं इस दास्तान को—जो इतनी विस्मयकारक है कि आप उस पर विश्वास नहीं कर पाएँगे—ऐसी दास्तान को सुबूत के साथ आपके सामने पेश करना चाहूँगा। पर सुबूत यहाँ मिलेंगे—वे दिल्ली नहीं लाए जा सकते।...क्या आप यहाँ आ सकते हैं ?"

"जरा ठहरो, मैं अपनी डायरी देखकर बताता हूँ कि मैं कब आ पाऊँगा।" कुछ देर सन्नाटा रहा। तदुपरान्त चिटणीस बोले, "मैं अपनी दो मीटिंगें परसों पर टालकर आज शाम को आ सकता हूँ। पर मुझे कल शाम दिल्ली लौटना होगा। क्या एक दिन काफी है ?"

"हाँ ! पहले दर्शन के लिए पर्याप्त है। पर हमें अगले कदमों के बारे में भी सोचना होगा।"

"ठीक है...तो आज शाम को मिलेंगे।"

चिटणीसजी के आने की सम्भावना—नहीं वास्तविकता—को अब गोपालस्वामी से छिपाना असम्भव था। कैबिनेट सेक्रेटरी जैसा बड़ा अधिकारी संकुल में आ रहा है, यह जानकर गोपालस्वामी अवश्य कारण जानना चाहेगा। और, अब जिस हद तक यह मामला पहुँच चुका था उसे देखते हुए और उसका निकट भविष्य सामने रखते हुए गोपालस्वामी जैसे अनुभवी वैज्ञानिक से सलाह-मशविरा लाभदायी सिद्ध होगा। पर उसकी प्रतिक्रिया क्या होगी ?

''यहाँ उसे गोपालस्वामी के स्वभाव का एक अनूठा नमूना देखने को मिला।

पहले तो वह नाराज हुआ, इस बात पर कि उसके संकुल का उपयोग उसे अँधेरे में रखकर एक अनधिकृत प्रयोग के लिए किया गया। पर स्थिति की गम्भीरता देखकर वह शान्त हो गया।

इतना ही नहीं, जगताप की पूरी कहानी उसने शान्ति से सुनी। जगताप को लगा कि उसके जीवन में पहली बार ऐसा हुआ है कि महज दो घंटे वह बोलता रहा और उसे टोके बिना गोपालस्वामी शान्ति से सब सुनता रहा।

...क्योंकि जगताप उसे जो घटनाचक्र बयान कर रहा था, वह मानव इतिहास में अभूतपूर्व था।

वी.एल.ए.

अमेरिका की नेशनल रेडियो एस्ट्रोनोमी ऑब्जर्वेटरी उस देश की सभी राष्ट्रीय रेडियो वेधशालाओं पर नियन्त्रण रखती है। ये वेधशालाएँ अधिकांश तौर पर वेस्ट वर्जीनिया और न्यू मैक्सिको राज्यों में हैं। न्यू मैक्सिको के सोकोरो शहर से गुजरने वाले हाइवे 60 पर करीब एक घंटा कार से पश्चिम दिशा में जाने पर वी. एल. ए. (वेरी लार्ज अरे) संकुल दिखाई देता है। महाकाय दूरबीन से पहले वी.एल.ए. विश्व की सबसे विशाल दूरबीन मानी जाती थी।

हाइवे 60 पर ट्रैफिक सामान्य तौर पर हल्का ही रहता है। ऐसे शान्त एवं सीधी दिशा में जाने वाले रास्ते पर ट्रैफिक के अभाव में, कार चलाने वाले को यह भ्रान्ति हो जाती है कि यहाँ तेज गाड़ी चलाने में कोई कठिनाई नहीं है। कठिनाई तो है पर वह जमीन पर नहीं, आसमान में है ! पुलिस के हेलिकॉप्टर या छोटे विमान ऊपर से ट्रैफिक का निरीक्षण करते रहते हैं। 65 मील प्रति घंटा की नियोजित गति-सीमा का उल्लंघन साधारणतया 70-75 मील प्रति घंटा से अधिक बर्दाश्त नहीं किया जाता। यदि कोई कार-चालक अपनी गाड़ी की क्षमता को परखने या उसकी शान दिखाने अधिक तेज जाता है तो हाइवे पुलिस अपनी जिम्मेदारी निभाती है।

फिर भी, शायद 'ऊपर वाला' देख न रहा हो, ऐसा अनुमान लगाकर कुछ उत्साही कार-चालक 90-100 मील प्रति घंटा तक अपनी गाड़ी दौड़ाने से बाज नहीं आते। खासकर सोकोरो में रहने वाले वी.एल.ए. पर काम करने वाले वैज्ञानिक और तकनीक विशारद, जो कुछ हद तक यह जानते हैं कि ऊपरी निरीक्षण कब होता है। एड विटकंब ऐसे ही कम्प्यूटर-विशेषज्ञों में से एक था। उसके पास तेज चलने वाली एक स्पोर्ट्स कार थी। आखिरी घंटे में डेढ़ सौ मील जा पाने वाली गाड़ी रखने का फायदा ही क्या अगर उसे धीरे ही चलाना पड़े।

आज वह गति-सीमा या ऊपरी निरीक्षण की परवाह न करते हुए जा रहा था। और उसकी खास वजह थी। आज सबेरे पहली दफा (...उसके 15 वर्षों के अनुभव में ऐसा कभी नहीं हुआ था...) निदेशक महोदय का फोन आया था, "यह एस. ओ. एस. है...जहाँ हो, जैसे हो, यहाँ चले आओ," उनकी आवाज से भी उनकी उत्तेजना वह समझ गया था।

हाइवे पर से वेधशाला के द्वार की ओर जाने वाला रास्ता पकड़कर कार की चाल

धीमी करते हुए वह कार-पार्क में घुसा। आसपास सन्नाटा था। वेध के लिए आए निरीक्षक और कुछ इने-गिने मेंटेनेंस स्टाफ के अलावा उस बीरान जगह में और कौन क्यों जाता ? तकनीकी मरम्मत का प्रमुख होने के नाते एड की ड्यूटी चौबीसों घंटे रहती। कभी भी कुछ गड़बड़ी हो जाए तो उसे ठीक करने की जिम्मेदारी उसकी। सेलुलर फोन पर उसे कहीं से भी बुलाया जा सकता था।

अब ऐसे इमर्जेंसी कॉल बहुत कम आते थे। जब वी. एल. ए. की स्थापना हुई तब संकुल के अच्छी तरह से जमकर काम करने में दो-तीन साल लगे थे। तब ऐसे बुलावे काफी आते थे। लेकिन पिछले पाँच-दस साल से संकुल इतनी सुगमता से चल रहा था कि उसकी कुशलता को चुनौती देने वाली कोई कठिनाई नहीं आई थी। अब एड उकता कर किसी दूसरी जगह अधिक चुनौती-भरी नौकरी की तलाश करने की तैयारियाँ कर रहा था।

और फिर आज निदेशक का त्राहिमाम् सन्देश ! निदेशक महोदय एन.आर.ए.ओ. के हेडक्वार्टर शार्लोट्सव्हिल में रहते थे और वहीं से अपना काम चलाते थे। वे सोकोरो बहुत कम आते थे और वह भी किसी निरीक्षण का काम हो तभी। पर आज एड के वहाँ पहुँचते-पहुँचते वे खुद सीढ़ियों से उतर आए और उससे मिले। उन्हें देखते ही एड के मन की एक हल्की आशंका अब दूर हो गई...उसे लग रहा था कि सवेरे-सवेरे जो फोन आया था वह उसे एप्रिल फूल की तरह बुद्धू बनाने की कोई तरकीब तो नहीं थी ?

''हाय रॉजर !'' निदेशक को सलाम करके एड बोला, ''क्या माजरा है भाई ?''

ये निदेशक महोदय सूट टाई में नहीं थे बल्कि टी-शर्ट और जीन्स अधिक पसन्द करते थे और उनका समस्त कर्मचारी वर्ग उन्हें 'सर' या डॉक्टर माइले आदि नाम से सम्बोधित नहीं करता था...सभी उन्हें उनके पहले नाम 'रॉजर' से पुकारते थे। उनके जैसा मिलनसार व्यक्ति मिलना कठिन था। वे हाथ मिलाते हुए बोले, ''मॉर्निंग एड ! मुझे खेद है तुम्हें अचानक बुलाना पड़ा।''

एड जानता था कि रॉजर माइले औपचारिक स्तर पर नहीं, दिल से बात करते हैं। अन्यथा निदेशक का यह हक बनता था कि उस जैसे इमर्जेंसी पर काम करने वाले कर्मचारी को कभी भी ड्यूटी पर बुलाए। वह बोला, ''नो प्रॉब्लेम ! पर आपका प्रॉब्लेम क्या है ?''

उसके कथन का विरोधाभास सुनकर निदेशक हँसे और बोले, ''यह आज भारत से इलेक्ट्रॉनिक मेल आया है, इसलिए मैं अभी-अभी यहाँ आ पहुँचा हूँ।''

ई-मेल का प्रिंट-आउट इस प्रकार था :

प्रिय रॉजर,

कृपया वी.एल.ए. जाकर अपनी सब डिश अच्छी तरह से जाँचें...क्या वे नियम के अनुसार काम कर रही हैं ? यदि कोई एक डिश किसी उलटी दिशा में देख रही हो तो मुझे बताएँ। अपने पहले वाले रिकॉर्ड भी देखें...क्या पहले कभी ऐसा हुआ था ? और

यह भी बताएँ कि विचलन वाली डिश किस दिशा में देख रही है। मुझे 95 प्रतिशत यकीन है कि आज या कल ऐसा कुछ होगा। यदि न हुआ तो उस 5 प्रतिशत सम्भाव्यता के लिए आपको जो कष्ट मैं दे रहा हूँ, उसके लिए क्षमाप्रार्थी हूँ।

—नारायण जगताप

"यह किसी पागल का भेजा सन्देश नहीं है, अन्यथा मैं इस तरह भागा-भागा क्यों आता ?" एड विटकंब के चेहरे पर के भावों को देख रॉजर माइले ने कहा, "नारायण जगताप को मैं अच्छी तरह जानता हूँ। वह एक जाना-माना वैज्ञानिक है जो मितभाषी है, पर मौके की बात कहता है।"

एड विटकंब कंट्रोल रूम की ओर झपटा। रॉजर माइले भी पीछे-पीछे आया। कम्प्यूटर और अनेक मॉनीटरों की वहाँ कतार थी। मुख्य मॉनीटर पर्दे पर कुछ बटन दबाकर एड ने सन्तोष का निश्वास छोड़ा। वह बोला, "देखो रॉजर...कम्प्यूटर की ही रिपोर्ट है, ऑल सिस्टम्स नॉर्मल ! चिन्ता की कोई बात नहीं।"

"तुम्हारी सभी डिशेज क्या ट्रैक कर रही हैं ?" निदेशक ने खिड़की से बाहर झाँकते हुए पूछा। वहाँ से कई तश्तरियाँ दिखाई दे रही थीं।

"क्योजार 3 सी-273," एड बोला।

"सभी डिशेज ?"

"हाँ...सभी 27 डिशेज, तीन भुजाओं पर प्रति भुजा 9 के हिसाब से। यह देखिए कम्प्यूटर स्क्रीन पर।"

निदेशक एक सूखी हँसी के साथ बोले, "कम्प्यूटर कुछ भी कहे, यदि मेरी आँखें मुझे धोखा नहीं दे रही हैं तो वह आठवीं डिश कहीं और ताक रही है।"

एड विटकंब ने खिड़की से बाहर देखा और हड़बड़ा गया। स्कूल की जाँच करने डिप्टी साहब आएँ और उनके सामने कोई छात्र अनुशासनहीनता करे तो कक्षा के शिक्षक का जो हाल हो वैसे ही। कभी-कभी वी. एल. ए. के इस्तेमाल में कुछ डिशेज एक दिशा में निरीक्षण करती हैं तो कुछ और भिन्न दिशा में। क्या यहाँ भी वैसा ही है जिसकी वजह से आठवीं डिश की दिशा भिन्न है ? उसने कम्प्यूटर पर कुछ बटन दबाकर निरीक्षण का ब्यौरा माँगा।

पर्दे पर का विवरण यह स्पष्ट बता रहा था कि सभी सत्ताईस तश्तरियों को निर्देश दिया गया था कि 3सी-273 स्रोत को ट्रैक करे। उस स्रोत से निकलने वाले जेट की जाँच करनी थी। ऐसी हालत में एक डिश का अन्य दिशा में मुड़ने का सवाल ही नहीं उठता था।

'चेक फॉर सिस्टम मालफंक्शन,' उसने कम्प्यूटर पर आज्ञा दी। कुछ ही देर में उत्तर आया :

'सिस्टम ओके।'

एड विटकंब ने निदेशक की ओर देखा। रॉजर माइले का चेहरा निर्विकार ही था।

वे बोले, "हरेक डिश की एक के बाद एक जाँच करो।" एड ने फिर कम्प्यूटर को सूचना दी, "चेक डिश बाय डिश कॉनफिगरेशन विथ डिसप्ले।" एक के बाद एक डिश की ज़ानकारी आने लगी।

पर्दे पर डिश की जानकारी के साथ-साथ उसका चित्र भी कोने में आता था। डिश नम्बर एक की दिशा थी :

राइट असेंशन 12^h 26^m 33.35^s

डेक्लिनेशन 02^b 19^m 42.0^s

रॉजर माइले ने एक क्वेसार सूची निकालकर चेक किया कि वास्तव में स्रोत 3सी-273 इसी दिशा में है। फिर एक के बाद एक डिश की जानकारी यही दिशा सूचित कर रही थी।

...और डिश नम्बर आठ ? रॉजर माइले स्क्रीन देख रहा था पर एड विटकंब को अन्देशा था, क्या जवाब आने वाला है :

राइट असेंशन 12^h 26^m 33.35^s

डेक्लिनेशन 02^b 19^m 42.0^s

यानी डिश आठ किसी दूसरी दिशा में मुड़ गई है इसकी जानकारी ही कम्प्यूटर महाशय को नहीं थी। एड के चेहरे पर पसीने के बिन्दु आने लगे।

"कुछ घोटाला है तो सही। अभी और जाँच करनी पड़ेगी। तब तक मैं मैनुअल ओवर राइड करके आठवीं डिश को घुमा दूँ, उसकी सही दिशा में ?" उसने पूछा।

"ठहरो एड !" निदेशक ने रोका और कहा, "पहले ये तो जान लें कि वह डिश किस दिशा में ताक रही है। याद है ? जगताप ने ई-मेल पर इस बारे में पूछा था।"

"ठीक है, रॉजर," अब एड के मन में उस अनुपस्थित जगताप के बारे में आदर-मिश्रित कौतूहल की भावना थी। उस पट्ठे को वहाँ हजारों मील दूर भारत में बैठे-बैठे आज की इस घटना की जानकारी कैसे मिली ?

...पर अब उसे पहले की कुछ बातें याद आने लगीं। पहले भी एक-दो दफे ऐसा हुआ था। उसके सहकारी पिंग चाऊ की रिपोर्टें उसने देखी थीं। एक डिश इसी तरह विद्रोह कर दूसरी ही दिशा में देख रही थी। कोई चार-पाँच घंटे ऐसे ही रहकर वह फिर अपने आप सही दिशा में वापस आई थी। उस समय एड ने रिपोर्ट पर कोई कार्यवाही नहीं की थी। पर वह विद्रोही डिश कौन सी थी ?...जैसे-जैसे उसकी याद अधिक स्पष्ट होती गई उसे इस बात का विश्वास हुआ कि वह यही आठवीं डिश थी।

उधर निदेशक नारायण जगताप का एक गुप्त ई-मेल सन्देश पढ़ रहे थे। पढ़कर उन्होंने अविश्वास से सिर हिलाया और स्वयं से बोले, "सही भी हो तो भी मैं इस बात पर विश्वास नहीं कर सकता।"

आठ वैज्ञानिक

"फ्लाइट नम्बर 5674 अब कूनाबर्ब्रान जाने के लिए तैयार है। यात्रियों से निवेदन है कि वे गेट नम्बर 3 से बोर्डिंग के लिए प्रस्थान करें।"

इस घोषणा को सुनकर कोई पाँच-छः यात्री गेट नम्बर तीन पर कतार लगाकर खड़े हुए।

"बस इतने ही यात्री ?" रॉजर माइले ने आश्चर्य से पूछा।

"यही तो मजे की बात है। जितना बड़ा फ्लाइट नम्बर उतना छोटा विमान...इसे जगताप का नियम कहते हैं," हँसते हुए जगताप बोला, "पर रॉजर इस प्रथा की शुरुआत तुम्हारे ही देश में हुई।"

जगताप सच कह रहा था। बड़े विमानपत्तनों को बड़े जेट विमानों से जोड़ने वाली विमान-यात्रा कम्पनियों ने उन विमानपत्तनों को छोटी जगहों से जोड़ने के लिए 'फीडर' कम्पनियाँ बनाईं जो छोटे विमानों से वहाँ के यात्रियों को लाती थीं। ऐसी कम्पनियों की 'एक्सप्रेस' विशेषण लगाकर भले ही खुशामद की गई हो पर उनका कार्यक्षेत्र सीमित था। चार अंकों के फ्लाइट नम्बर से जानेवाली ये उड़ानें 15-20 से अधिक यात्री नहीं ले जा पातीं। आस्ट्रेलिया में दूरियाँ लम्बी-चौड़ी और रिहाइशी बस्ती कम; इसलिए विमान सेवाएँ बड़ी सफल रही हैं और उन्हें छोटे विमान अधिक उपयोगी साबित हुए हैं।

सिडनी-कूनाबर्ब्रान फ्लाइट पर जाने वाले छह यात्रियों में से तीन वैज्ञानिक थे—रॉजर माइले, गोपालस्वामी और नारायण जगताप। एक अमेरिका से तो दो भारत से। गोपालस्वामी लेकिन कुछ अस्वाभाविक मूड में चुप्पी साधे था।

गेट पर एक स्टीवर्डेस उनके बोर्डिंग पासों की जाँच कर उन्हें एक छोटी बस के पास ले गई। एयरपोर्ट पर पार्क किए जम्बो जेट विमानों के सामने से गुजरती हुई यह मिनी बस उन्हें एक छोटे विमान के पास ले आई। उनके चेक किए सामान वहाँ तक पहुँच गए थे। 'नारायण विनायक जगताप' बड़े अक्षरों में लिखे लेबलवाली उसकी अपनी बैग देखकर नारायण आश्वस्त रहा। कम से कम इस विमान पर उसका सामान गुम नहीं होगा।

"नारायण, तुमने देखा ? अब तक हम किसी सिक्योरिटी चेक में से नहीं गुजरे !" कुछ चिन्ता से गोपालस्वामी बोला।

"हाँ, ऐसा मैंने पहले भी देखा था। मेरे खयाल से ये विमान इतने छोटे हैं और

इतनी कम दूरी एकदम में नाप पाते हैं कि इनका अपहरण करने से कुछ मिलनेवाला नहीं,'' नारायण बोला।

''और बम या ग्रेनेड से भी क्या होगा ? ज्यादा से ज्यादा आठ-दस लोग हताहत होंगे,'' हँसते हुए रॉजर बोला।

जो व्यक्ति उनका सामान विमान में रख रहा था उसी ने उन्हें विमान में बैठाकर बाहर से दरवाजे बन्द किए और पाइलट के स्थान पर बैठ गया। फिर विमान के प्रॉपेलर चालू हुए और शीघ्र ही विमान आकाश की ओर लपका...विशाल जेट विमानों के लिए बने लम्बे-चौड़े रनवे पर, इस विमान का दौड़ना जगताप को हास्यास्पद-सा लगा।

उस दिन हवा शान्त थी और मौसम सुहावना था। इसलिए यात्रीगण विमान की उड़ान का पूरा-पूरा आनंद उठा सके। सुनहले सूर्य-प्रकाश में सिडनी हार्बर, सिडनी पुल और ऑपेराहाउस बहुत सुन्दर लग रहे थे। कुछ ही देर में शहरी सीमा समाप्त हो गई और वीरान क्षेत्र दिखाई देने लगा। कोई पौने दो घंटों के बाद विमान कूनाबर्ब्रान के छोटे से हवाई अड्डे पर रुका।

गोपालस्वामी अभी भी शान्त बैठा था। उसे शायद किसी चिन्ता ने पकड़ा हुआ था।

कोई दो हफ्ते पहले उसे रॉजर माइले का अर्जेंट सन्देश आया था। उसे महाकाय दूरबीन के संकुल को भेंट देकर उसरो और जगताप से कुछ चर्चा करनी थी। चर्चा का विषय शायद उसे अजीब लगा होता—विद्रोही एंटेना को कैसे काबू में लाना चाहिए ?

पर अब उसे वह विश्रय अजीब नहीं लग रहा था, बल्कि उसे कुछ खुला-खुला सा लग रहा था। जब जगताप ने उसके निरीक्षणों के द्वारा डी-14 डिश के अजीब व्यवहार से उसको अवगत कराया था तब जगताप द्वारा बताए गए कारण इतने विचित्र थे कि गोपालस्वामी को वे नहीं जँचे। उसके मन में सन्देह था कि इतनी अजीब घटनाएँ डी-14 पर असर डाल सकती हैं।

पर जब रॉजर माइले ने वी.एल.ए. की आठवीं डिश के विचलन वाले व्यवहार के बारे में बताया तब उसे लगा कि हो सकता है कि जगताप की अजीब कल्पना सत्य से जुड़ी हो। उसे इस बात पर भी अफसोस महसूस हुआ कि एड विटकंब जैसे अनुभवी तकनीकी-विशारद ने भी पहले ऐसे व्यवहार पर पर्दा डालने की कोशिश की थी। ठीक उसी तरह जैसे खुद उसने डी-14 के घोटाले को छिपाना चाहा था। जैसे किसी बड़े रोग से ग्रस्त व्यक्ति को किसी वैसे ही रोग से ग्रस्त रोगी से चर्चा करने पर कुछ राहत मिलती है, वैसे ही गोपालस्वामी को रॉजर माइले से बातें करने पर कुछ शान्ति मिली थी। जहाँ वी.एल.ए. जैसी अनेक वर्षों का अनुभव रखनेवाली वेधशाला को ऐसे संकट का सामना करना पड़ा, वहाँ उसके नए संकुल को भी वही अनुभव हो, इसमें कोई आश्चर्य नहीं।

रॉजर माइले को भी जगताप की कल्पना अतिरंजित लगी थी। उसने कहा था, "नारायण, हम यहाँ विज्ञान की चर्चा कर रहे हैं—विज्ञान-गल्प की नहीं," पर जब उसने जगताप के सुबूत देखे, वी.एल.ए. के बारे में उसकी भविष्यवाणी याद की और बलविन्दर की सॉफ्टवेयर द्वारा जाँच का ब्यौरा पढ़ा तब उसका भी मत-परिवर्तन हुआ। आखिर जगताप के इस सवाल का उनके पास कोई जवाब नहीं था :

"वी.एल.ए. और महाकाय दूरबीन के संकुल, दोनों में बढ़िया कम्प्यूटरों के होते हुए भी एक डिश कम्प्यूटर की सूचना न मानकर एक खास दिशा में ताकती है और यह दिशा दोनों वेधशालाओं में एक ही रही और यह घटना भी दोनों जगह एक ही समय घटी, इसका आपके पास कोई दूसरा कारण है क्या ?"

इसीलिए अब वे तीनों माथापच्ची करने आस्ट्रेलिया जा पहुँचे थे, बी.बी. की वेधशाला ए.ए.ओ. में। और गोपालस्वामी, जो छोटे विमानों से यात्रा करने से घबराता था, उनके साथ था।

विमान थोड़ा सा हिला और गोपालस्वामी ने अपनी कुर्सी पर हाथों की पकड़ टाइट कर दी। बड़े जेट विमान में भी उसे क्लॉस्ट्रोफोबिया तंग करता था; यहाँ तो स्थिति और भी विकट थी। उसने नया इरादा बनाया। कूनाबर्ब्रान से लौटते समय वह बस या कार से आएगा। भले ही समय अधिक लगे।

जगताप उसकी बगल में आइल के उस पार बैठा था। (विमान में हर कतार में दो ही सीटें थीं।) उसने सोचा कि गोपालस्वामी के साथ कुछ मजाक करने से उसका टेंशन शायद कम हो। वह बोला, "गोपाल ! पिछली दफा ऐसे ही एक विमान में मुझे एक अजीब अनुभव हुआ था।"

"क्यों ? क्या हुआ ?"

"जब विमान उड़ान भरने के लिए रनवे पर दौड़ रहा था तब पिछला दरवाजा एकाएक खुल गया।"

"बाप रे ! तो फिर क्या हुआ ?"

"दरवाजे के पास बैठा यात्री चिल्लाया। और यात्रियों ने पाइलट को जानकारी दी। उसने कहा, 'चिन्ता मत करो...अभी ठीक कर देता हूँ।' फिर उसने विमान रनवे पर ही रोका। नीचे कूदकर उतरा और बाहर से दरवाजा ढकेलकर बन्द कर दिया। फिर लौटकर विमान चालू कर दिया।"

गोपालस्वामी हँसा पर मन ही मन उसने अपने उस विचार को और भी पक्का कर लिया कि वह बस या कार से ही लौटेगा। इतने में विमान फिर हिला और नीचे उतरने लगा। नीचे आने में कोई ज्यादा समय भी नहीं लगा और विमान एक लकड़ी की शेड के सामने जा रुका ! यही था वह मशहूर कूनाबर्ब्रान हवाई अड्डा !

"जेंटलमैन !" पाइलट बोला, क्योंकि विमान में सभी पुरुष थे, "वेलकम टू

कूनाबर्ब्रान ! होप यू एंजॉयेड द ट्रिप...फ्लाय विथ अस अगेन।"

"बिल्कुल नहीं," गोपालस्वामी मन ही मन बोला। जगताप ने देखा...बाहर एक टैक्सी खड़ी थी और साथ में था बी.बी, ए.ए.ओ. का निदेशक।

कूनाबर्ब्रान हवाई अड्डे से ए.ए.ओ. करीब पौन घंटे की ड्राइव पर है। बी.बी. टैक्सी में आगे बैठा था पर पिछली सीट पर बैठे तीनों से उसकी गपशप लगातार चल रही थी।

"आज जैसे नीरभ्र आकाश में और शान्त मौसम में ये यात्रा बड़ी सुखकर है। पर बरसात में ? कुछ मत पूछो। मैंने कई दफे बरसात में बादलों के बीच धक्के खाते हुए—जब आजू-बाजू कुछ दिखाई नहीं देता—यह यात्रा की है। पाइलट के पास रेडियो, रेडार जैसे उपकरण तो हैं, फिर भी वह कैसे एयरपोर्ट ढूँढ़ निकालता है, यह मेरे लिए एक महान आश्चर्य है," बी.बी. बोला।

"पर कभी विमान गिरने की दुर्घटना हुई है ?" गोपालस्वामी ने पूछा। बी.बी. की बातें सुनकर ही उसे अस्वस्थता महसूस होने लगी।

"अब तक तो नहीं...टच वुड ! लेकिन कई यात्री एयर सिकनेस की बाधा से पीड़ित हो जाते हैं।"

"क्या सिडनी तक बस या कार से जा सकते हैं?" गोपालस्वामी ने पूछा।

"क्यों नहीं ! पर आधा दिन यात्रा करनी पड़ेगी। हाँ, रास्ते में एक दर्शनीय स्थल भी है...ग्रैंड कैन्यन की याद दिलाने वाला।"

गोपालस्वामी का चेहरा पहली बार खिल उठा। वह बोला, "तो मुझे उसी रास्ते जाना है। मुझे ऐसे टूरिस्ट स्थल देखने की बड़ी तमन्ना रहती है," वास्तव में विमान टालने का यह एक बहाना मात्र था।

"अवश्य ! मैं इन्तजाम कर दूँगा," बी.बी. ने आश्वासन दिया और फिर आगे बोला, "अब काम की बातें...हमारे मेहमान आने लगे हैं। दक्षिण अफ्रीका से माइक लेमर, चिली से ईसो वेधशाला की ओर से हान्स श्नाइडर पहुँच गए हैं तो ए.टी. से जेरी निकल्सन कार ड्राइव करके आ रहे हैं, जेरी को विमान यात्रा नहीं भाती। तो गोपाल, तुम जेरी के साथ लौट सकोगे।"

"बहुत अच्छा ! मुझे ए.टी. के बारे में जेरी से कुछ चर्चा भी करनी है...यह अच्छा मौका मिला," ए.टी., यानी आस्ट्रेलियाई टेलिस्कोप दूरबीन का संकुल जो वी.एल.ए. और महाकाय दूरबीन संकुल जैसा है। गोपाल को जेरी से चर्चा करना स्वाभाविक ही था।

"पुअर जेरी !" रॉजर जगताप की ओर देख हल्की आवाज में बोला। गोपालस्वामी की बड़बड़ाहट बन्द मोटर में घंटों तक सुनने की नौबत जेरी पर आनेवाली थी।

"इतने सारे पक्षी तुम एक जगह ला पाए इसके लिए बधाई !" जगताप बोला। वह जानता था कि ये सभी वैज्ञानिक उसी की तरह अपने कामों में व्यस्त रहते हैं।

"अरे भाई, इसमें मेरी कोई खास करामात नहीं थी। करामात थी तुम्हारी अजीब कल्पना की। और उसके समर्थन में तुमने जो सबूत इकट्ठे किए हैं उनकी। हम सभी वैज्ञानिक इस कल्पना पर चर्चा करने दुनिया के कोने-कोने से क्यों न आएँ ? हाँ, एक व्यक्ति की अनुपस्थिति हमारे लिए कुछ सवाल पैदा करेगी।"

"कौन, विलियम चांग तो नहीं ? क्योंकि जो आ रहे हैं उनमें तुमने उसका नाम नहीं लिया," रॉजर ने पूछा। बी.बी. ने सिर हिलाया।

"हाँ, वही नहीं आ सकता क्योंकि अमेरिकन राष्ट्रपति ने उसे आज ही मन्त्रणा के लिए व्हाइट हाउस बुलाया है," विलियम चांग स्पेस टेलिस्कोप साइंस इंस्टिट्यूट का निदेशक था और इसी संस्थान के माध्यम से हबल दूरबीन पर नियन्त्रण रखता था। वह राष्ट्रपति का कॉलेज के समय का मित्र और अब वैज्ञानिक सलाहकार भी था।

"यह तो बुरा हुआ," जगताप बोला, "ऐसी कौन बड़ी मीटिंग थी ?"

"कौन जाने ! वह फोन पर यही बोला कि मीटिंग अचानक बुलाई गई राष्ट्रीय सुरक्षा के किसी प्रश्न को लेकर।"

"उसे राष्ट्रपति को कहना चाहिए था कि उसे पृथ्वी की सुरक्षा का प्रश्न सुलझाने आस्ट्रेलिया जाना है," कुछ मजाक में तो कुछ गम्भीरता से जगताप बोला।

"तुम सही कह रहे हो नारायण," रॉजर बोला, "पर हमें तो हबल स्पेस टेलिस्कोप की काफी जरूरत पड़ने वाली है और इसलिए विलियम का इधर आना जरूरी था।"

"उसकी चिन्ता मत करो रॉजर," बी.बी. बोला, "चांग जहाँ तक हो सके वाशिंगटन से हमारी चर्चा में भाग लेगा—कान्फ्रेंस कॉल और ई-मेल डिस्कशन के माध्यम से। उसकी सब तैयारी की जा चुकी है।"

"ऐ पृथ्वी की रक्षा करने वालो...क्या मेरी टैक्सी में ही आज रात सोना है ?" टैक्सी ड्राइवर के वाक्य से सब होश में आए। टैक्सी ए.ए.ओ. गेस्ट हाउस के सामने खड़ी थी।

"अरे ! हम अपनी चर्चा के दरमियान होश-हवास खो बैठे," बी.बी. ने उतरकर कार का पिछला दरवाजा खोला। सभी वैज्ञानिक बाहर निकले और अपना-अपना सामान लेकर गेस्ट हाउस की ओर चल पड़े। बी.बी. ने टैक्सी ड्राइवर को चेक से उसका किराया और टिप दिया।

जगताप ने देखा कि सामने ही ए.ए.टी. (एंग्लो आस्ट्रेलियन टेलिस्कोप) का गुम्बद दिखाई दे रहा है।

उधर रात को एक लिमोसिन कार से विलियम चांग अपने होटल की ओर जा रहा था। राष्ट्रपति के साथ चर्चा बहुत देर तक चली थी। पर उसे बार-बार लग रहा था कि काश वह ए.ए.ओ. गया होता जहाँ की चर्चा के मुद्दे इससे कहीं अधिक रोचक होंगे। और उसे अपने खगोल वैज्ञानिक दोस्तों से मिलने की भी तमन्ना थी।

पेंसिलवेनिया एवेन्यू से गुजरती हुई उसकी गाड़ी व्हाइट हाउस कैपिटॉल हिल, स्मिथ्सोनियन आदि के पास से निकली। यहाँ पास ही गरीबों की बस्ती थी। जहाँ अमेरिका जैसे सघन देश में भी लोग गरीबी रेखा के नीचे रहते थे। यह एक विरोधाभास था जो चांग जैसे विदेश से आकर बसने वाले लोगों को अजीब लगता। चांग के माता-पिता ताइवान से यहाँ आकर बसे। तब वह बहुत छोटा था। पर अपनी होशियारी के बल पर उसने विलियम्स कॉलेज और फिर हार्वर्ड विश्वविद्यालय में डॉक्टर की उपाधि और बाद में कैलटेक में पोस्टडॉक्टोरल डिग्री ली। चांग ने एक कुशल खगोल निरीक्षक के रूप में नाम कमाया। उसी के आधार पर आज वह इस पद पर जा बैठा था। पूरब के छात्रों में जो काम करने का उत्साह पाया जाता है, उसके बल पर उसने सारा यश कमाया था। अब वह हबल दूरबीन के बाद नई अन्तरिक्ष दूरबीन बनाने के प्रयास में लगा था। उसे आशा थी कि प्रेसिडेंट के सत्ता पर बने रहने तक इस परियोजना को मान्यता मिल जाएगी।

उसकी गाड़ी एक पॉश होटल में उसे छोड़कर व्हाइट हाउस लौटी। कमरे में प्रवेश करते ही चांग ने सूटकेस से लैपटॉप कम्प्यूटर निकाला और कमरे के एक बिजली के सॉकेट से जोड़ा। उसमें इलेक्ट्रॉनिक मेल की योजना थी। उसे कार्यान्वित करके वह एक आर्मचेयर पर बैठ उपन्यास पढ़ने लगा।

आस्ट्रेलिया से ई-मेल का बुलावा किसी भी समय आ सकता था।

मन्त्रणा

एंग्लो-आस्ट्रेलियन ऑब्जर्वेटरी ब्रिटेन और आस्ट्रेलिया की संयुक्त परियोजना है। 1970-80 के दशक में वैज्ञानिक शोध परियोजनाओं ने अन्तर्राष्ट्रीय रूप धारण करना शुरू किया, क्योंकि शोध के लिए आवश्यक उपकरण इतने विशाल और खर्चीले होने लगे कि किसी एक राष्ट्र के बूते से बाहर हो गए। जिनीवा का 'सर्न' पार्टिकल अक्सेलरेटर मूल कणों के प्रयोगों के लिए बना तो उसमें कई यूरोपीय देश सहभागी हो गए। खगोल निरीक्षण के लिए भी बहु-राष्ट्रीयता का मसला अधिकाधिक महत्त्व का बनता गया। इस बदलते माहौल का एक उदाहरण इंग्लैंड का आइजक न्यूटन टेलिस्कोप है।

दूसरे महायुद्ध के पश्चात् इंग्लैंड के वैज्ञानिकों को एक बड़ी दूरबीन की आवश्यकता महसूस हुई। अमेरिका की 5 मीटर व्यास की विशाल दूरबीन पैलोमार पर्वत पर बन चुकी थी। उतनी विशाल तो नहीं पर ढाई मीटर व्यास वाली एक दूरबीन इंग्लैंड की रॉयल ग्रीनिच ऑब्ज़र्वेटरी के तहत बने, ऐसा आग्रह खगोल वैज्ञानिकों ने किया। युद्ध के पश्चात् धन का अभाव महसूस होने लगा। वैसी स्थिति में इस परियोजना को स्वीकृत होने में काफी समय लगा। दूरबीन को इंग्लैंड के महान वैज्ञानिक आइजक न्यूटन का नाम देना भी निश्चित हुआ। पर खगोल वैज्ञानिकों के बीच एक विवाद खड़ा हुआ। अधिकांश वैज्ञानिक चाहते थे कि यह दूरबीन ऐसी जगह बने जहाँ आकाश नीरभ्र हो, वातावरण शान्त हो, रात को शहरों की बत्तियों का प्रकाश दूर रहे आदि। तो कुछ का कहना था कि न्यूटन के नाम पर बनी दूरबीन इंग्लैंड में ही रहे और रॉयल ग्रीनिच ऑब्जर्वेटरी के हर्स्टमंसू किले के परिसर में स्थापित की जाए। आखिर इन वैज्ञानिकों का कहना माना गया और दूरबीन हर्स्टमंसू किले के परिसर में ही स्थापित हुई।

पर जिस समस्या को साधारण व्यक्ति भी अच्छी तरह जानता था, उसे ही इन वैज्ञानिकों ने नजरअन्दाज कर दिया! इग्लैंड का मौसम ऐसा है जहाँ आसमान काफी हद तक मेघाच्छादित रहता है। ससेक्स के समुद्रतटीय शहरों ईस्टबोर्न, ब्राइटन आदि की रोशनी भी आकाश को रात में चमकीला बना देती है। जिस वजह से मन्द तारों, नीहारिकाओं को देखना मुश्किल हो जाता है। ऐसी हालत में बड़ी दूरबीन से कोई फायदा नहीं उठाया जा सकता। आखिर आइजक न्यूटन टेलिस्कोप को इंग्लैंड से हटाकर स्पेन के कनेरी द्वीप समूह में स्थानान्तरित किया गया जहाँ के अनुकूल वातावरण में वह अच्छी तरह काम करने लगा। पर दूरबीन को एक स्थान से हटाकर दूसरी जगह

स्थापित करना कितना मुश्किल और खर्चीला होता है, इसका अनुभव ब्रिटिश सरकार को अच्छी तरह हुआ।

इससे कुछ सबक लेकर वैज्ञानिकों ने कोई बड़ी दूरबीन बनाते समय, वह अपने ही देश में रहनी चाहिए इसकी जिद छोड़ दी। जहाँ वह दूरबीन सर्वाधिक कार्यक्षम रहे वहीं उसकी स्थापना की जाए इस नतीजे पर वे पहुँचे। इसी विचार से चार मीटर व्यास वाली विशाल दूरबीन ऑस्ट्रेलिया के साथ बनाते समय ब्रिटेन ने उसे ऑस्ट्रेलिया में स्थापित करने में कोई आनाकानी नहीं की। और इस तरह क्रिकेट के मैदान में एशेज के लिए प्रतिद्वन्द्वी रहने वाले ये देश एंग्लो-आस्ट्रेलियन टेलिस्कोप के लिए सहयोग करने लगे और 1973-74 में ए.ए.टी. ऑस्ट्रेलिया के साइडिंग स्प्रिंग पहाड़ पर स्थापित हुआ।

जब दो बर्तन साथ हों तो कभी-कभी टकराकर बजते भी हैं। इसमें कोई आश्चर्य नहीं कि दोनों देशों में, उनके वैज्ञानिकों में, ब्यूरोक्रेट्स में, इतना ही नहीं सरकारों में भी इस दूरबीन को लेकर विवाद खड़े हुए। एक बार तो आस्ट्रेलिया के प्रधानमन्त्री दूरबीन को आस्ट्रेलिया के कब्जे में लाने वाले थे, पर मध्यस्थों के समझाने पर यह झगड़ा किसी तरह शान्त हुआ। जब दूरबीन बनी तो एक महान आश्चर्य यह था कि उसकी लागत नियोजित बजट से कम निकली ! तो क्या शेष धन-राशि ब्रिटिश सरकार को लौटाई जाए ? यहाँ सर फ्रेड हॉयेल ने सरकार से चर्चा कर बचा हुआ पैसा एक छोटे टेलिस्कोप के लिए खरचने की अनुमति ले ली और उनकी अध्यक्षता में मैनेजमेंट काउंसिल ने 'यू.के. श्मिड्ट' नाम से एक नया टेलिस्कोप बनवाया जो बहुत ही लाभदायी सिद्ध हुआ।

बी.बी. ने आगन्तुकों के रहने की व्यवस्था अपने गेस्ट हाउस में यानी निरीक्षकों के हॉस्टल में की थी। खगोल निरीक्षक यानी आजकल के निशाचर ! रात-भर के निरीक्षणों, बेधों के पश्चात् ये तड़के ही सो जाते थे और लंच के समय उठते थे। सवेरे का नाश्ता करने वाले बहुत ही कम लोग थे। फिर शाम को सूर्यास्त के पहले भोजन कर ये लोग टेलिस्कोपों की ओर चल देते। उनके दिन-भर के कार्यक्रम के अनुसार ही वहाँ के कैंटीन का टाइमटेबल बनाया गया था।

सिडनी से आए इन सब अन्तर्राष्ट्रीय मेहमानों के लिए बी.बी. ने एक अलग टेबल आरक्षित किया था। इसीलिए लंच की भीड़ में भी उन्हें बैठने की जगह मिली और वहाँ श्नाइडर, निकलसन और लेम्मर भी हाजिर हुए। हाथ मिलाने के बाद सभी भोजन पर टूट पड़े। गपशप चल पड़ी और लाउंज में कॉफी के दौर पर भी चलती रही। आखिर बी.बी. ने घड़ी पर नजर डालते हुए कहा, ''टाइम फॉर वर्क, आइ गेस।''

सभी लोग उठे और चार मीटर दूरबीन के गुम्बद की ओर चल पड़े। इस इमारत में निरीक्षकों के लिए सुविधाएँ थीं—छोटी पैंट्री, आवश्यक सन्दर्भों का ग्रन्थालय, चर्चाकक्ष आदि। चर्चाकक्ष में लम्बा टेबल, लिखने के लिए व्हाइट बोर्ड, कम्प्यूटर वर्कस्टेशन, प्रोजेक्टर तथा स्क्रीन आदि थे। टेबल के चारों ओर सबके विराजमान होने पर बी.बी.

ने कहा, "ई-मेल पर एस.टी.एस.टी.आई* से सम्पर्क बना है। विलियम यात्रा पर है फिर भी अपने लैपटॉप से रिमोट लॉग इन कर सकता है। मेरे ख्याल से वह अब प्रेसिडेंट की मीटिंग से लौटा होगा।

"क्या प्रेसिडेंट को ये बातें मालूम हैं ?" रॉजर ने पूछा।

"सम्भव है। आज हमारी चर्चा के उपरान्त जो नतीजा निकलेगा, वह उसे बताया जाएगा," बी.बी. ने कहा।

"मेरे ख्याल से अभी अगर ट्रायल के रूप में हम विलियम से सम्पर्क बनाएँ तो शायद जान पाएँ कि प्रेसिडेंट की क्या प्रतिक्रिया रही," जगताप ने कहा।

बी.बी. वर्कस्टेशन के सामने जा बैठा और नीचे रखा 'की-बोर्ड' खींचकर बाहर निकाला। कम्प्यूटर का 'माउस' भी साथ था। पॉकेट से डायरी निकालकर विलियम चांग का ई-मेल पता देखा और उसे अपने एकाउंट में टाइप किया। लेकिन उसके पहले उसके एकाउंट में आए पत्रों की सूची कम्प्यूटर पर आई थी। उसे सरसरी निगाह से देख बी.बी. ने यह निर्णय लिया कि उन पत्रों में कोई अर्जेंट नहीं था।

फिर 'टॉक सेशन' की शुरुआत करने के लिए उसने सूचना दी :

Talk WCHANG @ elaine 23. Jhu. edu

इस पते में WCHANG यह विलियम चांग का नाम। elaine 23 उस कम्प्यूटर का नाम जो चांग की इलेक्ट्रॉनिक मेल दर्ज करता था। यह कम्प्यूटर था Jhu यानी जॉन्स हॉपकिंस यूनिवर्सिटी का और edu शिक्षा का नेटवर्क दर्शाता था। देश, शहर, रास्ता, घर आदि के बजाय यह छोटा सा पता प्रेषक और ग्राहक दोनों के कम्प्यूटरों को सन्देश से जोड़ता था। पर यहाँ गलती की कोई गुंजाइश नहीं। यदि पते में के किसी अक्षर में बदलाव आए तो कम्प्यूटर सन्देश पहुँचाए बिना लौटा देता है। यह टिप्पणी करके कि सन्देश दिए हुए पते पर पहुँचाया नहीं जा सकता।

"यह इलेन कौन है ?" लेम्मर ने मसखरे स्वर में पूछा।

"हो सकती है संस्थान के संस्थापक की पत्नी या कम्प्यूटर सिस्टम स्थापित करनेवाले की गर्लफ्रेंड," उसी नटखटपन से श्नाइडर बोला।

यह वार्तालाप आगे भी चलता, पर इतने में पर्दे का रूप बदला। उसके बीचोबीच एक रेखा आई, उसे ऊपरी तथा निचले भाग में बाँटने वाली। ऊपरी भाग में एक सन्देश आया :

Waiting to connect you party.

इसका मतलब यह था कि कम्प्यूटर को चांग का पता तो मिल गया, पर अभी उस पते पर चांग की मौजूदगी का उसे पता नहीं लगा था। क्योंकि पर्दे पर फिर एक वाक्य आया :

Ringing you party again.

---

* स्पेस टेलिस्कोप साइंस इंस्टिट्यूट...विलियम चांग का संस्थान।

और फिर थोड़े ही क्षणों में पर्दे पर सन्देश आया :

Connection Established.

"वाह ! आज जल्दी ही सम्पर्क सधा। कभी-कभी बहुत सारी कठिनाइयाँ आती हैं," ऐसी टिप्पणी करते हुए बी.बी. ने अपना पहला सन्देश टाइप किया :

Hi ! Bill ! B.B. here. In fact the whole gang is here except you.

पर्दे के ऊपरी भाग में इस सन्देश को टाइप कर कर्सर वहीं रुका। फिर कुछ क्षण पश्चात् वह उछलकर निचले भाग में आया, क्योंकि चांग का जवाबी सन्देश वहाँ से शुरू होने वाला था। सन्देश पढ़ने को सभी कम्प्यूटर के पास जमा हुए। विलियम चांग वहाँ से की-बोर्ड पर अपना उत्तर छाप रहा था। सन्देश क्रमशः आने लगा :

My greetings to all of you. Wish I could be with you physically rather than electronically. I am trying to keep awake to take part in your discussions.

ईस्टर्न डेलाइट टाइम के अनुसार वहाँ रात का एक बज रहा होगा। बी.बी. ने तेजी से टाइप किया :

"बिल हम सब यहाँ आ गए हैं, यहाँ मेरे अतिरिक्त हैं—नारायण जगताप, गोपालस्वामी, सुब्रह्मण्यम, माइकेल लेम्मर, जेरी निकलसन, हांस श्नाइडर और रॉजर माइले।"

शीघ्र ही जवाब आया :

Greetings to the magnificent Seven !

अन्तर्राष्ट्रीय परिषदों में या ई-मेल के माध्यम से इन वैज्ञानिकों का सम्पर्क सदा बना रहता था। इसलिए उनमें परिचय कराने की औपचारिकता आवश्यक नहीं थी।

"तुम सात तक गिन पाते हो, यानी अभी जागे हो। बिल, तुमने हमारे इस तर्क की चर्चा प्रेसिडेंट से की ?" बी.बी. ने पूछा।

"हाँ की तो सही...उनका रुख जैसा अपेक्षित था वैसा ही रहा," चांग का जवाब आया।

"यानी अविश्वास का ?"

चांग का उत्तर काफी लम्बा था। जैसे-जैसे पर्दे पर आने लगा सातों वैज्ञानिक उत्तेजित होकर पढ़ने लगे...

"प्रेसिडेंट सदा व्यावहारिक रुख अपनाते। टु बी फेयर, वी कांट ब्लेम हिम। इसी रुख की बदौलत वह इस ऊँचे पद पर पहुँचे हैं। वे हँसे और बोले कि ऐसे जाने-माने वैज्ञानिकों की कल्पना को वह कैसे ठुकराए ? पर उसे कुछ ठोस सबूत चाहिए। औरों को समझाने के पहले वह खुद अपना समाधान करना चाहेगा। तो अब गेंद हमारे पाले में है। पहले हमें यह तय करना है कि सबूत कैसा हो और फिर उसे कैसे इकट्ठा करें। अगर हम सब सबूत जुटा सके तो प्रेसिडेंट ही नहीं किसी भी राष्ट्रप्रमुख की मान्यता पा सकते हैं।"

"ठीक है बिल। अब दो घंटे सो लो। हम आपस में चर्चा करके तुम्हें फोन कर देंगे। तुम्हारा वहाँ का फोन नम्बर दो और विदा लो।"

बी.बी. के सन्देश के जवाब में डी.सी. एरिया कोड वाला एक नम्बर पर्दे पर आया और नीचे सन्देश :

"ठीक है...पर मैं सोऊँगा नहीं। पहले भी निरीक्षण करते समय जागने का अनुभव है मुझे। पी.जी. वुडहाउस मेरा मनोरंजन करेगा। यह नम्बर होटल का है।"

उसके साइन ऑफ करने पर सभी लोग टेबल के चारों ओर जा बैठे। इसी समय कैंटीन की एक लड़की कॉफी और बिस्कुटों की ट्रे ले आई। सभी ने अपनी पसन्द के अनुसार कॉफी बनाई और बिस्कुट लिये। उस लड़की के जाने के बाद बी.बी. कॉफी की एक घूँट लेकर बोला :

"दोस्तो ! अब काम शुरू। हम सभी को गहरा सन्देह है—नहीं हमें यकीन है कि कहीं से जान-बूझकर शैतानी की जा रही है। हमें उस शैतानी का सबूत चाहिए जिसे साधारण आदमी भी समझ सके—मान जाए। यहाँ अब तक की जाँच-पड़ताल का पूरा ब्यौरा कम्प्यूटर पर उपलब्ध है।"

चर्चा का दौर अपेक्षा से अधिक देर, साढ़े पाँच तक चला। इस दरम्यान दो दफे चांग से सम्पर्क साधा गया, एक बार फोन पर और एक बार ई-मेल पर। हबल अन्तरिक्ष दूरबीन का इन सबूतों को इकट्ठा करने में बड़ा सहयोग रहेगा, इस बात पर सातों वैज्ञानिक सहमत थे। पर हबल दूरबीन का इस्तेमाल कब और कैसे हो, इसके बारे में बताने वाला अधिकारी व्यक्ति चांग ही था। उसने कुछ सूचनाएँ दीं और यह आश्वासन भी दिया कि वह अपने स्वयं के निदेशक कोटे में से अधिकाधिक समय निरीक्षणों के लिए देगा। हाँ, एच.एस.टी.* के प्रोफार्मा पर सब कुछ भरकर उसके पास आना जरूरी है।

इस आश्वासन के साथ चर्चा-सत्र समाप्त हुआ।

"चलो खाना खाने ! घंटे-भर में कैंटीन बन्द हो जाएगा," बी.बी. ने सबको चेतावनी दी। सभी कैंटीन की ओर चल पड़े, पर वार्तालाप अभी भी चर्चा-सत्र को लेकर ही था।

"बिल ने एच.एस.टी. इस्तेमाल करने में काफी सहयोग दिया, यह बड़ी अच्छी बात रही। जमीन पर की दूरबीनों को ये वेध लेने में काफी मुश्किल होती," श्नाइडर की इस बात का खास महत्त्व था क्योंकि ईसो की चार-आठ मीटर वाली दूरबीनों का संकुल संसार की भूस्थित दूरबीन में सबसे बड़ा माना जाता था।

"मुझे डर था कि कहीं वह हमारे समूचे तर्क को अमान्यन कर दे क्योंकि वह साधारण रूप से रेडियो दूरबीनों को नीची निगाह से देखता आया है," गोपालस्वामी का

---

* एच.एस.टी. यानी हबल स्पेस टेलिस्कोप।

यह कहना अतिशयोक्तिपूर्ण नहीं था।

"यह कोई नई बात नहीं, गोपाल," माइकेल लेम्मर ने उलटी प्रतिक्रिया व्यक्त करते हुए कहा, "तुम रेडियो वाले भी तो हमारे जैसे साधारण दूरबीन वालों को निचला दर्जा देते हो।"

"पर अभी बहुत कुछ होना है," जगताप बोला।

"यानी क्या, नारायण ?" जेरी ने पूछा।

"हमारे इस तर्क की शुरुआत महाकाय दूरबीन से हुई। आगे उसकी पुष्टि वी.एल.ए. ने की। अब कल्पना करते हैं कि हबल दूरबीन इसके पक्ष में और सबूत देगी। तो इस प्रकार हम वाइरस के उद्‌गम स्थान को पूरी तरह जान लेंगे। पर आगे नई चुनौती है। वाइरस पर हम विजय कैसे प्राप्त कर पाएँगे ? मुझे तो अभी यही चिन्ता सता रही है," जगताप के चेहरे पर वास्तव में चिन्ता की झलक थी।

"सच बात है," जेरी भी अन्तर्मुख हो गया। पर उसके प्रैक्टिकल स्वभाव को अभी भी जगताप की वाइरस के उद्‌गम की कल्पना जँच नहीं रही थी, क्योंकि वह बहुत ही असम्भव लगती थी। इसलिए उसकी पूरी जाँच किए बिना वह आगे की चिन्ताओं में अभी डूबना नहीं चाहता था।

भोजन के उपरान्त टी.वी. पर समाचार थे। अधिकांश स्थानीय थे। देश की राजनीति, आस्ट्रेलियन डॉलर के मूल्य में गिरावट, छोटी-बड़ी हड़तालें, हाइवे पर की दुर्घटनाएँ और एशेज जीत कर वापस लाने के लिए इंग्लैंड जा रही आस्ट्रेलियाई क्रिकेट टीम...और आखिर में मौसम की जानकारी।

जगताप सोच रहा था कि यह सब आधुनिक जीवन का घटना-चक्र है। इसी तरह कुछ आगे, कुछ पीछे, कुछ नीचे, कुछ ऊपर करके चलता रहेगा...यदि इसमें कोई असाधारण हस्तक्षेप न हो तो। इसी पार्श्वभूमि पर वाइरस की कल्पना ही कितनी असाधारण—नहीं अविश्वसनीय लगती है।

उधर गोपालस्वामी ने बी.बी. को पकड़ा था। महाकाय दूरबीन से कोई चालीस गुनी बड़ी दूरबीन उसे बनानी थी। यह किसी एक राष्ट्र के बूते की बात नहीं थी। कई राष्ट्रों के सहयोग से ही बन सकती थी। क्या बी.बी. आस्ट्रेलिया को इस परियोजना की ओर आकर्षित कर सकेगा ? गोपालस्वामी 'नॉन स्टॉप' बोल रहा था और बेचारा बी.बी. मेजबान की हैसियत से सब सुनता जा रहा था (या सुनने का अच्छा नाटक कर रहा था)।

उसे छुड़ाने के लिए जगताप ने गोपाल को टोकते हुए बी.बी. से पूछा, "बी.बी. कल सिडनी जाने वाला विमान कब छूटेगा ?"

"प्रातः साढ़े आठ बजे।"

"तब जल्दी उठकर नाश्ता लेना पड़ेगा ?"

"हाँ, निकलना है सुबह सात बजे। यानी ब्रेकफस्ट साढ़े छह बजे...और तब कैंटीन

स्टाफ तो नहीं होगा, इसलिए हमें अपने आप पैंट्री में नाश्ता बनाकर खाना होगा,'' बी. बी. बोला।

''यानी कम से कम छह बजे तक तो उठना होगा। अच्छा हुआ, मैं अलार्म की घड़ी साथ लाया हूँ। गोपालस्वामी को तो आराम है...वह जेरी के साथ मोटर से जा रहा है ना ?'' जगताप ने पूछा।

''पर जेरी तो सबेरे छह बजे निकलना चाहता है,'' बी.बी. के चेहरे पर मुस्कुराहट थी।

उसका अन्दाज सही निकला। गोपालस्वामी उत्तेजित होकर उठ पड़ा। ''बाप रे ! तो मुझे सुबह साढ़े पाँच से पहले ही उठना पड़ेगा !'' रोज सबेरे नौ-साढ़े नौ से पहले न उठने वाले के लिए यह गम्भीर कठिनाई थी। वह सोने के लिए चल पड़ा।

''ठहरो ! मैं तुम्हारे साथ आता हूँ क्योंकि बाहर अँधेरा है,'' बी.बी. भी उठा और गोपालस्वामी के साथ हो लिया। जगताप भी उनके साथ चला। सबेरे छह बजे ले जाने वाला जेरी शान्त चित्त से ब्रिज खेलने में मग्न था।

बिल्कुल बत्तियाँ न रहें तो जैसा अँधेरा होता है—अपना हाथ भी दिखाई नहीं देता—ऐसे अँधेरे में तीनों होस्टल की ओर चले। रास्ते में और हॉस्टल के बरामदे में बत्तियाँ बन्द रखी गई थीं। क्यों ? क्योंकि यह एक वेधशाला थी जहाँ मन्द तारिकाएँ, नीहारिकाएँ देखने के लिए आकाश जितना अन्धकारमय रहे उतना अच्छा। सड़क या घरों की बत्तियाँ आकाश को चमका देती हैं—भले ही थोड़ी मात्रा में, लेकिन इतनी पर्याप्त मात्रा में कि मन्द प्रकाश-स्रोत देखना सम्भव नहीं।

''वैसे यहाँ की बत्तियाँ तीस सेकेंड तक टाइमर स्विच लगाकर जलाई जा सकती हैं। अजनबी मेहमानों को उनकी जरूरत पड़ती है। पर मेरे लिए अब इस भूमि का इंच-इंच परिचित है। इसलिए मैं पूर्ण अन्धकार में चल सकता हूँ। और ऊपर देखो आकाश कितना लुभावना है,'' बी.बी. बोला।

नयन-मनोहारी तारकाच्छादित गगन को जगताप और गोपालस्वामी देखते ही रहे। उत्तर से कठिनाई से दीखनेवाला सदर्नक्रॉस बड़े ठाठ से आकाश में मौजूद था। पर बी. बी. ने दूसरी जगह उनका ध्यान आकर्षित किया।

जगताप और गोपालस्वामी ने देखा। एक धुँधला-सा तारा वहाँ दिखाई दे रहा था। दोनों समझ गए बी.बी. ने क्यों उन्हें उस तारे का दर्शन कराया।

''क्या वहीं ?'' गोपालस्वामी ने पूछा। और नारायण पहली दफा सन्देह करने लगा अपने तर्क की सत्यता पर।

''हाँ वहीं,'' बी.बी. ने जेब से बाइनोक्यूलर निकाला। जगताप और गोपालस्वामी ने क्रमशः उसमें से देखा। अब वह धुँधला तारा अधिक स्पष्ट लग रहा था।

तो यही है बर्नार्ड का तारा...जगताप ने सोचा।

हबल दूरबीन द्वारा की गई खोज

पृथ्वी पर के शोर-शराबे से दूर, कोई 700 किलोमीटर ऊँचाई पर निर्वात अन्तरिक्ष में एक दूरबीन शान्ति से पृथ्वी-परिक्रमा करती है। वहाँ से सूरज आकाश में भले ही चमकता दिखे, पर आकाश अन्धकारमय काला रहता है। कारण यह कि सूर्य प्रकाश को इधर-उधर बिखेरनेवाले धूलिकण यहाँ मौजूद नहीं। ऐसे धूलिकण वायुमंडल की निचली स्तरों में विद्यमान हैं। धरातल पर से देखने पर आकाश नीला लगता है क्योंकि ये धूल के कण सूर्य की किरणों के सात रंगों में से नीले-बैगनी रंगों को सर्वाधिक बिखेरते हैं। इन स्तरों से ऊपर तो आकाश काला दीखता है। यही वायुमंडल सूर्य किरणों में निहित प्रखर अतिनील (अल्ट्रावायोलेट) किरणों का शोषण करता है और उनसे हमें बचाता है। अन्तरिक्ष में मौजूद एक्स तथा गामा किरणों की घातक मार से भी हम इसी कारण बच पाए हैं। पर इन फायदों के साथ-साथ छोटे नुकसान भी हैं।

इस वायुमंडलीय कवच के कारण मानव के आकाश निरीक्षण में बाधाएँ पड़ती हैं। ब्रह्मांड की काफी जानकारी इन किरणों से मिल सकती है पर ये किरणें वायुमंडल द्वारा बीच में रोक दी जाती हैं और पृथ्वी तल पर पहुँच नहीं पातीं। उन्हें ग्रहण कर उपयुक्त जानकारी प्राप्त करने वाली दूरबीनें वायुमंडल के ऊपर होनी चाहिए। अन्तरिक्ष तकनीक साध्य होने पर ही ऐसी दूरबीनें उपग्रहों द्वारा खगोल निरीक्षण कर पा रही हैं।

हबल दूरबीनें भी उपग्रह की तरह पृथ्वी तल के ऊपर से पृथ्वी का चक्कर लगाती हैं। हालाँकि दृश्य प्रकाश पृथ्वी तल पर पहुँच पाता है तो भी इतनी खर्चीली दूरबीनें वायुमंडल के ऊपर रखने के कुछ खास फायदे भी हैं। एक तो दृश्य प्रकाश का थोड़ा-बहुत शोषण वायुमंडल में होता ही है, जो यहाँ टाला जा सकता है; जिस वजह से मन्द प्रकाश-स्रोत जो पृथ्वी तल से देखे नहीं जा सकते, यहाँ से दिख सकते हैं। ट्रेन या कार की खिड़की का शीशा हटाने पर बाहरी दृश्य अधिक साफ दिखाई देता है। वैसे ही हबल दूरबीन से अधिक मन्द और अधिक दूर के ब्रह्मांड के दर्शन होते हैं।

एक और फायदा यह कि वायुमंडल के ऊपर जाकर ब्रह्मांड का निरीक्षण करने से खगोलीय प्रकाश स्रोतों के बिम्ब बिल्कुल स्थिर दिखाई देते हैं। वायु की सतहों में जो निरन्तर परिवर्तन हुआ करते हैं उनकी बदौलत उसमें से गुजरने वाली प्रकाश-किरणें थिरकती रहती हैं। इसलिए पृथ्वी तल पर से वेध लेनेवाली दूरबीनों से दिखाई देने वाले बिम्ब कुछ अस्थिर रहते हैं। इसीलिए तारे जगमगाते हैं--उनके प्रकाश में दर्शक को

अस्थिरता महसूस होती है।

और तीसरा फायदा तो यही कि भूस्थित दूरबीनें केवल रात को निरीक्षण कर पाती हैं—हबल जैसी अन्तरिक्ष दूरबीन को चौबीस घंटे ताराच्छादित आकाश निरीक्षण के लिए उपलब्ध है।

इसी वजह से सामान्य विशाल दूरबीन से दस गुनी महँगी अन्तरिक्ष दूरबीन की परियोजना जनता के प्रतिनिधियों—सीनेट एवं हाउस ऑफ रेप्रेजेंटेटिव्ज से पारित कराने में अमेरिकी खगोल-वैज्ञानिक सफल हुए। 1929 में 'ब्रह्मांड का विस्तार हो रहा है' ऐसा महत्त्वपूर्ण नतीजा निकालने वाले खगोल निरीक्षक एडविन हबल का नाम इस दूरबीन को दिया गया। 1990 में बड़े जोर-शोर से अन्तरिक्ष में छोड़ी गई इस दूरबीन से सभी खगोल वैज्ञानिकों को बड़ी आशाएँ थीं।

पर पहले ऐसा लगा मानो रेस जीतने की आशा से दौड़ाया गया घोड़ा लँगड़ा निकला।

क्योंकि यह शीघ्र ही साबित हुआ कि हबल दूरबीन के मुख्य शीशे में ही दोष है जिस वजह से वह नाभि पर बिम्ब ठीक से केन्द्रित नहीं कर पाता। इसलिए दूरबीन से दिखाई देने वाले बिम्ब अस्पष्ट और धूसर थे। इसके अलावा दूरबीन को नियोजित दिशा में स्थिर रखनेवाले जाइरो स्कोप एक के बाद एक नाकाम होने लगे। और उसे सौर ऊर्जा देने वाले पटल भी अस्थिर हो गए। इसलिए यह दोषों से लैस खर्चीली दूरबीन सरकारी जाँच का और जन-सामान्य के उपहास का विषय बनी।

पर वैज्ञानिकों ने इन दोषों को धीरे-धीरे काबू में लाने के यत्न आरम्भ किए। जब आँखें ठीक से देख नहीं पातीं तो चश्मे का सहारा लेना पड़ता है। धूसर दिखाई देने वाले दृश्य पढ़ने योग्य चश्मे के सहारे स्पष्ट दिखाई देते हैं। क्यों न हबल दूरबीन के शीशे का दोष एक लेंस के द्वारा दूर किया जाए ? ऐसी लेंस बनाई गई। जाइरो स्कोप एवं सोलर पैनल की मरम्मत के अलावा इस लेंस को भी दूरबीन पर चढ़ाना था।

लेकिन दूरबीन थी अन्तरिक्ष में और यह मरम्मत वहीं जाकर करनी थी। अन्तरिक्ष में तकनीकी काम का यह पहला अवसर था, पर उसके लिए तीन साल रुकना पड़ा क्योंकि दूरबीन तक पहुँचने वाले अन्तरिक्ष यानों की पहले ही 'बुकिंग' हो चुकी थी तीन सालों के लिए, कुछ अन्य कार्यों के लिए। आखिर 1994 में हबल दूरबीन की मरम्मत का मौका मिला और दूरबीन में ये सभी सुधार किए गए।

और यह सुधरी हुई दूरबीन शीघ्र ही अपनी करामातें दिखाने लगी। भूतल पर की बड़ी दूरबीनों से यह कहीं श्रेष्ठ है, इसका अनुभव खगोल-निरीक्षकों को होने लगा और शीघ्र ही इस दूरबीन पर निरीक्षण हेतु खगोलविदों की कतार लगने लगी। विशेषज्ञों की एक समिति इन सबके प्रस्तावों को जाँच कर उन्हें—यानी उन इने-गिने चुने प्रस्तावों को 'हबल' पर निरीक्षण का समय नियोजित कर देती थी। ऐसी हालत में कोई निरीक्षक 'कल ही मुझे निरीक्षण का समय दें' ऐसे कहे तो उसे कतार का क्रम तोड़ने वाला कहा जा सकता था। फिर भी कभी अत्यावश्यक निरीक्षण, जो पहले अपेक्षित नहीं थे, आ

टपकते हैं जिनके लिए हबल दूरबीन का दस प्रतिशत हिस्सा निदेशक महोदय के अधिकार में था। वे ऐसी जरूरतों को पहचान कर निरीक्षण-काल का कुछ हिस्सा अपनी जिम्मेदारी पर बहाल कर सकते थे।

इसीलिए विलियम चांग ने इन सात वैज्ञानिकों द्वारा भेजे गए प्रस्ताव को 'अत्यावश्यक' बताकर अपने स्वयं के हिस्से का समय उसे दिया। फिर भी कतार तोड़ घुसे इस 'अर्जेंट' प्रस्ताव को वास्तविक निरीक्षण का मौका मिलने तक दो महीने बीते...दो महीने उस आस्ट्रेलिया के चर्चा सत्र के पश्चात्...क्योंकि वे निरीक्षण एक खास समय पर ही लेने थे।

प्रसार माध्यमों का अधिकतम इस्तेमाल कैसे किया जाए, यह अच्छी तरह जाननेवाले 'नासा' संस्थान ने एक जानकारी पत्रक का प्रसारण किया, जिससे काफी खलबली मची। पत्रक का शीर्षक था :

'विलियम चांग और अन्य वैज्ञानिकों की अन्तर्राष्ट्रीय टीम द्वारा
हबल दूरबीन से किया गया अभूतपूर्व शोधकार्य'

अमेरिकन कांग्रेस के सदस्य सनसनीखेज हेडलाइनों की ओर ही आकृष्ट होते हैं यह 'नासा' अच्छी तरह जानता था और उसकी अगली परियोजनाओं के लिए सरकारी अनुदान के लिए इन सदस्यों को प्रभावित करना आवश्यक था। इसीलिए समाचार पत्रों में नासा के बुलेटिन कुछ अतिशयोक्तिपूर्ण ढंग से प्रकाशित होते हैं। सामान्यतया वैज्ञानिक ऐसी अतिशयोक्तियों से दूर रहना चाहते हैं पर यह बात उनके वश से बाहर है।

वेबसाइट पर प्रकाशित जानकारी को ये सातों वैज्ञानिक ध्यान से पढ़ रहे थे। कुछ घंटे पहले चांग ने फोन पर उन्हें सब जानकारी दी थी, पर यहाँ वे सचित्र विवरण पढ़ रहे थे। विवरण इस प्रकार था :

"हबल दूरबीन ने पृथ्वी के निकट के एक तारे के पास ग्रह का पता लगाया है। वैसे कुछ अन्य तारों के पास ग्रह होने के आभास मिले हैं। पर यह ग्रह आज तक का सबसे निकट का ग्रह है जो हमारी ग्रहमाला का सदस्य नहीं है। यह ग्रह बर्नार्ड के तारे के चारों ओर घूम रहा है, जो तारा पृथ्वी से छह प्रकाश वर्ष दूर है। हबल अन्तरिक्ष दूरबीन का नियन्त्रण करने वाले संस्थान के निदेशक डॉ. विलियम चांग ने स्वयं इस ग्रहान्वेषी परियोजना का संचालन किया था। आज यह घोषणा करते समय उन्होंने बहुत ही हर्ष व्यक्त किया कि दूरबीन की क्षमता इस कठिन निरीक्षण के काबिल साबित हुई।

"चांग ने बताया कि बर्नार्ड तारे का वस्तुमान सूरज के मुकाबले केवल षष्ठांश-सप्तमांश के बीच में है...पर अब इस निरीक्षण की बदौलत वह अच्छी तरह नापा जा सकता है। पहले यह अनुमान लगाया जाता था कि इस छोटे तारे की परिक्रमा करने वाला एक ग्रह मौजूद है और उस ग्रह का वस्तुमान हमारे गुरु ग्रह की अपेक्षा साठ प्रतिशत अधिक

समझा जाता था। हबल अन्तरिक्ष दूरबीन ने यह अनुमान गलत साबित किया है क्योंकि दूरबीन को जो ग्रह दिखाई दिया उसका वस्तुमान गुरु के मुकाबले बहुत कम है। और इस खोज में महत्त्व का योगदान दिया है—भारत की महाकाय दूरबीन ने। इस दूरबीन को रेडियो लहरों के निरीक्षण से ग्रह का आभास मिला था। और फिर न्यू मैक्सिको स्थित एन.आर.ए.ओ. के वी.एल.ए. दूरबीन संकुल ने भी इस खोज की पुष्टि की थी।

"बर्नार्ड तारे के ग्रह के ये आभास थे। रेडियो निरीक्षणों से पता चलता था कि जिस समतल में यह ग्रह बर्नार्ड तारे की परिक्रमा करता है। उसी समतल के पास पृथ्वी है, जिस वजह से पृथ्वी पर से ग्रह द्वारा तारे का आंशिक ग्रहण देखा जा सकता है। इस निरीक्षण के लिए भारत के गोपालस्वामी सुब्रह्मण्यम और नारायण जगताप इन दो वैज्ञानिकों ने बड़ा योगदान दिया है और अमेरिका के रॉजर माइले ने।

"इन आरम्भिक निरीक्षणों के बाद दृश्य प्रकाश की दूरबीनों ने भी निरीक्षण लेने शुरू किए। ऑस्ट्रेलिया की एंग्लो आस्ट्रेलियन ऑब्जर्वेटरी के बर्ट्रंड बिशप, हाउस अफ्रीकन एस्ट्रोनोमिकल ऑब्जर्वेटरी के माइकेल लेम्मर और यूरोपियन सदर्न ऑब्जर्वेटरी के हान्स श्नाइडर इन तीनों ने हबल दूरबीन संस्थान के निदेशक विलियम चांग के साथ इस ग्रह को देखने की परियोजना बनाई। आस्ट्रेलिया के जेरी निकलसन ने वहाँ की रेडियो दूरबीन के वेधों से इस परियोजना को अधिक पैना बनाया।

"यह परियोजना हबल दूरबीन का उपयोग बर्नार्ड के तारे के ग्रहण को देखने की थी। इतने सूक्ष्म निरीक्षण करने के लिए हबल की पूरी क्षमता दाँव पर लगानी पड़ी। क्योंकि भूतल पर स्थित कोई भी दूरबीन इतने सूक्ष्म निरीक्षण के काबिल नहीं है यह सभी निरीक्षक जानते हैं। यह खुशी की बात है कि हबल दूरबीन ने इस चुनौती का सफलता से सामना किया।

"इस निरीक्षण के लिए बिशप के खास इमेज प्रॉसेसिंग सॉफ्टवेयर का प्रयोग हुआ। ग्रह की कक्षा की जानकारी का हिसाब जगताप ने लगाया। श्नाइडर, लेम्मर और चांग निरीक्षण के समय स्वयं मौजूद थे। जब ग्रहण काल हो तब सभी यन्त्रणाएँ अपनी चरम कार्यक्षमता से कार्यरत रहें। यह इस प्रयोग की सफलता के लिए जरूरी था। यह प्रसन्नता की बात है कि सभी यान्त्रिक उपकरण अपनी पूरी क्षमता से कार्य कर सकें। निरीक्षणों की आरम्भिक जाँच और विश्लेषण के बाद यह जानकारी मिल पाई है।..."

इसके बाद का विवरण जन सामान्य की समझ के परे था, पर खगोल वैज्ञानिकों के लिए बहुत ही महत्त्वपूर्ण था। इसे उन सातों वैज्ञानिकों ने अच्छी तरह पढ़ा। फिर उनके आपसी फोन सम्भाषण शुरू हो गए...यह फोन शृंखला काफी देर तक चलती रही।

"कमाल कर दिया तुमने नारायण ! टीन-एजर बच्चों से भी ज्यादा फोन कर रहे हो...और एक फोनकॉल यानी आधे घंटे की तसल्ली !" नारायण के एक फोनकॉल के समाप्त होते ही सुनन्दा ने टोका। नारायण हँसा। अभी रॉजर से बात हुई थी; अब शायद जेरी का फोन आएगा, वह हँसते हुए बोला, "हाँ, ऐसे अवसर बहुत ही कम आते हैं जब मैं फोन सेवा को अत्यावश्यक मानता हूँ। बाकी समय यह खाली गपशप और समय

बर्बादी का साधन है। पर मेरे सम्भाषण के विषय तुम्हारी गॉसिपिंग या विजय-विनीता की बड़बड़ाहट जैसे नहीं हुआ करते," विजय और विनीता कॉलेज में पढ़ रहे थे।

"पर वे बेचारे आधी रात फोन नहीं घुमाते। और हम गॉसिपिंग करते हैं तो तुम और तुम्हारे दोस्त कौन से बड़े विश्व के मामले सुलझा रहे हो ?" सुनन्दा ने ताना मारा।

"हाँ सुनन्दा ! यह विश्व का ही मामला है...आय एम नॉट जोकिंग," गम्भीर होते हुए जगताप बोला।

वह सुनन्दा के चेहरे पर अंकित प्रश्नचिह्न का जवाब कैसे दे इस बात पर चिन्ता कर रहा था तभी फोन बजा।

"जेरी होगा," पुटपुटाते हुए उसने रिसीवर उठाया और बोला, "हैलो जेरी !..."

सुनन्दा ने बिना बोले एक मोढ़ा उठाकर उसके पास रखा। अब बीस-तीस मिनट बात करनी है तो बैठकर क्यों न करें ?

"प्रोफेसर जगताप !"

जगताप ने घूमकर देखा। बलविन्दर खड़ा था। हाथ में एक कागज लिये। आजकल के 'एक्साइटमेंट' में वह बलविन्दर को भूल ही गया था। आज भी वह जिस शोध कार्य में लगा था वहाँ उसे बलविन्दर का आना व्यवधान ही लगा। फिर भी वह मुस्कुराकर बोला :

"बलविन्दर ! मैं तो तुझे भूल ही गया था। आस्ट्रेलिया, फिर अमेरिका और बीच में साउथ अफ्रीका, चिले...मैं भटक रहा हूँ। कहो क्या काम लाए हो ?"

बलविन्दर जान गया कि जगताप अभी व्यस्त है। वह बोला, "सर ! अभी मैं आपको अधिक परेशान नहीं करना चाहता, पर यह एक जरूरी मामला है, ऐसा मुझे लगा। इसलिए आपको इत्तिला करने आया हूँ," बलविन्दर ने एक लाल फाइल सामने रखी। उस पर सीक्रेट की मुहर लगी थी, "क्या आप पन्द्रह मिनट दे सकते हैं," उसने पूछा।

जब वह काम में व्यस्त है तो ऐसी हालत में बिना समय लिये कोई पट्ठा आ धमके और पन्द्रह मिनट माँगे, यह जगताप को नहीं जँचा। कुछ नाराजगी से वह बोला, "उसका आधा समय दे सकता हूँ...अभी मुझे विदेश से एक फोन आने वाला है।"

"ठीक है सर ! मैं समय की मर्यादा का उल्लंघन नहीं करूँगा। पर मुख्य बात यह है कि इस फाइल में मेरे कुछ नतीजे हैं और मैं उन नतीजों पर कैसे पहुँचा, इसका ब्योरा है। आप बाद में इत्मीनान से पढ़ें पर इसे गोपनीय रखें।"

बलविन्दर से फाइल लेकर जगताप ने उसे खोलकर सरसरी निगाह से देखा। 'वाइरस...उद्गम और प्रसार...कुछ सावधानियाँ' ऐसे शीर्षक के नीचे कुछ लिखा था। उसने डेस्क का एक ड्रॉअर खोलकर उसमें फाइल रखी, ड्रॉअर बन्द कर ताला लगाया। फिर बोला, "देखो तुम्हारे सामने फाइल यहाँ रखी है। मेरी गोपनीय फाइलें यहाँ नहीं

रखी जातीं। पर यहाँ यह सुरक्षित है। पर कभी-कभी मैं स्वयं भूल जाता हूँ कि कौन सी चीज मैंने कहाँ रखी। यदि ऐसा कुछ इस फाइल के बारे में हुआ तो मुझे याद दिलाना," उसके स्वर में कुछ मजाक का पुट था।

फिर भी बलविन्दर गम्भीरता से बोला, "जरूर, सर ! संक्षेप में यही कहना चाहूँगा कि अब तक का सब डेटा देखकर मैंने कुछ निष्कर्ष निकाले हैं। वाइरस कैसे आता है, यह अब हम जानते हैं। पर वह हर बार आता है तो अधिक तीव्रता से आता है। अब तक हम इसे नियन्त्रण में रख पाए हैं, पर यह आगे सम्भव नहीं होगा। इसलिए कुछ करना अत्यंत आवश्यक है। मैं इसे फिर दुहराना चाहूँगा कि आप यह फाइल जल्द से जल्द पढ़ें और जब चाहें मुझे बुलाएँ। मैं इन टिप्पणियों पर अधिक रोशनी डाल सकूँगा। अच्छा मैं चलता हूँ।"

बलविन्दर वहाँ से निकला। कुछ समय खाली था, इसलिए फाइल पढ़ने की इच्छा से जगताप ड्रॉअर खोलने जा रहा था कि उसका फोन बज उठा। और फाइल पढ़ने का उसका मनसूबा वहीं रह गया। और फोन पर बातचीत खत्म होने के बाद जो घटनाचक्र चला उसमें वह फाइल पढ़ना भूल ही गया।

मेमोरेंडम

टॉप सीक्रेट मेमोरेंडम—विषय : वाइरस।
यूनाइटेड नेशंस सिक्योरिटी काउंसिल के सदस्य राष्ट्रों के राष्ट्रप्रमुखों के प्रति—आठ वैज्ञानिकों की ओर से, जिनके नाम इस रिपोर्ट के अंत में हैं।

सम्माननीय राष्ट्रप्रमुखो,

इस रिपोर्ट का उद्देश्य आपको एक निहायत जरूरी बात से अवगत कराना है। रिपोर्ट के अन्तिम भाग में हम लोगों ने कार्यवाही के लिए कुछ सूचनाएँ दी हैं जिन पर अन्तर्राष्ट्रीय स्तर पर विचार-विमर्श की आवश्यकता है। हम आठों जिन देशों के नागरिक हैं, उनके राष्ट्रप्रमुख आपकी सूची में समाविष्ट हैं, इसलिए हमने उन्हें अलग से यह मेमोरेंडम नहीं भेजा।

यह तो सर्वविदित है कि पिछले दो-ढाई साल से विश्व के विभिन्न भागों में, वहाँ के कम्प्यूटरों में वाइरस घुसने की घटनाएँ बढ़ती जा रही हैं। यद्यपि हर एक घटना में कम्प्यूटर सिस्टम से वाइरस को बाहर निकालकर उसे फिर 'तन्दुरुस्त' बना दिया जाता है, फिर भी ऐसा अनुभव किया गया है कि यह तन्दुरुस्ती अस्थायी होती है और कुछ हफ्तों या महीनों में वाइरस फिर घुस जाता है और अधिकतर घटनाओं में ऐसे दुबारा आए वाइरस की तीव्रता बढ़ी होती है। जब इन घटनाओं की शुरुआत हुई तब अधिकांश राष्ट्रों ने खासकर ऐसे उदाहरणों को जहाँ उनकी सुरक्षा को चोट पहुँचती थी, गोपनीय रखा। अपने कम्प्यूटर सिस्टम का बिगड़ जाना हरेक राष्ट्र के स्वाभिमान को चोट पहुँचाता था। पर धीरे-धीरे ये गोपनीय उदाहरण भी प्रकट होने लगे और स्थिति अधिक से अधिक चिन्ताजनक बनती गई। और आज भी अनुमान किया जाता है कि वाइरस के ज्ञात उदाहरणों से कहीं अधिक उदाहरण वास्तव में हुए हैं।

पर अब राष्ट्रों ने एक दूसरे से इस बारे में जानकारी का आदान-प्रदान शुरू कर दिया है जिससे यह स्पष्ट होता है कि वाइरस की घटनाएँ एक-दूसरे से जुड़ी हैं। देश 'अ' और देश 'ब' दोनों के अनुभव यह दर्शाते हैं कि दोनों एक ही वाइरस से पीड़ित हैं। इससे आगे बढ़कर ऐसा भी कहा जा सकता है कि कोई संसार विरोधी शक्ति, जो किसी एक राष्ट्र से नहीं, बल्कि पूरे विश्व में, स्थापित व्यवस्था से दुश्मनी रखती है, वही वाइरस को जान-बूझकर फैला रही है।

यह साजिश किसने की ? उग्रवादी संगठन तो विश्व में अनेक हैं। ऐसे भी संगठन हैं जो अराजकता से लाभ उठा सकते हैं पर आज की स्थिति के लिए इन्हें जिम्मेदार नहीं ठहराया जा सकता। इसके कई ठोस कारण हैं।

आज ज्ञात उग्रवादी संगठनों में से किसी भी संगठन की कुछ चुने देशों से दुश्मनी रहती है। अन्य देशों से उनका कोई लेना-देना नहीं रहता। पर यहाँ तो वाइरस से सभी देश पीड़ित हैं। इसलिए ऐसे संगठनों को इसके लिए जिम्मेदार नहीं ठहराया जा सकता।

दूसरी वजह यह है कि इस वाइरस के प्रसार के पीछे जो तकनीक है वह बहुत ही प्रगतिशील है। अणुशक्ति, अन्तरिक्ष तकनीक, रॉकेट तकनीक आदि की अति उन्नत तकनीक गोपनीय रहती है। कम्प्यूटर तकनीक का जो नजारा इस वाइरस में दिखाई देता है, वह इतना उन्नत है कि किसी उग्रवादी संगठन के बस के बाहर है।

और तीसरा कारण यह कि किसी भी संगठन ने इसकी जिम्मेदारी नहीं ली है। साधारणतया ऐसे कारनामों को जाहिर कर अपने उद्देश्यों को अधिक लोगों तक पहुँचाने की कोशिश ऐसे संगठन किया करते हैं। उनका यह भी यत्न रहता है कि विध्वंसकारी कार्यों से अपनी ताकत का प्रदर्शन करें।

हमारे देशों की सरकारों ने इस बारे में काफी तहकीकात की है। देशी, विदेशी, अन्तर्राष्ट्रीय गुप्तचर संगठनों के साथ जाँच की। पर उग्रवादियों का कोई सम्बन्ध इस वाइरस को फैलाने में साबित नहीं हुआ। इसलिए यह प्रश्न कि 'वाइरस आया कहाँ से ?' और भी जटिल बन जाता है।

इस सवाल का जवाब हमें मिल चुका है। वह जितना विचित्र और असम्भाव्य लगता है, उतना ही खतरनाक भी है। पहले हम लोगों का भी उस पर विश्वास नहीं था। पर शरलॉक होम्स के कथन की सच्चाई हमें प्रतीत हुई। उनका कहना था : When you have eliminated the impossible, whatever remains however improbable, must be the truth.

हम होम्स की तहकीकात करने की क्षमता की बराबरी नहीं कर सकते। वास्तव में जवाब हमारे सामने नाच रहा था पर हमने उसे पहचानने में देर लगाई। पर जब सही स्थिति का अहसास हुआ तो उसे वैज्ञानिक ढंग से साबित करने में हमने कोई कसर नहीं रखी। जब हमें इत्मीनान हुआ तभी हम आपके सामने यह रिपोर्ट पेश करने का साहस कर पाए। यद्यपि इस जटिल समस्या के सुलझाने पर हमें सन्तोष महसूस हो रहा है तो भी हमारा उत्तर बहुत ही चिन्ताजनक है और यह बताता है कि हमें शीघ्र ठोस कदम उठाने हैं, वरना स्थिति पर काबू पाना सम्भव नहीं होगा।

तो इस सवाल का जवाब एक ही वाक्य में इस प्रकार है—इस कम्प्यूटर वाइरस का उद्गम पृथ्वी नहीं, बल्कि अन्तरिक्ष में है—बर्नार्ड के तारे की परिक्रमा करने वाले एक ग्रह पर।

अब इस नतीजे के बारे में कुछ विस्तार से :

भारत में महाकाय दूरबीन के उद्घाटन को अब ढाई साल बीत चुके हैं। संकुल के उद्घाटन की प्रतीकात्मक कृति थी एक रेडियो डिश डी-14 को बर्नार्ड के तारे की ओर घुमाकर उस तारे से आनेवाली रेडियो लहरों को ग्रहण करना।

बर्नार्ड का तारा कोई खास चमकीला तारा नहीं है, न तो वह रेडियो क्षेपण के लिए विख्यात है। पर वह हमारे निकटतम तारों में से एक है—निकट यानी उसके यहाँ से भेजे प्रकाश किरण केवल 6 वर्षों में यहाँ पहुँच जाते हैं। उसकी तुलना में सूरज की किरणें यहाँ तक केवल सवा आठ मिनटों में पहुँचती हैं। पर सूरज और कुछ थोड़े और तारों को छोड़कर बर्नार्ड का तारा बहुत ही पास का तारा माना जाता है और एक खास सम्भावना यह भी है कि उसके पास एक ग्रह के होने के आसार हैं।

इसलिए यह भी सवाल पैदा होता है कि क्या उस ग्रह पर सजीवों का आवास है ? यदि है, और यदि वहाँ के सजीव तकनीक में काफी आगे हैं तो वहाँ से रेडियो सन्देश भी आते होंगे। यदि ऐसे सन्देश भेजे जा रहे हैं तो वे सबसे पहले इस दूरबीन संकुल पर ग्रहण किए जाएँ, इसी इच्छा से गोपालस्वामी सुब्रह्मण्यम, दूरबीन के संस्थापक एवं निदेशक ने (जो इन आठ प्रेषकों में से एक हैं) उद्घाटन के अवसर पर डी-14 डिश को बर्नार्ड तारे की ओर घुमाया।

आज हम कह सकते हैं कि वाइरस की शुरुआत इसी समय हुई।

डी-14 को कुछ मन्द लहरें प्राप्त हुईं। इतनी मन्द लहरों को ग्रहण करने की क्षमता महाकाय दूरबीन में सौ प्रतिशत है, जबकि अमेरिका के वेरी लार्ज अरे (वी.एल.ए.) दूरबीन संकुल में ऐसे सन्देश ग्रहण करने की क्षमता केवल पचास प्रतिशत है और आस्ट्रेलिया की बड़ी दूरबीन में बीस प्रतिशत है। संसार की अन्य दूरबीनें इतनी ताकतवर नहीं हैं कि ऐसे सन्देश पकड़ पाएँ।

बर्नार्ड के तारे से आए प्रथम सन्देश विश्लेषण के लिए कम्प्यूटर और डेटा प्रॉसेसिंग के लिए भेजते समय, उद्घाटन की यादगार के रूप में गोपालस्वामी ने उस सन्देश की कॉपी संसार की कई वेधशालाओं को भेजी।

आज हम कह सकते हैं कि वाइरस के फैलने का यह पहला अवसर था।

उद्घाटन के कुछ मास बाद वही डिश संकुल के कम्प्यूटर के नियन्त्रण को न मानकर किसी अन्य दिशा में घूमकर निरीक्षण करने लगी। डी-14 का यह दोष, वहाँ के अभियन्ता जमशेद वाडिया ने गोपालस्वामी को दिखलाया। पर यह कोई 'रूटीन माल फंक्शन' की बात होगी, ऐसा समझकर गोपालस्वामी ने उसे अनदेखा कर दिया। और जब जमशेद डी-14 को फिर से कम्प्यूटर के नियन्त्रण में लाने में कामयाब हुआ, तब इस घटना पर पर्दा पड़ा।

पर कुछ महीनों बाद फिर वही घटना घटी। इस बार उस 'विद्रोही डिश' डी-14 के अजीब व्यवहार की जानकारी देने के उद्देश्य से जमशेद ने उस डिश द्वारा ग्रहण किया हुआ समूचा डेटा गोपालस्वामी के सुपुर्द किया। पर गोपालस्वामी ने इस पर कोई भी कार्रवाई नहीं की। पर जमशेद वाडिया को एक अन्य चिन्ताजनक बात दिखाई दी।

अन्य 49 डिशेज भी इस दफे डी-14 का अनुकरण कर रही थीं, यानी विद्रोह अब फैल गया था।

गोपालस्वामी चुप्पी साधे था, क्योंकि उसे डर था कि दूरबीनों का यह सनकी व्यवहार संकुल की कीर्ति को धक्का पहुँचा सकता है। और, जमशेद के उन पर काबू पाने पर सभी दूरबीनें उचित कार्य कर रही थीं। गोपालस्वामी ने विद्रोह के कारणों का पता लगाने के प्रयास तो किए; पर वह इसमें सफल नहीं रहा। आखिर उसने इस सनकीपन को तात्कालिक समझकर फिर कोई कार्रवाई नहीं की। हो सकता है किसी प्रयोग के दरम्यान कम्प्यूटर के नियन्त्रण पत्र में कुछ परिवर्तन हुए हों जो अपने आप ठीक हो गए।

पर कुछ महीनों बाद इसी घटनाक्रम की पुनरावृत्ति हुई और अब गोपालस्वामी सतर्क हुआ, यही नहीं उसका शक जा जमा जमशेद पर ही !

क्या जमशेद को उकसाकर कोई बाहरी व्यक्ति दूरबीन के साथ छेड़छाड़ कर रहा है ? या अनधिकृत मार्ग से दूरबीन का प्रयोग किसी दूसरे ही वेध के लिए किया जा रहा था ? क्योंकि अधिकृत मार्ग से दूरबीन इस्तेमाल करने के लिए लम्बी कतार लगी थी और हो सकता है कि यदि किसी वैज्ञानिक को नम्बर आने के लिए काफी इन्तजार करना पड़े तो ऐसे छिपे मार्ग से दूरबीन का प्रयोग करने का मोह उसे ऐसा करने के लिए प्रेरित करे। क्योंकि जहाँ तक गोपालस्वामी जानता था, दूरबीन के नियन्त्रण के सर्वाधिकार जमशेद के पास थे।

और, इस संदेह के भूत को और जागृत किया नारायण जगताप की जमशेद के साथ हुई गुप्त मन्त्रणा ने। जब जमशेद ने देखा कि गोपालस्वामी डी-14 डिश की अनुशासनहीनता पर कोई कार्यवाही नहीं कर रहा तो उसने नारायण को सलाह के लिए संकुल में आमन्त्रित किया। जब गोपालस्वामी को इस गुप्त सलाह-मशविरे की जानकारी मिली तो उसे लगा कि उसके सन्देह की पुष्टि हुई और उसने जमशेद को निलम्बित कर दिया। ताकि इस तरह संकुल में घुसपैठ बन्द हो।

पर कुछ ऐसा संयोग हुआ कि जमशेद को फिर से वापस बुलाया गया क्योंकि संकुल के गवर्निंग बोर्ड के एक सदस्य वैज्ञानिक डॉ. विनोद शर्मा एक महत्त्वपूर्ण वेध लेना चाहते थे। यद्यपि वेधों के लिए लगी कतार में शर्माजी का नम्बर आने में काफी देर लगती तो भी प्रयोग के महत्त्व और स्वयं डॉ. शर्मा के अधिकार की कद्र करते हुए गोपालस्वामी ने कतार तोड़कर अपने एक सहयोगी के स्थान पर उनके प्रयोग को अग्रक्रम दिया। और चूँकि प्रयोग के लिए किसी तकनीक विशारद की आवश्यकता थी, उसे जमशेद को फिर वापस बुलाना पड़ा। इतना ही नहीं, डॉ. शर्मा का प्रयोग नारायण जगताप के कुछ वेधों से संलग्न होने की वजह से जगताप के वेधों को भी अग्रक्रम मिला। और इस तरह तथाकथित साजिश के दोनों अभियुक्तों को संकुल में फिर से प्रवेश मिला !

पर इन दोनों ने इस मौके का फायदा उठाकर वाइरस का रहस्य सुलझाने में

सफलता हासिल की। क्योंकि डॉ. शर्मा के वेधों के दरम्यान डी-14 डिश ने फिर से विद्रोह किया। इस अवसर पर जगताप और जमशेद दोनों मौजूद थे। उन्होंने डी-14 की पूरी तरह जाँच की। और साथ ही जगताप के मन में उभरे एक सन्देह की भी पुष्टि की। यह सन्देह जगताप के मन में क्यों उभरा, यह बताने के पहले वाइरस की तत्कालीन स्थिति पर कुछ टिप्पणी करना आवश्यक है।

तब तक इस बात की जानकारी स्पष्ट होने लगी थी कि वाइरस अब काफी राष्ट्रों को पीड़ित कर रहा था। वाइरस पर कुछ काल तक काबू पाना सम्भव होता है, पर वह फिर कुछ महीनों में उभड़ आता है, ऐसा एक चित्र जगताप की आँखों के सामने धीरे-धीरे साकार हो रहा था। वह खुद अपनी सरकार की एक उच्चस्तरीय सुरक्षा समिति का सदस्य था और इस हैसियत से उसे वाइरस के राष्ट्रीय, और कुछ हद तक अन्तर्राष्ट्रीय, प्रसार की जानकारी गोपनीयता के आवरण में मिल रही थी। उसे वाइरस के प्रसार और डी-14 के विद्रोही रवैए में कुछ सम्बन्ध दिखाई देने लगे थे। पहले उसका अनुमान था कि वाइरस जब-जब फैलता है, तब यह डिश सनक जाती है। पर क्या यह कार्य-कारण सम्बन्ध उलटा तो नहीं ? क्या डी-14 के विद्रोह के बाद वाइरस अधिक फैलता है ? आरम्भ में जगताप को यह कल्पना बिल्कुल बेतुकी लगी। पर उसने डी-14 के इस रवैए की जब जाँच की और यहाँ जमशेद ने उसकी काफी सहायता की, तो यह भी स्पष्ट होने लगा कि सनक जाने पर डी-14 हर वक्त बर्नार्ड के तारे की ओर मुँह कर लेती है।

यहाँ खगोल विज्ञान के एक तथ्य को प्रस्तुत करना उचित होगा। जिस तरह हम आकाश में ग्रह, तारे एवं आकाश-गंगाएँ देखते हैं उसी तरह रेडियो दूरबीनों के माध्यम से रेडियो स्रोतों की जानकारी पाते हैं। ऐसे दर्शनीय स्रोत हैं रेडियो गैलेक्सी एवं क्वेज़ार। क्वेज़ार देखने में तारे की तरह है, पर वास्तव में वे असंख्य तारोंवाली किसी आकाश-गंगा से भी अधिक प्रखर ऊर्जा के स्रोत साबित हुए हैं। इनसे इन्फ्रारेड किरणें और एक्स-किरणें भी निकलती हैं। क्वेजार के अलावा रेडियो दूरबीनों से 'देखे' जानेवाले दर्शनीय स्रोतों में हम पल्सर यानी स्पन्दक तारों का जिक्र कर सकते हैं। इन तारों पर भी रेडियो खगोलशास्त्री काफी समय निरीक्षण में लगाते हैं।

पर बर्नार्ड का तारा इन दर्शनीय रेडियो स्रोतों में नहीं गिना जाता। ऐसी हालत में कोई खगोल निरीक्षक जान-बूझकर डी-14 को बर्नार्ड के तारे की ओर घुमाए, ऐसा सम्भव नहीं लगता। तो फिर कोई डी-14 को हर बार इस ओर क्यों घुमाता है ? उस तारे में ऐसी क्या खास बात है जिस वजह से कोई अज्ञात निरीक्षक डी-14 को उधर घुमाए ?

मित्रों से चर्चा करते समय जगताप के मन में एक अजीब कल्पना उभरी। क्या डी-14 को बर्नार्ड के तारे की मारफत घुमाया जा रहा है ? यानी क्या डिश को घुमाने वाली शक्ति यहाँ पृथ्वी पर नहीं, बल्कि बर्नार्ड के तारे के पास है ? विज्ञान-कथा के लिए उपयुक्त इस कल्पना को वास्तविकता की कसौटी पर कस जगताप ने नजरअन्दाज

कर दिया। पर परिस्थितिजन्य सबूत इसके पक्ष में थे। बर्नार्ड के तारे के पास ग्रह के होने का आभास मिला था। ग्रह पर उस प्रेरक शक्ति का वास होना असम्भव नहीं। यदि पृथ्वी की ओर से देखने पर वह ग्रह अपनी कक्षा में परिक्रमा करते समय कभी तारे के आगे तो कभी पीछे हुआ, तो यह भी नामुमकिन नहीं कि ग्रह पर स्थित शक्ति का पृथ्वी से संपर्क कभी बने कभी टूटे। और यह बनना-टूटना ग्रह के परिक्रमा काल पर निर्भर करेगा। ऐसी हालत में ग्रह से पृथ्वी की ओर भेजे गए सन्देश निश्चित कालावधि के बाद आएँगे। प्रेषक शक्ति ऐसा समय चुनेगी जब उसके भेजे गए सन्देश यहाँ पहुँच सकें।

यह गणित साधारण नहीं है। तारे या ग्रह से पृथ्वी तक पहुँचने का समय करीब छह साल है। जैसे तारे की परिक्रमा करने वाला ग्रह स्थिर नहीं वैसे पृथ्वी भी स्थिर नहीं। जगताप ने कम्प्यूटर की सहायता से यह निश्चित किया कि ग्रह बर्नार्ड तारे की परिक्रमा कैसी कक्षा में कर रहा होगा ताकि डी-14 पर पहुँचे सन्देश उसे विद्रोह की सूचना पहुँचा सकें। डी-14 ने कौन-कौन सी तिथियों पर सनकीपन दिखाया था, इसकी जानकारी के लिए यह गणना आवश्यक थी।

इस गणना से जगताप को इत्मीनान हो गया कि वह सही रास्ते पर है। इसीलिए वह भविष्यवाणी कर पाया कि डी-14 फिर कब विद्रोह करेगी। इसीलिए वी.एल.ए. के निदेशक को उसने एक सावधानी का सन्देश भेजा कि निकट भविष्य में उसे भी अपनी दूरबीन के व्यवहार में गड़बड़ी दिखेगी। यह भविष्यवाणी सही साबित हुई।

पर क्या डी-14 केवल अपनी दिशा बदले रहती थी ? नहीं, बर्नार्ड के तारे के पास के उस ग्रह से उसे सन्देश आते थे। लेकिन वे 'शोरगुल' में छिपे होते थे। इसीलिए गोपालस्वामी उन्हें नहीं देख सका। वास्तव में वाइरस फैलाने वाला वह एक कम्प्यूटर प्रोग्राम था।

इस प्रोग्राम को खोजने में कामयाबी पाई भारतीय गुप्तचर विभाग के एक विशेषज्ञ ने, जिसका नाम गोपनीयता के हेतु हम 'एक्स' रखेंगे। एक्स एक सॉफ्टवेयर विशेषज्ञ है जो सांकेतिक भाषा के क्षेत्र में भी एक बड़ी हस्ती माना जाता है। लेकिन पहले उसे भी असफलता मिली इस शोरगुल से सन्देश बाहर निकालने में। जब उसने डी-14 द्वारा संकलित पूरा डेटा जाँचा तभी उसे लगा कि यहाँ कोई कम्प्यूटर प्रोग्राम छिपा है। फिर अपनी समूची कुशलता को दाँव पर लगाकर वह उस प्रोग्राम को खोज सका। फिर हमें पता चला कि इस प्रोग्राम का पहला चरण दूरबीन के उद्घाटन के अवसर पर भेजे गए यादगार सन्देश में था। यानी वाइरस की शुरुआत उसी समय हुई।

एंग्लो-आस्ट्रेलियन ऑब्जर्वेटरी में इस वाइरस के घुसने के आसार तब दिखे जब वहाँ के कुछ निरीक्षणों में गड़बड़ियाँ पैदा हुईं। जब यह वाइरस वी.एल.ए. में घुसा तो उसने वहाँ की एक डिश पर कब्जा कर लिया और यह डिश डी-14 की तरह विद्रोह करने लगी। वी.एल.ए. के अभियन्ता ने भी पहले इस ओर ध्यान नहीं दिया, क्योंकि डिश को सही रास्ते पर लाने के बाद कुछ महीने उसने कोई परेशानी पैदा नहीं की।

पर जब जगताप ने रॉजर माइले, वी.एल.ए. के निदेशक को इस बारे में सावधान किया और आगामी गड़बड़ी की सूचना दी, तब माइले को भी इस बारे में यकीन हुआ। खासकर इसलिए कि जगताप की भविष्यवाणी सही साबित हुई।

इसके पश्चात् जगताप, माइले और गोपालस्वामी के प्रयासों की बदौलत हम आठ वैज्ञानिक चर्चा के लिए एंग्लो-आस्ट्रेलियन ऑब्जर्वेटरी में मिले क्योंकि यहाँ वाइरस सर्वप्रथम दिखाई दिया था। हम आठों में केवल विलियम चांग वहाँ नहीं आ सका पर वह टेलीफोन और ई-मेल के माध्यम से अमेरिका से हमारे संपर्क में था। स्पेस टेलिस्कोप साइंस इंस्टिट्यूट के निदेशक के नाते चर्चा में उसका सहभाग और सहयोग अत्यावश्यक था, क्योंकि आगे चलकर हमें हबल दूरबीन का प्रयोग वाइरस के मूल स्रोत—बर्नार्ड के तारे के ग्रह की जानकारी के लिए करना था।

क्योंकि अभी तक हमारा तर्क और उसका नतीजा दोनों प्रत्यक्ष सबूत पर आधारित नहीं थे। क्या बर्नार्ड के तारे की परिक्रमा करनेवाला ग्रह वास्तव में है ? क्या उसका परिक्रमा काल वाइरस के पुनरुज्जीवन के काल से मिलता-जुलता है ? क्या वह ग्रह ऐसे समतल में घूमता है कि पृथ्वी से उसका सम्पर्क बीच-बीच में टूटता है जब उसे तारे का ग्रहण लगता है ? जिस बारीकी से इन मुद्दों को निरीक्षण द्वारा परखना था वह केवल हबल दूरबीन से ही सम्भव था। जब ग्रह ऐसे समतल में घूमता है तब कभी वह तारे के आगे आता है तो कभी पीछे। पहली दशा में तारे के प्रकाश में (ग्रह के ढकने की वजह से) कमी आ जाती है। दूसरी दशा में ग्रह से आनेवाले रेडियो सन्देश तारे द्वारा रोक दिए जाते हैं। पहली दशा को देखने के लिए हबल दूरबीन की जरूरत थी...और वह भी जितनी जल्दी से जल्दी मिल सके।

विलियम चांग ने इस बात को देखते हुए अपने निदेशक के विशेषाधिकार का इस्तेमाल कर हबल दूरबीन की कार्यक्रम पत्रिका में इस निरीक्षण को शीघ्र स्थान दिया। हम आठों वैज्ञानिक इस वेध में भाग ले रहे थे। और जगताप के गणित के अनुसार निश्चित ग्रहणकाल की प्रतीक्षा कर रहे थे, जब तारे को ग्रह द्वारा आंशिक ग्रहण लगना था।

और वह गणना सही निकली। इस ग्रहण को अच्छी तरह देखा गया जैसा कि नासा के प्रसिद्ध पत्रक में जाहिर हुआ। पर उससे जो और निष्कर्ष निकलता है—जो ग्रह के अस्तित्व मात्र से कहीं अधिक महत्त्वपूर्ण है—उसे गोपनीय रखा गया। वह निष्कर्ष चार भागों, चार चरणों पर आधारित है :

नम्बर एक यह कि बर्नार्ड के तारे के पास एक ग्रह मौजूद है। नम्बर दो, उस ग्रह से रेडियो लहरें पृथ्वी की ओर आती हैं, और वे तब रुक जाती हैं जब ग्रह तारे के पीछे चला जाता है। तीसरा चरण यह कि उन लहरों के माध्यम से कम्प्यूटर प्रोग्राम भेजा जा रहा है। और चौथा, अन्तिम चरण यही कि उस प्रोग्राम से वाइरस जान-बूझकर भेजा जा रहा है।

अब इन तथ्यों के आगे हम तर्क का सहारा लेते हैं क्योंकि पृथ्वी का भविष्य इस

तर्क पर निर्भर करता है।

तर्क यह कि बर्नार्ड के तारे के इस ग्रह पर एक अतिविकसित जीवसृष्टि है, जो विज्ञान और तकनीक के हिसाब से हमारी पृथ्वी पर की विद्यमान मानव सभ्यता से बढ़ी-चढ़ी है। उनके पास मौजूद रेडियो दूरबीनों की सहायता से उन्हें पृथ्वी पर प्रक्षेपित रेडियो लहरों द्वारा होने वाले दूरसंचार की जानकारी हो चुकी है। उन्हें यहाँ की सभ्यता का अच्छा अन्दाज हो चुका है और वे इस नतीजे पर पहुँचे हैं कि हमारा यह ग्रह उनकी जीवसृष्टि के लिए पोषक है।

अब इस तर्क को कुछ आगे बढ़ाएँ। कल्पना करें कि औपनिवेशिक उद्देश्य से वे अन्य तारों के ग्रहों पर उपनिवेश बनाना चाहते हैं। तो वे आसपास के तारों के सूक्ष्म निरीक्षण से उपनिवेश के योग्य ग्रहों का पता लगा रहे हैं और इस परियोजना में उन्हें पृथ्वी की जानकारी हुई है।

पहले पृथ्वी पर उपनिवेशवाद था। किसी विकसित देश के लोग किसी अन्य अविकसित या अर्धविकसित देश के भूभाग पर कब्जा कर वहाँ उपनिवेश बनाते थे। बीसवीं सदी में उपनिवेशवाद घटता गया और आखिर उसका लोप हुआ। पर अब भी अगर हमें पृथ्वी के बाहर रहने लायक कोई ग्रह या उपग्रह मिले, तो हम वहाँ उपनिवेश बनाने के प्रयास तो करेंगे ही ? साहस, चुनौती, नए अनुभव हमें या हमारी सभ्यता में आज भी कुछ लोगों को उपनिवेश बनाने के अभियानों के लिए प्रेरित करेंगे ही।

हमारा अनुमान है कि कुछ ऐसी ही कोशिशें बर्नार्ड के तारे के ग्रह पर की जा रही हैं। यह वाइरस उस अभियान का प्रथम चरण है। हमारी तकनीक की सीमाएँ वे लोग भाँप गए हैं, और यह भी कि हम कम्प्यूटरों पर कितने निर्भर हैं। इसलिए वाइरस द्वारा कम्प्यूटरों को नाकाम बनाने की साजिश उन्होंने रची है।

अब एक सवाल यह भी उठता है कि बर्नार्ड का तारा हमसे छह प्रकाश वर्ष दूर है। यहाँ आज जो स्थिति है, उसकी जानकारी उन्हें छह साल बाद मिलेगी। और उस जानकारी के आधार पर जो वाइरस बनाकर वे छोड़ेंगे वह हम तक छह साल पश्चात् पहुँचेगा। यानी ऐसा लगता है कि जिस जानकारी के आधार पर वाइरस का प्रयोग हुआ वह पूरे बारह वर्ष पुरानी थी। बारह वर्ष का कालखंड कम्प्यूटर के विकास में काफी लम्बा है। तो फिर यह वाइरस बारह वर्ष बाद की नई कम्प्यूटर-प्रणाली पर असर क्योंकर दिखलाता है ?

इस अच्छे प्रश्न का एक ही उत्तर हमारे पास है, वह यह कि हमारे कम्प्यूटर जिस विकास क्रम से गुजरे हैं वैसा ही क्रम उन्होंने भी अपने कम्प्यूटरों के बारे में देखा होगा। इसलिए उन्हें इस बात का अनुमान करने में कोई कठिनाई नहीं होगी कि बारह साल बाद हमारी कम्प्यूटर तकनीक किस स्तर पर पहुँची होगी। या ऐसा भी हो सकता है कि उन्होंने इस विकास के कई स्तरों को ध्यान में रखते हुए कई वाइरस छोड़े हैं, पर उनमें से जो हमारे स्तर का है वही अपना मारक प्रभाव दिखा पाया है।

उदाहरण के लिए कल्पना कीजिए कि हमें पीड़ित करने वाला वाइरस सन् 1960

से यहाँ आ रहा है। पहले न तो हमारी दूरबीनें इतनी कार्यक्षम थीं कि उसे ग्रहण कर सकें, और न हमारे कम्प्यूटर इतने विकसित थे कि यह वाइरस उन पर हमला बोल दे। पर तकनीक का विकास होता रहेगा इस आशा से वे लोग वाइरस का प्रहार करते रहे...आखिर आज हम उस स्तर पर पहुँचे जब उस प्रहार का असर हमारे ऊपर पड़े। महाकाय दूरबीन और कम्प्यूटर नेटवर्किंग आज हमें उस स्तर पर ले आए हैं और हम वाइरस का परिणाम भुगत रहे हैं। यह रही आज की स्थिति !

पर अब भविष्य की ओर देखें। यह शैतानी बढ़ती ही जाएगी, और आखिर हमारी तकनीकी सभ्यता इतनी निष्प्रभ हो जाएगी कि अगर उन लोगों ने हम पर हमला बोल दिया तो हम कुछ नहीं कर पाएँगे। यह विकट स्थिति न आए इसके लिए हमें शीघ्रातिशीघ्र कुछ सावधानियाँ बरतनी होंगी, कुछ कड़वे निर्णय लेने होंगे। इस मेमोरेंडम में एक परिशिष्ट जोड़ा गया है, जहाँ आप उनका विवरण पाएँगे। कृपया उसे ध्यान से पढ़ें और जरूरत हो तो हमें बुलाकर हमसे चर्चा करें।

पर कृपया इस मेमोरेंडम को नज़रअन्दाज न करें। पृथ्वी की सुरक्षा गहरे खतरे में है, उसे बचाना आप सबका फ़र्ज़ है।

भवदीय,

हम आठ वैज्ञानिक,

नारायण विनायक जगताप	भारत
गोपालस्वामी सुब्रह्मण्यम	भारत
रॉजर माइले	संयुक्त राज्य अमरीका
विलियम चांग	संयुक्त राज्य अमरीका
जेरी निकल्सन	आस्ट्रेलिया
बर्ट्रंड बिशप	आस्ट्रेलिया
हान्स श्नाइडर	यूरोपीय समुदाय
मायकेल लेम्मर	दक्षिण अफ्रीका

कड़वा पथ्य

सीक्रेट मेमोरेंडम लिखने की प्रकिया स्पेस टेलिस्कोप साइंस इंस्टिट्यूट के परिसर में सम्पन्न हुई। मेमोरेंडम की प्रतियाँ सभी राष्ट्रप्रमुखों को भेजने के बाद वे सभी अपने-अपने घर लौटने की सोचने लगे। जगताप को ऐसा महसूस हो रहा था कि कोई एक विषय अभी चर्चा के लिए बाकी है, पर उसे याद नहीं आ रहा था कि वह विषय कौन सा था। वह बोला, "अभी आप सबसे एक बात पर मशविरा करना था, पर वह कौन सा मुद्दा था, यही याद नहीं आ रहा है। ऐसा कभी-कभी होता है मानो मेरे स्मरण-पटल को किसी पर्दे ने ढँक दिया हो ! काश, मुझे याद आता..."

"मैं याद दिलाता हूँ," मसखरे स्वर में माइकेल लेम्मर बोला, "तुम हम सबको एक भारतीय खाने की दावत देने वाले थे..."

"जरूर दूँगा ! पर भारत आना पड़ेगा। मगर जिस बात की याद नहीं आ रही, वह कुछ और ही थी," जगताप हँसकर बोला।

जेरी निकल्सन ने कहा, "जब याद आए तो हमें बताना। फिर उस पर चर्चा करेंगे। शायद ये राष्ट्रप्रमुख हमें बुलाएँ ! खैर, मैं तो चला अपनी दूरबीन की ओर...उसकी मरम्मत अब पूरी हो रही है।"

"टेक इट ईजी," उसकी पीठ थपथपाकर बी.बी. बोला, "तुम्हें यह बात खटक रही है कि वाइरस खोजने में महाकाय दूरबीन और वी.एल.ए. की तरह तेरी दूरबीन ने योगदान नहीं दिया ! तो मरम्मत के बाद तुम्हारी दूरबीन की कार्यक्षमता बढ़ेगी और फिर तुम्हारी भी एक डिश विद्रोह कर बैठेगी।"

"तुमने ठीक अन्दाज लगाया बी.बी.। मेरी तमन्ना है कि मरम्मत पूरी होते ही दूरबीन का लक्ष्य बर्नार्ड के तारे को ही बनाऊँगा," जेरी बोला।

"सावधानी से भाई ! कहीं वाइरस तुम्हारी दूरबीन में न जा बैठे। गोपाल और मैं दोनों अपनी-अपनी दूरबीनें बन्द रखनेवाले हैं जब फिर बर्नार्ड के तारे से सन्देश आने की बारी आएगी," रॉजर माइले ने कहा।

"इतने दिन तुम दोनों अपनी दूरबीनों से उस दिशा के वेध लेते थे। अब मेरी बारी है। मैं अपनी दूरबीन बन्द नहीं रखने वाला—बर्नार्ड के तारे का ग्रह चाहे जो शैतानी करे," जेरी निश्चयपूर्वक बोला।

जगताप को भारत लौटते ही फिर विदेश यानी जेनेवा जाना पड़ा। सुरक्षा परिषद के सदस्य राष्ट्रों के प्रमुखों की बैठक वहाँ हो रही थी, पर यह बैठक असामान्य होने के नाते यू.एन. के हेडक्वार्टर्स में न होकर एक निजी, पर अज्ञात, स्थल पर हुई। दिन में चर्चा हुई कुछ और, कार्यसूची थी कुछ और। पर शाम को भोजनोपरान्त वे इन आठ वैज्ञानिकों से मिले। वहाँ वैज्ञानिकों के मेमोरेंडम पर काफी चर्चा हुई। आखिर वाइरस का उद्‌गम बर्नार्ड के तारे में ही हो रहा है इस तथ्य को उन राष्ट्रप्रमुखों ने स्वीकार कर लिया। पर फिर उन्हें इस चिन्ता का सामना करना पड़ा कि किसी एक-दूसरे राष्ट्र पर नहीं पर समूचे विश्व के सिर पर मँडरानेवाली इस विपत्ति का सामना कैसे किया जाए।

सुरक्षा परिषद के अध्यक्ष बोले, "हम सब आप वैज्ञानिकों को बधाई और धन्यवाद देते हैं कि आपने सारे विश्व को सताने वाले इस वाइरस का मूल स्रोत खोज निकाला। पर यह जानकर कि यह वाइरस बर्नार्ड के तारे के एक ग्रह से भेजा जा रहा है, हम आगामी काल में अपना बचाव कैसे कर सकते हैं ? आपने इस प्रश्न पर परिशिष्ट में जो सूचनाएँ दी हैं, उन पर अब चर्चा होनी चाहिए।"

आठों वैज्ञानिकों ने एक दूसरे की ओर ताका। वे जानते थे कि राष्ट्रप्रमुखों की चर्चा के दौरान एक समय आएगा जब उनसे यह प्रश्न पूछा जाएगा। इसीलिए उन्होंने जो नीति निर्धारित की थी उसके अनुसार अब माइकेल लेम्मर उठ खड़ा हुआ। उसका कद ऊँचा, शरीर तगड़ा और समूचा व्यक्तित्व देखने वाले पर छाप डालता था। उसे जनसामान्य के सम्मुख भाषण देने का अभ्यास था। अपनी धीर-गम्भीर आवाज में वह बोला, "माननीय सज्जनो ! आज हमारे सम्मुख कार्रवाई के लिए कोई ज्यादा विकल्प नहीं है। बल्कि अतिशयोक्ति न कर यही कहूँगा कि विकल्प केवल एक ही है और यह हमारा भाग्य है कि यह एक विकल्प हमें उपलब्ध है। मैं आपको बताता हूँ। यह बड़ा जटिल, शायद व्यावहारिक नहीं, ऐसा आप कहेंगे। पर इसके सिवा कोई चारा नहीं और यह भी गारंटी देना सम्भव नहीं कि यह कामयाब हो सके।

"यदि वाइरस भेजनेवाले यहीं के, पृथ्वीवासी होते, तो नीतिशास्त्र के सभी तरीकों का—साम-दाम-दंड-भेद का—हम इस्तेमाल करते। पर यह सम्भव नहीं। प्रेषक हमसे छह प्रकाश वर्ष दूर हैं। उनसे संवाद स्थापित करना, जारी रखना बहुत ही विलम्बकारी मार्ग है। याद रखें कि आज हम उन्हें कुछ भी सन्देश भेजें, उनका जवाब आ पहुँचेगा आज से बारह वर्ष उपरान्त ! फिर संवाद जारी रखने में कितना समय खर्च होगा, उसकी आप कल्पना करें।

"इसलिए उनसे चर्चा-संवाद स्थापित करना व्यावहारिक कदम नहीं हो सकता। उनके ऊपर आक्रमण करना हमारे बस की बात नहीं, क्योंकि हमारे अन्तरिक्ष यान अभी तक सौर-मंडल से बाहर के अभियान नहीं कर पाए हैं। बर्नार्ड तारे तक पहुँचने में ही उन्हें हजारों लाखों वर्ष लगेंगे। और शक्ति प्रदर्शन में यह भी सम्भावना है कि वे हमसे कहीं अधिक बलशाली हों। अतः इस विकल्प को भूल जाएँ !

"तो हम कर ही क्या सकते हैं ? हमारे सामने एक ही मार्ग है—प्रतिबन्ध का।

वाइरस पर पूर्णतया प्रतिबन्ध लगाकर उसे निकाल देने का। इसके लिए दो कदम उठाने होंगे। खगोल निरीक्षकों को बर्नार्ड के तारे की और उसके आसपास की दिशाओं में निरीक्षणों पर रोक लगानी होगी। और दूसरा कदम है अपनी पूरी कम्प्यूटर-प्रणाली बन्द करके उसे शुद्ध करना।

"पहला कदम कोई कठिन नहीं। बर्नार्ड के तारे की दिशा के साथ एक आर्क-मिनट कोन करने वाली दिशाओं (या उनसे निकटतर दिशाओं) को टालना होगा। एक आर्क मिनट एक अंश का साठवाँ हिस्सा। खगोल निरीक्षक इस पर कोई खास एतराज नहीं करेंगे। यह प्रतिबन्ध लगाना कोई असम्भव बात नहीं है।

"पर दूसरा चरण महज कठिन होगा। क्योंकि वाइरस काफी फैला और भीतर घुसा है। और बर्नार्ड के तारे की ओर से उसे और भी जटिल बनाया जा रहा है। इसीलिए हम उसका समूचा उच्चाटन नहीं कर पाए। अब हमें सभी कम्प्यूटर शुद्ध करने होंगे, यानी उनकी हार्ड डिस्क पूरी तरह मिटाकर साफ करना है। सभी फ्लापियाँ, डिस्केटें नष्ट करनी हैं और नेटवर्किंग पर रोक लगानी है।

"यह कितनी तेजी से करना है ? यह हमारे ऊपर ही निर्भर करेगा। यदि हम सब समर्पित भावना से मिलकर काम करें तो कोई दो-तीन साल लगेंगे। जो डेटा बैंक हैं, उन्हें खाली करना होगा। उसके पहले उन्हें प्रिंटर से जोड़ पूरा डेटा छापना होगा। उसे फ्लॉपी पर नहीं रख सकते क्योंकि उसमें वाइरस होने की सम्भावना है। हाँ, शायद स्कैन करके छपे डेटा को फिर कम्प्यूटर में भरा जा सकेगा। पर यह सरल काम नहीं।

"सारांश यह कि संसार को दो-तीन साल के लिए 1950 के पूर्व के काल में जाना होगा, जब कम्प्यूटर नहीं थे। तब हम कैसे काम चलाते थे ? वही आदतें फिर से लानी होंगी। यह बिजली की आदत पड़ने पर मोमबत्ती के युग में जाने की तरह है। जहाँ-जहाँ कम्प्यूटर द्वारा नियमन होता था, वहाँ अब हाथ से यानी मैनुअल काम करना होगा।"

लेम्मर के इस सीधे वक्तव्य ने सारी स्थिति को स्पष्ट कर दिया। उसके मुद्दों का कोई जवाब, विवाद नहीं था। सिर्फ बगैर कम्प्यूटर काम चलाना कितने लोग पसन्द करेंगे, यही एक सवाल था जिस पर काफी चर्चा हुई, पर अन्त में लेम्मर की दोनों सूचनाएँ मान ली गईं।

इस सलाह-मशविरे के बाद जगताप वापस आने को तैयार हुआ, पर पिछली रात वह ठीक से सो नहीं पाया। मायकेल लेम्मर के सुझावों की, जो कठोर थे, माने बगैर चारा ही नहीं था। पर क्या वाइरस का पूरा नाश हो सकेगा ? कैंसर के रोगी को कैंसरयुक्त पेशियों को नष्ट करने के लिए कड़वी दवाएँ लेनी पड़ती हैं। यहाँ वैसी ही हालत थी और आज के कम्प्यूटरमय माहौल में कम्प्यूटर के बगैर जीना कितना कठिन है !

रसोईघर, टेलीफोन से लेकर रेल तथा विमानों तक, बिजली, गैस, पेट्रोल आदि के वितरण से लेकर अणुभट्ठियों के नियन्त्रण तक, उद्योग, कृषि, सेना, वैमानिकी सभी

क्षेत्रों में कम्प्यूटर ने हाथ-पैर फैलाए हैं। क्या दो-तीन साल के लिए कम्प्यूटर के बगैर यहाँ के कारोबार चल पाएँगे ?

और लेम्मर का सुझाया पहला चरण ? किसी बच्चे को माँ-बाप समझाते हैं कि अमुक-अमुक बच्चे से मत खेलो, उसका संग अच्छा नहीं। बर्नार्ड के तारे के संग को छोड़ने की सलाह सभी खगोल निरीक्षकों को माननी होगी। और इसी सन्दर्भ में उसे जेरी निकल्सन की याद आई। उसकी हठ थी कि अपनी सुधरी दूरबीन वह 'उस' दिशा में घुमाकर ही रहेगा। अब खाली तीन दिन बचे थे उसके निरीक्षण के लिए। पट्ठा अपनी हठ पूरी करके ही रहेगा।

उसे कुछ और बातें याद आ रही थीं...धीरे-धीरे ! बलविन्दर उर्फ परमिन्दर ने एक फाइल दी थी पढ़ने को। अर्जेंट थी, पर अन्य अन्तर्राष्ट्रीय मामलों में उलझने के कारण वह देख नहीं पाया था कि बलविन्दर ने क्या नतीजा निकाला था। ठीक है, अब लौटते ही फाइल पढ़नी होगी।

पर फाइल थी कहाँ ? किसके पास ? क्या उसने उसे बलविन्दर के ही पास रखा था ? या वह उसके खुद के पास थी ?

जगताप ने काफी माथापच्ची की पर उसे याद नहीं आ रहा था...

आखिरी सन्देश

''बलविन्दर किधर है ?'' उत्तेजित जगताप ने अपनी सेक्रेटरी से पूछा। वापस लौटने पर उसने बलविन्दर की फाइल खोजने के प्रयास किए, पर वे सब असफल साबित हुए। उसके ऑफिस की गोपनीय फाइलों में वह नहीं थी। न तो वह घर में थी। और उसके स्मृति-पटल पर ऐसा एक धब्बा आया था जिसने फाइल के रंग-रूप को, उसके स्थान को, सभी बातों को भुला दिया था। जगताप को विस्मरण के ऐसे झटके कभी-कभी आया करते थे, जिन्हें वह बढ़ती उम्र का नतीजा समझता था। प्लेन टिकट कहाँ रखा ? इनकम टैक्स का चालान आया तो था साइन करने, पर उसे दर्ज किया या नहीं? वह रिलेटिविटी वाली पुस्तक शेल्फ में नहीं थी तो उसे कौन पढ़ने के लिए ले गया ? ऐसे झटकों को छोड़ बाकी बातों में वह स्वयं को बिल्कुल समय का पाबन्द, हरेक चीज के बारे में सावधानी बरतने वाला, अनुशासन प्रेरित मानता था। पर अब लगता था उसी झटके ने अपनी टाँग अड़ाई है।

''सर, बलविन्दर तो गया तीन दिन पहले,'' सेक्रेटरी बोली, ''आपसे विदा लेने आया था, पर आप तो यहाँ थे नहीं। जाते वक्त फाइल की याद दिलाने को कह गया था।''

''फाइल ! क्या फाइल थी उसके पास ? है कहाँ वह फाइल वही तो मैं खोज रहा हूँ,'' जगताप को आशा की एक किरण दिखाई दे रही थी...कि शायद उसने फाइल बलविन्दर को ही लौटा दी हो।

''जी ! वह तो कह रहा था फाइल आपके पास है,'' उसे आश्चर्य से देखती हुई सेक्रेटरी बोली।

''पर मैंने वह रखी कहाँ,'' उसे खोजने से कहीं अच्छा बलविन्दर को खोजना। इसलिए उसने पूछा, ''तो बलविन्दर कहाँ होगा ?''

''उसने कोई सम्पर्क की गुंजाइश नहीं रखी। खाली बोला कि अर्जेंट बुलावा आया, इसलिए गाँव जा रहा है...उत्तर भारत में कहीं उसका गाँव है।''

'गाँव जाना' केवल बहाना था। जगताप जानता था कि बलविन्दर को उसके जासूसी काम के लिए वापस बुलाया गया है। आखिर फाइल सौंपने पर उसकी यहाँ ड्यूटी तो पूरी हो गई थी। अब उसे खोज निकालना घास के ढेर से सुई खोजने जैसा कठिन होगा।

पर एक उपाय था ! उसने डायरी निकालकर दिल्ली का नम्बर घुमाया।

"चिटणीसजी हैं ?"

चिटणीस जी के पी.ए. ने फोन उठाया था। वह जानता था कि इस नम्बर पर बोलने वाले चिटणीस जी के खास निकटवर्ती होंगे। वह अदब से बोला, "जी, आप कौन बोल रहे हैं ?"

"प्रोफेसर जगताप...उनसे अर्जेंट बात करनी है। वो जहाँ भी हों, वहाँ का नम्बर दीजिए...प्लीज।"

"साहब, वो लन्दन गए हैं। दो दिन बाद लौटेंगे। अपना ऑफिशियल काम पूरा करके अब एक दोस्त के यहाँ दो दिन आराम कर रहे हैं। वहाँ उन्हें डिस्टर्ब नहीं करना है। पर बहुत ही जरूरी काम हो तो इस नम्बर पर बात करें...0044-181-689-1108 ...मिस्टर जोशी का नम्बर है यह।"

"धन्यवाद," फोन बन्द करके जगताप ने अपनी डायरी देखी...ठीक ! राजाभाऊ जोशी को तो वह अच्छी तरह जानता था। राजाभाऊ और नीला भाभी के घर में वह मेहमान भी रह चुका था। लन्दन से गुजरने वाले बहुत सारे महाराष्ट्रवासी इस दम्पति के आतिथ्य का अनुभव ले चुके थे। ये मिलनसार पति-पत्नी लन्दन रहकर जितने मराठी-भाषियों से दोस्ती-सम्पर्क बनाए रखते थे, उतना जगताप स्वयं महाराष्ट्र में रहते हुए भी नहीं रख पाया था। वही हाल मराठी साहित्य का था...राजाभाऊ के पास नई प्रकाशित पुस्तकें जिस शीघ्रता से पहुँच जाती थीं, वह भी एक अचरज का मामला था।

जगताप ने घड़ी देखी। साढ़े बारह बज रहे थे, यानी समर टाइम के हिसाब से लन्दन में सुबह के आठ। अब तक तो सभी लोग जग गए होंगे। उसने टेलिफोन मिलाया।

"राजा जोशी स्पीकिंग," उधर से आवाज आई।

"राजाभाऊ ! मैं नारायण जगताप बोल रहा हूँ।...नहीं, भारत से ही। जी अभी तो कोई लन्दन आने का प्लान नहीं है। पर सुनो...मुझे तुम्हारे यहाँ ठहरे मेहमान से बात करनी है...हाँ चिटणीसजी से।"

कुछ ही देर में चिटणीस फोन पर आए। जगताप बोला, "चिटणीसजी, आप छुट्टी पर हैं, रिलैक्स कर रहे हैं, पर कुछ अत्यावश्यक बात है, इसलिए यहाँ आपको कष्ट दे रहा हूँ। कृपया क्षमा करेंगे।"

"कोई बात नहीं। हमारा तो यही आपसी अरेंजमेंट था। फरमाइए।"

"मैं उस बलविन्दर उर्फ परमिन्दर से सम्पर्क स्थापित करना चाहता हूँ, पर वह कहाँ गायब हो गया राम जाने," जगताप ने संक्षेप में फाइल का किस्सा सुनाया।

चिटणीस हँसे और बोले, "चिन्ता मत करें। आज शाम छह बजे तक—भारतीय समय से—वह आपको फोन कर देगा।"

जगताप ने उन्हें धन्यवाद देकर फोन बन्द किया। इस हालत में भी चिटणीसजी ने बलविन्दर कहाँ है, इस बारे में गोपनीयता बनाए रखी थी। पर उसे उनके शब्दों पर विश्वास था...जहाँ भी हो बलविन्दर अवश्य फोन करेगा।

हुआ भी ऐसा ही। शाम को साढ़े पाँच बजे बलविन्दर का फोन आया।

"अरे बलविन्दर ! अच्छा हुआ तुम मिले। अब बताओ, तुम्हारी वह फाइल है कहाँ ? मेरे पास या तुम्हारे ? मैं उसे अभी पढ़ना चाहता हूँ।"

"बाप रे ! अभी पढ़ी नहीं ? प्लीज इसी वक्त पढ़िए...आशा है अब भी कुछ किया जा सकता है। फाइल आपने डेस्क के ड्रॉअर में रखी थी...वह खुला रहता है, पर आपने ताला लगाया था। जरा देखिए तो सही, वहाँ है या नहीं। न हो तो मैं खुद बताता हूँ उसका सारांश। मैं होल्ड करता हूँ, तब तक आप देख लीजिए।"

जगताप की स्मृति लौटी...हाँ, साला वही ड्रॉअर। उसने खोलकर देखा। फाइल मौजूद थी।

"बलविन्दर, फाइल मिली। अभी पढ़ूँगा। बहुत सारा लिखा है तुमने। दो घंटे लगेंगे सब पढ़ने में। क्या मैं तुमसे फिर बात कर सकता हूँ ?"

"सर, मैं ठीक दो घंटे बाद फोन करूँगा। पर पूरी फाइल पढ़ने के पहले आखिरी पेज पर एक्शन प्वाइंट पढ़ें।...प्लीज बहुत अर्जेंट मामला है," बलविन्दर ने फोन बन्द किया।

अर्जेंट मामला होते हुए भी पट्ठे ने यह नहीं बताया कि वह कहाँ से बात कर रहा है। खैर...

जगताप ने आखिरी पृष्ठ खोला। एक बॉक्स में बड़े अक्षरों में लिखा था :

1. वाइरस का अन्तिम और सबसे जबर्दस्त हमला अगले सन्देश से आएगा।
2. इस हमले से सभी कम्प्यूटर इतने नाकामयाब होंगे कि उन्हें फिर ठीक नहीं किया जा सकेगा।
3. अब किसी भी दूरबीन को बर्नार्ड के तारे की ओर न घुमाएँ।

कृपया इन सूचनाओं को अत्यावश्यक समझें...देर की गुंजाइश नहीं।

जगताप यह चेतावनी देखकर विचलित हुआ और उसने बलविन्दर की समूची फाइल जल्दी-जल्दी पढ़ी। बलविन्दर ने बड़ी कुशलता से वाइरस के सभी रूपों की, जो भिन्न-भिन्न समय पर आए थे, जाँच की थी। और धीरे-धीरे उसे इस नतीजे पर पहुँचना पड़ा कि ये किसी 'महा वाइरस' की किश्तें थीं। और अब केवल एक किश्त बाकी थी वाइरस की पूर्णता के लिए। उसका अनुमान था कि वह आखिरी किश्त अगले सन्देश से आएगी।

जगताप स्वयं सॉफ्टवेयर विशेषज्ञ नहीं था, इसलिए बलविन्दर ने सूचित किया था कि वह किसी विशेषज्ञ की सहायता से फाइल में लिखे विवरण को पढ़े और समझे। पर उसके लिए अब समय नहीं था। बलविन्दर के सभी तर्क सही मानकर जगताप फाइल के अगले भाग की ओर बढ़ा और उसे यकीन हुआ कि बलविन्दर के नतीजे सही हैं।

यह भाग्य की बात थी कि गोपालस्वामी ने पूरा संकुल ही आज रात से बन्द रखने का निर्णय लिया था। रॉजर माइले भी वही सावधानी बरतने वाला था। कौन जाने कोई डिश विद्रोह कर बैठे तो ?

पर...

पर जेरी निकल्सन तो मानने वाला नहीं ! वह तो ठीक बर्नार्ड के तारे की ओर ही वेध लेने वाला था।

जगताप ने घड़ी देखी। आधे घंटे में बलविन्दर का फोन आएगा। और चार घंटे बाद जेरी निरीक्षण लेना शुरू करेगा। उसे रोकना होगा...हो सके तो बलविन्दर से फोन पर मिलाने से काम शायद बने।

'शायद' की बात नहीं चलेगी। 'हो सके' को 'निश्चित' करना होगा। उसने डायरी देखकर सिडनी का नम्बर मिलाया।

फोन की घंटी काफी देर तक बजती रही। क्या जेरी सिडनी छोड़कर टेलिस्कोप के पास नार्राब्राइ में चला तो नहीं गया ? वह फोन बन्द करने ही वाला था कि एक स्त्री की आवाज सुनाई दी...नींद भरी !

"हैलो आयरीन ! दिस इज नारायण फ्रॉम इंडिया," वह सहर्ष बोला। अभी जेरी को रोकने की उम्मीद हो चली थी।

आयरीन निकल्सन ने नारायण की आवाज पहचानी और बोली, "क्यों नारायण, आधी रात में मेरी याद आई ?"

"आयरीन, तुम्हें जगाने के लिए माफी चाहता हूँ। पर मुझे जेरी से अर्जेंट बात करनी है। उसका नम्बर दो प्लीज !"

जम्हाई लेकर आयरीन ने नम्बर दिया और बोली, "यह सेलुलर का नम्बर है। वह कहीं साइट पर घूम रहा होगा, क्योंकि वह आज तड़के चार बजे ही निरीक्षण शुरू करने वाला है। क्या मामला इतना अर्जेंट है ?"

"हाँ आयरीन...जीवन-मरण का सवाल है," जगताप बोला। वह चाहता तो और आगे जोड़ता, "पृथ्वी की पूरी मनुष्य जाति का।"

उसे हँसने की आवाज सुनाई दी। शायद उस 'अनार्या' को इस बात की खुशी हो रही होगी कि यदि उसके पतिदेव सोए हैं, तो ये पट्ठा अब उनकी भी नींद हराम कर देगा।

जगताप ने जेरी का नम्बर मिलाया। दो घंटियों बाद ही जेरी लाइन पर आ गया, "क्यों नारायण मुझे शुभकामनाएँ देने के लिए फोन कर रहे हो ?" उसकी आवाज में नींद का कोई प्रभाव नहीं था।

"नहीं जेरी, मैं फोन कर रहा हूँ, तुम्हें प्रयोग रोकने के लिए," जगताप ने कलाई घड़ी पर नजर डाली...बलविन्दर अब पन्द्रह मिनट में फोन करेगा।

"मैंने ठीक से सुना नहीं...यह सेलुलर फोन कभी-कभी ठीक काम नहीं करता," जेरी बोला, "क्या तुमने ऐसा कहा कि तुम मुझे इन निरीक्षणों से रोकना चाहते हो ?" जेरी कुछ मजाक, कुछ गम्भीरता से बोला।

"ठीक सुना तुमने। तुम तो जानते हो कि बर्नार्ड के तारे की ओर वेध न लेने का निर्णय हम सबने लिया था।"

"हाँ तो ! पर वह अभी लागू नहीं होता। मैं तो केवल आज और कल वेध ले रहा हूँ—फिर मैं भी दूरबीन उस दिशा में बन्द कर दूँगा," जेरी बोला।

यही तो कठिन काम था...कैसे जेरी को समझाएँ ? जगताप बोला, "रॉजर माइले और गोपाल तो आज से ही दूरबीन बन्द कर रहे हैं। जेरी, मुझे अभी-अभी पता चला है कि अब वाइरस का जो भाग आने वाला है वह अब तक आए भागों की आखिरी किश्त है—इससे सन्देश पूरा हो जाएगा। यह सन्देश इतना घातक होगा कि हमारे सभी कम्प्यूटरों को सदा के लिए नाकाम कर देगा। इसीलिए इस सन्देश को पूरा नहीं होने देना है। जेरी अब तुम्हारी दूरबीन एकमात्र दूरबीन बची है, जहाँ वह आखिरी किश्त आ पाएगी। इसलिए जेरी तुम भी अपने नियोजित वेध न लो। बेहतर होगा कि तुम अपनी दूरबीन बन्द कर दो।"

"कल आखिरी किश्त आएगी यह भविष्यवाणी तुम किस बल पर कर रहे हो, नारायण ? क्या तुमने बर्नार्ड के तारे के बारे में न्यूज एजेंसी का कोई समाचार सुना है ?" कुछ दिल्लगी के साथ जेरी बोला। यह स्पष्ट था कि उसे नारायण की दलील पर यकीन नहीं आ रहा था।

इस पर जगताप ने बलविन्दर की खोज की जानकारी दी। बलविन्दर जैसा निपुण सॉफ्टवेयर विशेषज्ञ जो कहे उसे माने बगैर चारा नहीं था- -इस बात का यकीन दिलाने की कोशिश की। और कहा कि अपनी दूरबीन की कुशलता की जाँच जेरी किसी अन्य दिशा में करे।

पर जेरी को अभी भी यकीन नहीं आ रहा था। वह बोला, "देखो तुम सॉफ्टवेयर की खूबियों से अनभिज्ञ हो, इसलिए उस सिख ने तुम्हें डरा दिया। मैं इस विद्या में थोड़ा-बहुत माहिर हूँ..."

"तो फिर तुम ही उससे बात करो। प्लीज, जेरी टेक इट सीरियसली। अपनी दूरबीन की बहादुरी किसी दूसरी दिशा में आजमाकर देखो। पर बर्नार्ड के तारे की ओर मत देखो," घड़ी की ओर देखते हुए जगताप याचना के स्वरों में बोला, "देखो जेरी ...अभी उस सरदार का फोन आएगा। मैं उसे तुमसे बात करने को कहूँगा। क्यों नहीं तुम क्वेसार 3सी 273 की ओर देखते ? तुम्हें याद है कि इसकी खोज 1962 में एक आस्ट्रेलियाई रेडियो टेलिस्कोप ने की थी..."

"ठीक है, मैं इतना मानने को तैयार हूँ कि उस सरदार से बात करूँ, उसकी दलीलें सुनूँ। फिर मुझे जो जँचेगा वही करूँगा।"

"थैंक यू ! नाउ इट इज बिटवीन यू एंड द सरदार," जगताप बोला, "अभी पाँच दस मिनट में बलविन्दर का फोन आएगा।"

उसने फोन रखा। अब अधिक इन्तजार नहीं...इसी समय उसके फोन की घंटी बजने लगी।

दो दिन बाद 'सिडनी मॉर्निंग हेरल्ड' में समाचार आया :

आस्ट्रेलिया टेलिस्कोप की सुधारित आवृत्ति

निदेशक वैज्ञानिक जेरी निकल्सन ने कल सायंकाल एक पत्रकार सम्मेलन में अपने मशहूर आस्ट्रेलिया टेलिस्कोप में किए गए सुधारों की जानकारी दी। इन सुधारों ने इस दूरबीन को विश्व की दूरबीनों के टॉप लीग में ला रखा है, जिस लीग में केवल दो और दूरबीनें हैं—यूनाइटेड स्टेट्स की वेरी लार्ज अरे और भारत की महाकाय दूरबीन। डॉ. निकल्सन ने बताया कि सुधरे दूरबीन की क्षमता आजमाने के लिए उन्होंने उसे क्वेसार 3सी-273 की ओर घुमाया। सन् 1962 में ऑस्ट्रेलिया की एक रेडियो दूरबीन ने इस रेडियो स्रोत की खोज की थी, जिस खोज ने आधुनिक खगोल विज्ञान में नए शोध का एक द्वार खोल दिया था। उस काल के और आज की दूरबीन से बनाए गए नक्शे पत्रकारों को दिखाते हुए डॉ. निकल्सन ने यह स्पष्ट किया कि आज की रेडियो निरीक्षण की तकनीक में ऑस्ट्रेलियाई किसी से पीछे नहीं हैं।

आखिरी सवाल

और फिर तीन साल बीते।

उन तीन सालों में पृथ्वीवासियों को एक सर्वव्यापी सन्तरण से गुजरना पड़ा। 'स्वयंचलित', 'संगणक-नियन्त्रित', 'कम्प्यूटराइज्ड', 'सॉफ्टवेयर' आदि शब्दों को कुछ समय के लिए ही क्यों न हो, भूल जाना पड़ा। इलेक्ट्रॉनिक मेल पुराने पड़ गए। इमेज प्रोसेसिंग, कम्प्यूटर ग्राफिक्स आदि के प्रयोग पर बन्दिश लग गई। वर्ड प्रोसेसर अलमारी में बन्द हुए और पुराने टाइपराइटर लौटे। बरसों से लगी आदतें भूलकर नई क्रियाएँ अपनी दिनचर्या में लाना सरल नहीं, इसका अनुभव लोगों ने लिया।

उस कालावधि में कम्प्यूटर और उनकी नेटवर्किंग की सफाई हो रही थी। पहले ई-मेल के नेटवर्क और उनके नोडों की जाँच करके उनका शुद्धीकरण हुआ। हार्ड डिस्क के स्मृति पटल पर मुद्रित सभी जानकारी और प्रोग्राम बाहर निकालकर, जाँचकर और वाइरस हो तो उसे निकालकर फिर भरना कोई सरल काम नहीं था। विशेषज्ञों की कुशलता कसौटी पर चढ़ी, क्योंकि यह कहना मुश्किल था कि किसी भी प्रोग्राम में किसी प्रक्षिप्त और अनावश्यक सूचना का अस्तित्व वाइरस का द्योतक था या प्रोग्राम की एक त्रुटिमात्र थी। ऐसी सभी सूचनाओं को मूल प्रोग्राम से निष्कासित करना जरूरी था।

पर अन्तर्राष्ट्रीय स्तर पर अनुशासन का अमल था, जिस वजह से यह सब काम सावधानी से और निर्धारित समय-सीमा में हो गया। और, इसमें पूरे तीन साल लगे। और जब 'ऑपरेशन क्लीन अप' पूरा हुआ तो संयुक्त राष्ट्रसंघ के सभापति ने विश्वव्यापी भाषण से सभी राष्ट्रों को सहयोग के लिए धन्यवाद दिया। वे कह रहे थे :

"...हम आपस में विवादों, झगड़ों में शक्ति और समय का व्यय करते हैं, पर जब प्रकृति का कोप होता है तो एक दूसरे का साथ देते हैं। यहाँ तो पृथ्वी पर आक्रमण की साजिश थी...पृथ्वी के बाहर से आयोजित...जिसका उद्देश्य यहाँ की स्थापित व्यवस्था को बिगाड़ना या नष्ट करना था। आप सबने अपने मतभेदों को भुलाकर, या कम से कम अलग रखकर इस विपत्ति का एक होकर मुकाबला किया। इसीलिए 'ऑपरेशन क्लीन अप' जैसा महत्त्वाकांक्षी प्रयास सफल हो सका। अब आप ही अन्तर्मुख होकर सोचें, क्या उन अलग रखे मतभेदों को वापस बुलाने की कोई जरूरत है ?

"जब कोई समाज व्यवस्था इस तरह बिगड़ जाती है और उसे ठीक रास्ते पर लाने में समय लगता है तब यह सन्तरण का काल हमेशा झंझटों से भरा रहता है। व्यक्तिगत स्तर पर और सार्वजनिक स्तर पर सभी क्षेत्रों में, सभी देशों में लोगों ने इसका अनुभव लिया। अभी कुछ देर और भी लेना पड़ेगा क्योंकि स्थिति सामान्य बनने में कुछ समय तो लगेगा ही। इसलिए आप सब धीरज से काम लें, आशावाद बनाए रखें और समझदारी से पेश आएँ।

"पृथ्वी पर यह संकट कैसे और कहाँ से आया, इस बात का सुराग लेकर रहस्य को सुलझाने का काम, गुनहगार को खोज निकालने के लिए अपराध-अन्वेषण विभाग की चतुराई जैसा था। आप उन चतुर वैज्ञानिकों के नाम अब अच्छी तरह जानते हैं। अगर उन्होंने दिमाग लड़ाकर यह रहस्य नहीं खोला होता, तो हम आगे चलकर इस बाहरी शक्ति के शिकार बन जाते। 'ऑपरेशन क्लीन अप' उन्हीं का सुझाया उपाय था, वाइरस पर विजय प्राप्त करने का। मैं आप सबकी ओर से उन वैज्ञानिकों को साधुवाद देता हूँ...

" 'ऑपरेशन क्लीन अप' में सभी राष्ट्रों ने अपने नागरिकों की स्वयंस्फूर्त टुकड़ियों की मदद ली थी। मैं उन टुकड़ियों का अभिनन्दन करता हूँ।

"पहले वाइरस रोग फैलाते थे। तब पृथ्वी तल पर से किसी रोग को समूचा हटाने के लिए अभियान किए जाते थे। कभी-कभी रोगों का समूल नाश नहीं होता था और वे फिर लौट आते थे। भविष्य बताएगा कि इस कम्प्यूटर वाइरस के विरुद्ध हमारा अभियान कहाँ तक सफल हुआ है। हर नागरिक का कर्तव्य है कि वाइरस के लौटने की सम्भावना को ध्यान में रखते हुए सदा सतर्क रहे। यदि कोई सन्देहात्मक रवैया किसी कम्प्यूटर नियन्त्रित प्रणाली में उसे दिखाई दे तो वाइरस-विरोधी टास्क फोर्स को शीघ्र सूचना दे। टास्क फोर्स को यह सूचना दी गई है कि भले ही कुछ कम्प्यूटर कुछ समय तक बन्द करना पड़े, उसका कर्तव्य है कि वाइरस को पूरी तरह उखाड़ फेंक दे।

"और एक चेतावनी। यह वाइरस बर्नार्ड के तारे के पारा घूमने वाले ग्रह पर बैठी किसी अज्ञात सभ्यता की ओर से आ रहा है। वह सभ्यता अतिविकसित है—विकास में हमसे तो आगे है ही—पर उसके इरादे हमारे प्रति अच्छे नहीं दिखाई देते। अभी तो हमने वाइरस का आक्रमण रोक रखा है। पर शायद वे और कोई रास्ता अपनाएँ। इसलिए हमें सतर्क रहना है और बेहतर होगा कि हम अपनी एकता बनाए रखें।

"पृथ्वी और उसकी सभ्यता को मेरा अभिवादन !"

फिर एक साल बाद केम्ब्रिज विश्वविद्यालय की ऐतिहासिक इमारत—कैवेंडिश प्रयोगशाला—के पास एक 'पब' में ये आठों वैज्ञानिक बैठे थे। हरेक के सामने आधा भरा गिलास था।

"आज एक साल हुआ, ऑपरेशन क्लीन-अप समाप्त हुए ! अभी तक तो कोई

दिक्कत नहीं, महसूस हुई...टच वुड !'' लेम्मर बोला।

''हाँ जी ! पर यह वाइरस हमारे सिर पर टँगी तलवार है, न जाने कब गिर पड़े,'' बी.बी. बोला, ''कुछ वाइरस सोते हैं और किसी एक तारीख पर जागकर अपना प्रभाव दिखाते हैं।''

उसे 'माइकेल एंजेलो' वाइरस की याद आ रही थी जो माइकेल एंजेलो के जन्म दिन पर आक्रमण करता था।

''इस बार विशेषज्ञों ने सभी कम्प्यूटरों पर कई अभेद्य कवच बनाए हैं। कुछ भी अवैध रूप से घुसने की कोशिश करे, अलार्म बजेगा,'' रॉजर माइले बोला।

''माना ! पर भाई रॉजर...अभी तक ऐसे ही अभेद्य कवचों को भेदकर लोग भीतर घुस जाते हैं। सीक्रेट पास वर्ड पहचान लेते हैं। अधिकतम सुरक्षा वाली जेल से भी कैदी भागता है। इसलिए सतर्क रहना अच्छा...खासकर जब हमारे पड़ोसी हमसे कहीं अधिक चतुर हैं,'' जगताप टमाटर का जूस समाप्त कर बोला।

विलियम चांग शिकायत के स्वर में बोला, ''पर लानत है इन पड़ोसियों पर ! क्या इसी तरह पड़ोसी का धर्म निभाया जाता है ?''

''वही तो ! कितनी आशा से मैंने डी-14 उनकी ओर घुमाई थी, दोस्ती की आशा से ! हमने तो जब कलियाँ माँगी काँटों का हार मिला !'' गोपालस्वामी बोला।

जेरी निकल्सन अभी तक चुपचाप बैठा था। वह एकाएक बोला, ''वे शायद हमारा इम्तहान ले रहे हैं। अगर हम लोग पूरी तरह पीड़ित हो जाते तो शायद वे हम पर हमला बोल देते...पर...''

''मैं जेरी से सहमत हूँ,'' बीयर पीते हुए श्नाइडर बोला, ''जब वे देखेंगे कि हमने कैसी मुस्तैदी से वाइरस का पृथ्वी से खात्मा किया, और यह जानने में उन्हें कुछ साल लगेंगे, तो फिर वे इधर आने का नाम नहीं लेंगे।''

''टाइम जेंटलमैन प्लीज ! एंड लेडीज टू !'' पब बन्द होने का समय आया इसकी सूचना बारमैन ने दी।

टाइम ! हरेक चीज का अपना समय होता है। अपनी अवधि होती है। बारमैन ने बत्तियाँ धीमी कर दीं। उनको बुझाने की यह पूर्व सूचना थी। बत्तियाँ बुझेंगी और पब बन्द होगा।

जगताप विचारमग्न हो गया। वह श्नाइडर और निकल्सन की तरह वाइरस-विरोधी अभियान के प्रति आशावादी था। पर फिर भी उसे एक चिन्ता सता रही थी—वाइरस तो गया। पर क्या पृथ्वी पर का मानव का आधिपत्य अब समाप्त होने को था ? क्या उसका भी समय निकट आ चुका था ?

●●●